M

Echt ve॒
Das klein

CW01424962

PiNK
CROWN

Verlag:
PINK CROWN Edition
Richard Wagner-Gasse 9b
2340 Mödling, Österreich

———————

ISBN: 978-3-9033-6032-7

———————

Copyright © 2023 Mira Morton

Text: Mira Morton
Coverdesign: Mira Morton
Grafiken Cover: © Analgin, annadolzhenko, EllSan, Gaieva Tetiana,
Khudoliy, TatiKost94, Tinna widianti, Tony Stock,
yusufdemirci - shutterstock.com
Grafiken Text: © Line addict, tetiana_u - shutterstock.com
Korrektorat/Lektorat: Martina König
Satz: János Rudolf

———————

1. Auflage, Juli 2023

———————

Dieser Roman ist auch als E-Book erhältlich.
www.miramorton.com

MIRA MORTON

ECHT VERZWICKT verliebt

DAS KLEINE HAUS am MEER

PROLOG

Vor zwei Jahren …

Vincent

Was zur Hölle erzähle ich Ann-Marie? Und seit wann denke ich über so eine Lappalie nach?

Seit ich mich verlobt habe, vermutlich. Aber nun bin ich mir nicht mehr sicher, wie gut diese Idee war.

Denn sie sieht einfach bezaubernd aus. Ihr langes schwarzes Haar bedeckt in sanft fallenden Wellen meine Brust, und sie im Arm zu halten, fühlt sich richtig an. Obwohl es falsch ist. Doch für einen Moment will ich diese morgendliche Stille noch genießen, bevor der Zauber verfliegt und sie aufwacht. Ich kenne Tia. Sie wird die Flucht ergreifen.

1

Zart fahre ich ihren Oberarm entlang. Ich liebe ihren olivfarbenen Teint.

Sie zuckt zusammen. Ich auch.

Dann schnellt sie hoch.

»Du meine Güte!« Tia sieht mich erschrocken aus ihren hellbraunen Augen mit den süßen dunklen Sprenkeln an.

Schade, aber vorhersehbar. Ein paar Minuten länger wäre ich gerne noch in der Traumwelt verharrt. Ohne die Erkenntnis, dass gestern Nacht ein furchtbarer Fehler war. Im Grunde ein unverzeihlicher, wenn man die Sache mit der Monogamie ernst nimmt. Und genau das hatte ich vor. Möglicherweise bin ich dafür aber nicht geboren.

»Sehe ich so furchtbar aus, Babe?«

Vielleicht hilft ihr mein Lächeln?

»Nein, äh ... natürlich nicht, Vincent.«

»Das möchte ich auch hoffen. Komm her.«

Ich versuche, sie wieder zu mir zu ziehen, aber geschickt wie eine Katze entwindet sie sich meiner Umarmung und ist auch schon dabei, ihre Klamotten am Boden aufzusammeln. So enden alle One-Night-Stands. Früher war ich das, der nach einer Nacht wie dieser nichts wie weg wollte.

Seltsam. Könnte ich die Welt aussperren, ich würde Frühstück bestellen und mit ihr ein Glas Champagner im Bett trinken. Gar keine üble Idee.

»Hast du Lust auf einen Brunch im Bett?«

Sie fährt sich durchs zerzauste Haar und dreht sich kurz zu mir. »Dein Ernst?«

»Mein voller Ernst.«

Ihrer anscheinend nicht, denn Tia schüttelt bloß den Kopf. Auf den Ellbogen aufgestützt sehe ich ihr dabei zu, wie sie auf einem Bein hüpfend ihre Jeans anzieht. Verdammt sexy, wie sie nur in Jeans, High Heels und BH vor mir nach ihrer Bluse sucht. Ob ich ihr helfen soll?

Ich deute in Richtung der großen Vase am Couchtisch.

»Ah, da ist sie! Danke.«

Leider ist damit eine gewisse Ungleichheit hergestellt, die ganz gut zu meiner inneren Imbalance passt. Sie steht voll angezogen vor mir, und ich lehne nackt auf dem Hotelbett und betrachte sie von unten. Möglicherweise sollten wir über letzte Nacht sprechen? Aber was sollten wir diskutieren, dass sie nicht ohnehin schon weiß? Es war heiß. Es war unglaublich. Sie ist kreativ, und ihr ist es egal, wie sie beim Sex aussieht. Die Formel für mehr.

Bevor ich etwas sagen kann, meint sie: »Mach dir keine Sorgen wegen Ann-Marie. Das hier ist nie passiert.«

Ehrlich? Das kränkt mich. Schon allein deshalb, weil ich diese Nacht für eine der besten meines Lebens halte. Sie etwa nicht? Bei mir heißt das etwas. Ich hatte verdammt viele Frauen. Nun ja, bis zu Ann-Marie.

»Natürlich ist es passiert, Tia, und ich denke, wir sollten darüber sprechen, wie es nun weitergeht.« Denn genau hier liegt mein Problem.

Ich habe zwar eine Verlobte, aber sie wird mit jedem Tag komplizierter. Fordernder. Und unberechenbar, speziell, wenn sie wieder einen ihrer Wutanfälle hat, weil irgendetwas nicht so ist, wie sie es sich vorgestellt hat.

Dabei sind wir erst seit ein paar Monaten zusammen. Die Verlobung war eine spontane Idee von mir. Auf der Jacht, irgendwo zwischen Martinique und Dominica. Ich weiß bis heute nicht, was mit mir los war. Zum Glück war David so schlau, Ann-Marie direkt nach unserer Rückkehr vorsichtshalber schon mal einen Ehevertrag unterschreiben zu lassen, den Bruno für uns aufgesetzt hat. Dafür bin ich den beiden ewig dankbar.

Im Nachhinein schiebe ich diese Verlobung auf einen Sonnenstich, gepaart mit zu viel Alkohol und Sex. Ein Hormonüberschuss. Und ich wollte das Richtige tun. Für meine Mutter. Dabei weiß jeder, der mich kennt, dass ich der spontane und eher nicht der überlegte Typ Mensch bin. Kein Beobachter, sondern ein Aktivist. Ich brauche das Adrenalin, um mich lebendig zu fühlen.

Aber es ist auch nicht so, dass ich Ann-Marie nicht auf meine Art lieben würde. Und bis gestern war ich ihr auch treu. Immerhin über sieben Monate. Verflixt. Wie soll ich ihr diesen Ausrutscher erklären?

Erklären? Ich?

Nie und nimmer. Das geht sie nichts an und würde sie nur noch mehr aus der Bahn werfen. Im Moment kommt Ann-Marie mit ihrer Rolle an meiner Seite ohnehin kaum klar.

Ich mustere Tia. Sie hat mich vom ersten Moment an angezogen. Aber auch immer klar die Grenzen zwischen uns abgesteckt. Vielleicht macht sie das so begehrenswert? Seltsam. Warum fühlt es sich nicht einmal wie ein Ausrutscher an? Ich liebe alles an Tia. Ihre Stimme, die Art, wie sie geht, ihre Stirnfalten, die sie immer dann bekommt, wenn ihr etwas gegen den Strich geht. Speziell auch ihren Kampfgeist und ihre Intelligenz. Mit ihr zu diskutieren, macht schon allein deshalb Spaß, weil sie so sarkastisch und selbstironisch sein kann. Mit ihr kann ich lachen. Oder stöhnen, wie ich heute Nacht gelernt habe. Und Gott, ja, was haben wir gestöhnt!

Kein Wunder, dass Tia meine beste Freundin ist. Und das seit über vier Jahren. Tia kenne ich ja auch bei Weitem besser als Ann-Marie. Gestern Abend war nicht das erste Mal, dass ich sie auf einen After-Work-Drink eingeladen habe und wir nicht nur ein Gläschen zu viel hatten. Aber es war das erste Mal, dass ich vorgeschlagen habe, das Penthouse zu nehmen und dort weiter zu philosophieren, damit uns nicht die halbe Stadt zuhört. Mittlerweile beobachtet mich jeder, und das nervt. Gewaltig. David habe ich nach Hause geschickt. Er hat nur gegrinst, das Penthouse gecheckt und sich anschließend verzogen.

Nun. Und genau deshalb sind wir nun hier. Weil ich vernünftig sein wollte! Vermutlich liegt mir das nicht, egal, wie alt ich werde.

Und zum zweiten Mal innerhalb weniger Monate habe ich eine Aktion geschossen, die mir im Nachhinein leidtut. Man geht nicht mit der besten Freundin ins Bett, denn das Ende vom Lied wird sein, dass ich sie verliere. Und das will ich nicht! Man verlobt sich auch nicht mit einer schönen Frau nach nur ein paar Wochen Beziehung, wenn man innerlich spürt, dass sie anstrengend werden könnte. Aber Ann-Marie ist mehr, und ich weiß es. Sie erinnert mich an meine Mutter, als sie jung war, so dämlich das auch sein mag. Nicht optisch, sondern was ihre emotionale Instabilität betrifft. Ich kann nicht zulassen, dass ihr etwas passiert, bloß weil sie wieder einmal austickt. Nicht nach allem, was mit Mum geschehen ist.

Ich wische die dunklen Erinnerungen weg und betrachte Tia, wie sie vor dem Spiegel steht. Mir wird warm ums Herz, denn die Sonne zaubert einen tiefen Glanz auf ihr beinahe schwarzes Haar. Ich würde sie am liebsten zurück ins Bett holen.

Tia beugt sich über den Frisiertisch und frischt ihr Make-up auf. Vielleicht wäre sie die Richtige. Aber eine Trennung wegen ihr? Das würde Tia nicht wollen, und ich weiß nicht, auf welch crazy Ideen Ann-Marie danach kommen könnte. Entweder läuft sie noch während der Beichte davon und erwartet, dass ich ihr nachrenne, oder aber sie schreit herum und wirft mit allem, was ihr zwischen die Finger kommt, um sich. Danach bockt sie sicher tage-, wenn nicht wochenlang und legt mir eine Wiedergutmachungsliste an Urlauben, Klamotten und Juwelen vor, die ich zu erfüllen habe, bevor sie wieder gewillt ist, mit mir zu sprechen. Geschweige denn, zu schlafen. Habe ich mit ihr alles schon erlebt. Und dabei ging es bloß um Kleinigkeiten, Sätze, Unachtsamkeiten, die ihr gegen den Strich gingen. Oder weil ich sie irgendwohin nicht mitgenommen habe oder sie sich nicht beachtet gefühlt hat. Es ist ja sogar ein Problem für sie, dass der Fahrstuhl im neuen Haus nicht klimatisiert ist. Nicht auszudenken, was sie aus einem Seitensprung macht!

Das habe ich schon einmal erlebt, damals beim Unfall mit meiner Mutter, der auch nur deshalb passiert ist, weil ihr damaliger Freund sie sitzen gelassen hat. Das darf kein zweites Mal passieren.

Nein. Sagen kann ich es Ann-Marie nicht. Ich muss sie, aber auch Tia schützen.

Okay. Dann bleibt mir nur mehr, meine Freundschaft zu Tia zu retten. Es darf einfach nicht sein, dass diese Nacht zwischen uns steht. Egal, wie vertraut sich alles zwischen uns anfühlt.

Das ist Magie zwischen uns. Von Anfang an war es das.

Ich betrachte sie und fühle mich schwer. Sie ist ein geradezu überirdisch schönes Wesen. Und dabei sehe ich gerade mal ihren Rücken. Tia steht draußen auf der Terrasse und hält sich den Kopf.

Ein Stich fährt durch meine Brust. Wenn ich könnte, würde ich sie zurückholen und ihr sagen, dass alles gut wird. Ihr die Welt zu Füßen legen. Aber vielleicht käme sie mit meiner Welt am Ende gar nicht zurecht? Ann-Marie ist die Tochter meines größten Produzenten. Bei ihr habe ich angenommen, dass sie damit klarkommt. Und das tut sie auch, aber anders, als ich vermutet habe.

Aber wie würde Tia sich fühlen, wenn sie ständig bewacht wird? Bei manchen Events von Journalisten belagert wird? Sie ist ein Freigeist. Nach ein paar Wochen würde sie sich trotz aller Möglichkeiten, die ich habe und ihr bieten könnte, eingesperrt fühlen.

Plötzlich dreht Tia sich um, kommt auf mich zu und bleibt vor dem Bett stehen. Ihr Herz bebt. Ich kann es sehen.

»Pass auf. Wir müssen vernünftig sein.«

Ich nicke und springe auf. »Unbedingt!«

Ach, hier sind meine Shorts.

»Gut, dann sind wir uns darüber schon mal einig. Du hast eine Verlobte, deshalb ist die offizielle Version, dass du gestern mit David zu viel getrunken hast und ihr beide euch um ein Uhr früh dieses Penthouse genommen habt, und zwar deshalb, weil David nicht mehr in der Lage war, Auto zu fahren. Klingt plausibel, oder?«

Ich liebe ihren Verstand! Natürlich wird David mich decken. Dafür ist er ja da.

»Klar, abgesehen davon, dass David meinen Chauffeur anrufen oder ein Taxi bestellen hätte können.«

Das glaubt mir Ann-Marie nie. Mein Handy ist voll von ihren Textnachrichten und versäumten Anrufen.

»Du fährst doch mit keinem Taxi.«

»Auch wieder wahr. Und ich könnte Peter freigegeben haben.« Klingt plausibel. »Ich texte das gleich David.«

»Wunderbar.«

Tia dreht sich weg, doch ich erwische ihre Hand. Diesmal entzieht sie sich mir nicht.

»Betrachtest du diese Nacht wirklich als Fehler?« Ich sehe ihr tief in die Augen. Sie sieht mich richtig traurig an, was mir wehtut. Was gäbe ich darum, sie jetzt glücklich zu sehen.

»Als was denn sonst?«

Autsch. Das schmerzt.

»Okay. Einigen wir uns darauf, dass es ein verdammt schöner Fehler war.«

»Wenn du dich dann besser fühlst?«

»Darum geht es nicht. Es war eine Nacht, die ich nie vergessen werde. Aber ich hoffe, wir können Freunde bleiben.«

Wieso ziehe ich den dämlichsten Satz der Welt aus dem Köcher? Ich streiche ihr übers Haar, aber sie zuckt zusammen.

»Natürlich. Wir sehen uns dann später im Büro.«

Hat sie Tränen in den Augen?

Tia dreht sich weg und läuft in Richtung des Aufzugs.

»Dann also kein Frühstück mehr?«, rufe ich ihr nach.

Die Tür geht auf, und sie verschwindet. Ohne mir zu antworten und ohne sich noch einmal umzudrehen.

Wieso fühlt es sich so falsch an, sie gehen zu lassen?

Ich werfe mich bäuchlings aufs Bett. Sollte meine Welt nicht einfach sein? Ich habe alles: Erfolg, Geld, Möglichkeiten. Aber nein, wenn es um Frauen geht, habe ich das Glück meiner Mutter mit ihren Männergeschichten. Immer läuft alles schief, oder aber es tangiert mich nicht.

Das muss sich ändern.

Bad Habit: Verdammt verzwickt verliebt sein

Freitag, zwei Jahre später ...

Tizia

Ich kann an meinem Geheimnis ersticken oder etwas trinken. Den Mut nach ein paar Gläschen Alkohol nutzen und meiner besten Freundin einfach ungehemmt alles vor die Füße kotzen. Ihr Schluckauf bescheren, wann immer sie in Zukunft an ihn denken wird.

Ist ja bloß Schluckauf! Das wird Bo schon aushalten.

Okay. Also: Go for it.

Einmal kurz durchatmen, dann umklammere ich mein Handy noch fester und schieße los: »Ich muss dir etwas beichten, Bo. Hast du heute Abend Zeit für einen Drink?«

9

Ich kann mir selbst dabei zuhören, wie ich laut ausatme. Kein Wunder. Den ersten Satz habe ich mir geradezu übermütig, aber dennoch abgerungen. Darüber zu sprechen, fühlt sich surreal an.

Zwei Jahre! Zwei Jahre auf den Tag genau nach unserer verhängnisvollen Nacht habe ich geschwiegen wie ein Grab. Manchmal hat sich mein Geheimnis sogar richtig gut angefühlt. Nun ja: eher selten. Meistens hat es mir schlaflose Nächte beschert und meinen Wochenendalkoholkonsum auf beängstigende Weise stetig gesteigert. Meinen Männerverschleiß ebenso.

Aber ab heute Abend ist damit Schluss. Nein, nicht mit dem Alkohol! Ich liebe Weißwein und Prosecco. Auch nicht mit den One-Night-Stands. Ich bin zweiunddreißig und brauche eben hin und wieder einen Mann, der mich in den Arm nimmt und mit dem ich schlafen will und kann.

Doch was ich nicht mehr will, sind meine Gedanken, Hoffnungen und Träume, die sich um Vincent drehen. Genug ist genug. Mein Herz muss leichter werden. Gekittet, geklebt und mit einem Pflaster versehen. Alles besser, als zuzulassen, dass mit jedem Treffen zwischen uns ein weiteres Stückchen abbricht, das ich dann nicht mehr finden kann.

Gestern habe ich ihn erkannt, den Wink des Schicksals. Und zwar auf den ersten Blick! Und das war dieses Angebot ganz bestimmt, daran zweifle ich keine Sekunde.

»Sorry, Tita. Bin wieder bei dir. Passt dir Salvo um zwanzig Uhr? Aber worum geht es denn?«

Salvo heißt unser Lieblingsitaliener mitten in der Innenstadt. Wichtige Themen bespreche ich lieber dort mit ihr. Ich wohne noch immer zuhause. Da hat jede Wand Ohren, auch wenn ich eine eigene Wohnung im Haus meiner Eltern habe.

Nachdem ich nicht gleich antworte, fährt sie fort. Typisch Bo.

»Komm schon! Ich habe noch sechs Minuten, bis das Meeting startet, und du willst doch nicht, dass ich mich hier nicht auf meine Arbeit konzentrieren kann. Ich muss Martins neue Flaschen-Label vorstellen und auch seine gesamte Marketingstrategie dazu. Er hat mir fünf Seiten Anweisungen geschrieben.«

»Echt jetzt? Fünf Seiten?«

Typisch Martin. Er ist zwar genial, aber als Kollege kann er ätzend sein. Und so furchtbar pingelig. Dass er einer von Vincents engsten Vertrauten und Freunden ist, verstehe ich bis heute nicht.

»Ja! Und stell dir vor: Ich soll wie bei einer Choreographie im richtigen Moment die richtige Flasche oder Dose aus einer der neu designten Boxen ziehen. Fehlt nur, dass ich einen Trommelwirbel über den Computer einspielen muss. Gott, wie ich das hasse! Du weißt, dass das nicht gerade meine Stärke ist.«

»Weiß ich.«

Bos Stärke ist es, Dinge zu verwechseln oder fallen zu lassen. Meine sind Panikattacken im falschen Moment und zu Vincent nicht Nein sagen zu können, aber Martins Stärke ist es, eine Präsentation zur Inszenierung werden zu lassen. Ansonsten ist er ein Schnösel.

»Zu blöd, dass er mit Grippe im Bett liegt.«

»Grippe? Wer's glaubt, wird selig! Der hat sicher zu viel gefeiert. Ich hoffe noch immer, dass er hier plötzlich auftaucht und mich rettet.«

Sie hat recht. Martin könnte auch mit seiner neuen Flamme Sophie im Bett geblieben sein. Wer weiß das schon so genau bei ihm? Ich bin gespannt, wie lange es diese Frau an seiner Seite aushalten wird. Und wie lange er ihr treu sein wird.

»Bo, so wichtig ist meine Sache nicht«, lüge ich. »Konzentriere dich lieber auf das Meeting und wann du welche Flasche aus der Box ziehst.«

»Ach, jetzt plötzlich ist das Meeting wichtig? Hast du nicht von Beichten gesprochen? Ich bin gespannt wie eine Feder.«

Nicht so wichtig? Natürlich war das Blödsinn. Und ich bin auch nicht selbstlos, sondern feig! Aber was ich zu sagen habe, ist nichts für ein Telefonat zwischendurch. Ich muss es Bo langsam erklären, sonst erklärt sie mich für verrückt. Außerdem habe ich sie zwei Jahre lang belogen. Das wird sie mir nicht so schnell verzeihen.

»Vergiss es, Bo. Nach der Arbeit reicht völlig. Vertritt Martin würdig. Wir sehen uns dann.«

Zum Glück hat Bo gerade diesen Auswärtstermin bei unserer Produktionsfirma. Ann-Maries Vater. Gänsehaut!

Ich hasse es, an diese Frau zu denken.

Wäre Bo hier, wäre sie längst aus ihrem Büro gleich nebenan in meines gestürmt, meine Tür wäre aufgeflogen, und sie hätte ohne Atem zu holen auf mich eingeredet, bis ich gar keine Luft mehr bekommen hätte. Aber natürlich habe ich gewusst, dass sie nicht hier ist.

»Du bist echt gemein! Kündigst große Neuigkeiten an, und dann machst du einen Rückzieher. Ich habe noch vier Minuten!«

Ich kann es sehen, obwohl wir nur telefonieren. Sie wischt mit der linken Hand eine ihrer kinnlangen dunklen Strähnen aus dem Gesicht, wirft den Kopf in den Nacken und presst ihre Lippen aufeinander. Als ob sie den Lippenstift, der bei ihr ohnehin immer perfekt sitzt, noch einmal neu verteilen müsste. Aber das macht Bo immer, wenn ihr etwas gegen den Strich geht.

Plötzlich höre ich auf ihrer Seite Stimmen im Hintergrund.

»Kommt da jemand?«

»Okay. Du hast Glück, Tita. Jap, die Marketingabteilung ist im Anmarsch.«

Und schon legt sie auf.

Puh. Sie hat recht. Glück gehabt. Auch mit dem Angebot, das ich gestern erhalten habe. Möglicherweise ist es der Fahrschein in ein neues Leben. Auf jeden Fall aber ist es ein Wink des Schicksals. Es gibt andere Optionen in meinem Leben, als hier zu verharren und mir graue Haare anzuzüchten.

Zwar werden mich alle in der Firma dafür hassen, aber da muss ich durch, denn vier Jahre hier zu arbeiten, sind um vier Jahre zu viel. Ich habe vor und nach dieser einen Nacht ausreichend gelitten. Habe gehofft. Geträumt. Ja, ich habe es sogar mit Visualisierungsübungen versucht. Manchmal, um ihn an meine Seite zu hexen, manchmal, um ihn in die Verbannung zu schicken und von Vincent loszukommen. Das werde ich Bo natürlich nicht auf die Nase binden.

Aber irgendwann muss sogar eine grenzenlose Optimistin wie ich der Realität ins Auge blicken! Die Königin der Tagträumerinnen gibt auf. Heute. Am zweiten Jahrestag dieser verflixten Nacht. Aus uns wird nie ein Paar, und er wird Ann-Marie heiraten. Dafür brauche ich keine Kristallkugel oder Tarotkarten. Das weiß ich, auch wenn ich absolut nicht nachvollziehen kann, warum er sich das mit dieser Frau antut. Aber soll er. Ich beginne ein neues, glückliches Leben ohne Vincent Dante.

Das habe ich gestern Nachmittag beschlossen und werde es auch durchziehen. Diesmal wirklich.

Ab sofort ist mein Herz wieder frei. Ich werde mich irgendwann in den Richtigen verlieben und bis dahin ein wunderbares Singleleben führen. So gesehen ändert sich also kaum etwas. Im Singlesein mit One-Night-Stands und kurzen Affären bin ich Profi.

Vincent zu vergessen, wird natürlich nicht auf Knopfdruck passieren. Aber ich werde es schaffen. Und als Allererstes sage ich Nein zu allem, was er vorschlägt, bis ich gekündigt habe.

Dann also wieder an die Arbeit. Ich muss noch ein Firmenevent planen. Völlig unspannend. Routine. Wir erwarten ein paar Promis und werden in einem Nobellokal mitten in der Stadt ein Sommerfest veranstalten. Das wird mein Abschiedsgeschenk, daher sollte die Veranstaltung toll werden und den Gästen in Erinnerung bleiben. Ihm natürlich auch.

Kaum habe ich die ersten zwei Absätze des Ablaufs Korrektur gelesen und mit Anmerkungen versehen, klopft es an meiner Glastür.

Ich sehe auf.

Mein Herz setzt kurz aus.

Dann beschleunigt mein Puls, ich schnappe mir den erstbesten Kuli und beginne, drauf herumzuklicken. Diesen Tick habe ich seit Jahren, schaffe es aber nicht, ihn loszuwerden. Trotzdem blicke ich ihn selbstbewusst an, auch wenn es nur gut trainierte Show ist und mein rechtes Bein unter dem Tisch auf und ab hüpft. »Kann ich etwas für dich tun, Vincent?«

Er grinst. »Ja. Kannst du. Lust auf einen Kaffee?«

Nein. Auf ein Geständnis. Dass er nur mich liebt und Ann-Marie verlassen wird.

Dann könnte er mir über das Gesicht streichen und mir hundert Mal sagen, wie sehr er mich liebt. Er könnte es flüstern, röcheln oder keuchen. Mir seine Liebe küssend gestehen. Alles wäre mir recht. Er könnte meinen roten Lippenstift haben und es an meine Glastür malen.

Einfältig wie ich nun mal bin, fühlt er in meiner Welt nämlich das Gleiche für mich wie ich für ihn, und von mir aus könnten wir danach alles tun. – Die Welt umarmen oder Sex haben. Hier. Und sofort. Auf meinem Schreibtisch, auf dem sündteuren Teppich unter meinen Füßen, auf meinem senfgelben Ledersofa, im Türrahmen oder sonst wo. Doch diesmal wäre es anders, weil er zu mir steht.

Aber er wird nie zu seinen Gefühlen für mich stehen, falls er überhaupt welche hat und das nicht reine Einbildung meinerseits ist, und daher sage ich Nein! Schlimmerweise sind wir ja nicht einmal beste Freunde, auch wenn er immer so tut. Vincent hat mir noch nie erzählt, was mit seiner Mutter passiert ist oder wo sein Vater steckt.

14

Ich blicke ihm tief in seine unfassbar ausgefallenen tiefgrünen Augen und brülle innerlich: ›Nein, nicht schon wieder!‹ Heraus kommt jedoch glasklar: »Ja! Gerne.«

Oh, wie ich mich hasse! Natürlich könnte ich mir auch einreden, dass ich Freundschaft und Sex Weltklasse trennen kann und es reicht, so etwas wie seine beste Freundin zu sein. Tut es aber nicht. Schon lange nicht mehr.

Wie auf rohen Eiern stakse ich auf die Tür zu. Charmant tritt er einen Schritt zurück und deutet mir, dass ich an ihm vorbeigehen solle. Tue ich. Ich kenne das Spiel und könnte mich dafür erwürgen, es schon wieder mitzuspielen. Allerdings ist er ja nach wie vor mein Boss. Und ich bloß höflich. Wenn auch mit Magenflimmern.

Kurz blicke ich nach hinten. »Danke. Meetingraum oder dein Büro?« Das ist wohl die einzige Variable in der sich zwischen uns seit Jahren wiederholenden Szene, die sich wie aus dem Film ›Und täglich grüßt das Murmeltier‹ anfühlt.

»Mein Büro.«

Im Glaspalast also.

»Gut. Soll ich den Kaffee bringen?«

»Wieso? Alissa soll ihn machen.«

Schade, dann hätte ich kurz nachdenken können. Aber dagegen zu argumentieren, seine neue Assistentin fürs Kaffeemachen einzuspannen, ist sinnlos. Habe ich ausprobiert und bin gescheitert.

»Okay.«

Schweigend gehen wir den hellen, furchtbar langen Gang mit den Gemälden entlang. Ein klitzekleiner Teil seiner Kunstsammlung. Lauter Originale. Eines teurer als das andere. Sie wandern wie bunte impressionistische Farbkleckse durch mein Blickfeld. Ich liebe sie, aber im Moment brauche ich meine gesamte Energie, um so zu tun, als würde ich ungezwungen vor ihm hergehen. Kurz vor seinem Büro frage ich: »Ist irgendetwas passiert?«

Rhetorische Frage. Wenn etwas geschehen wäre, hätte er es längst erwähnt und nicht dieses unwiderstehliche Lächeln im Gesicht.

Doch zu meinem Erstaunen antwortet Vincent, den alle außer mir Vince nennen, mit: »Vielleicht?«

Ein Schwarm Schmetterlinge hebt in mir ab. Ich bin echt ein Loser. Glaube noch immer, er wird von einem Tag auf den anderen Ann-Marie verlassen.

»Aha. Und was ist es?«

»Später«, erwidert er kurz angebunden. Meine Schmetterlinge stürzen ab und landen mit den Fühlern voraus in einem Misthaufen. Klingt nicht nach einer anstehenden Liebeserklärung.

Langes Reden ist aber auch nicht gerade seine Stärke, Schweigen dagegen absolut. Zusätzlich hat Vincent in den letzten Jahren noch Unsichtbarkeit in der Öffentlichkeit als Superkraft dazugewonnen. Irgendwie schafft er es, unter dem Radar zu leben.

Ich ebenso, aber was mich anbelangt, interessiert sich kein Schwein von der Presse dafür, was ich tue oder unterlasse. Warum auch? Ich bin ein unglücklich verliebter Single, arbeite hier Tag und Nacht und gebe mein Geld für teure Klamotten und Kurzurlaube aus, um keinen Burn-out zu bekommen. Total langweilig. Nicht einmal meine Mutter regt das auf. Die meint, sie hätten es viel härter als wir Kinder gehabt. Stimmt vielleicht. Sie haben sich einen wirklich tollen Installateur-Betrieb aufgebaut und tatsächlich sieben Tage die Woche gearbeitet.

Als ich Vincent das erste Mal begegnet bin, war er anders als heute. Damals war er freier. So habe ich ihn kennengelernt. Als jemanden, dem Normen und Zwänge fremd sind. Aber seit ein paar Jahren versucht er ganz offensichtlich, sich zu ändern. Vermutlich, um endlich beziehungsfähig zu werden, was ihm aber nicht wirklich gelingt. Alle paar Tage haut er ab. Mal in die Berge zum Klettern, mal springt er aus einem Flugzeug, oder aber er verkriecht sich mit David in eines seiner Domizile und ist nur per Handy erreichbar. Immer solo. Ohne Ann-Marie.

»Nein, das machen wir nicht«, höre ich eindeutig die Stimme von David, und mein Kopf schnellt nach rechts, da ich ganz links an der Wand entlanggehe. Tatsächlich, Vincents Schatten schießt geradewegs aus einem der Büros direkt auf uns zu, und im nächsten Moment gellt meine Stimme durch den Gang: »Neeein!«

Bruno ist von der anderen Seite mit voller Wucht in mich hineingelaufen. Sein Handy fällt geräuschvoll auf den Steinboden. Ich wanke. Tappe mit der Hand ins Nichts und finde zum Glück wieder Halt auf meinen hohen Schuhen. Dank David, der mich fest am Arm packt und auffängt.

»Entschuldigung«, brummt Bruno und sieht mich schuldbewusst aus seinen dunklen Knopfaugen an. Wieso? Er kann ja nichts dafür. Zumal Bruno Kern keiner Fliege etwas zuleide tut. Er ist nicht nur Jurist, sondern die Bibliothek des Wissens und nach David die zweite gute Seele an Vincents Seite. Und er ist alt. Brunos Falten haben etwas Freundliches, aber sie erzählen auch von einem aufregenden Leben. Außerdem sieht er schlecht. Meine Güte, da kann man schon mal unkonzentriert aus der Tür laufen.

Ich streiche meinen Rock zurecht und sammle mich. »Schon gut, Bruno. Ist ja nichts passiert.«

»Musst du sie so grob anfassen?«, schimpft Vincent mit David.

»Schon gut. Er hat mich ja gerettet.«

Bruno fährt mir kopfschüttelnd und mit weit aufgerissenen Augen über den Oberarm. »Sicher alles gut bei dir? Entschuldige, Tita! Ich habe telefoniert und euch gar nicht wahrgenommen.«

Nun streicht mir Vincent über die weiße Bluse und damit über meinen Arm. Er steht direkt vor mir. Oh nein! Körperkontakt zwischen uns ist überhaupt das Schlimmste! Mir wird heiß, und alles prickelt wie elektrisiert. Gänsehaut. Jedes Mal wieder hoffe ich, dass ihm der sehnsüchtige Blick in seine Richtung wie auch der leichte Hauch an Rot auf meinen Wangen verborgen bleiben. Oder aber auffällt, er Ann-Marie endlich den Laufpass gibt und offiziell weiterführt, was wir vor zwei Jahren begonnen haben.

»Also der Fleck an ihrem Oberarm wird noch alle Farben spielen. Augen auf, Bruno! Du bist ja wie ein Bulldozer in Tia gerannt!«

»Ich bitte dich, Vincent. Es ist überhaupt nichts passiert.«

»Du bist echt hart im Nehmen, Tia?«

»Bin ich. Aber wie gesagt: Alles ist gut.«

Außer das zwischen uns.

Nur er nennt mich Tia. Alle anderen kürzen Tizia seit meiner Teenagerzeit mit Tita ab. Nicht Vincent. Nicht seit dem Tag, an dem wir uns auf der Uni über den Weg gelaufen sind. Genauer gesagt ich in ihn hineingerannt bin, mein Kaffee aus dem Pappbecher seinen Sweater zerstört hat, sein Kaffee auf dem Boden gelandet ist und ich ihn aus lauter schlechtem Gewissen zu mir nach Hause auf einen Wiedergutmachungs-Kaffee eingeladen habe. Den Schaden habe ich damals mit meiner Rubbelei auf seinem cremefarbenen Designer-Hoodie nur schlimmer gemacht, dafür sind wir seit damals miteinander befreundet. Was erstaunlich ist, denn ich wusste nicht mal, wer er war oder dass er für einen Vortrag eingeladen gewesen war. Schon damals war David an seiner Seite. Bis heute weiß ich nicht, was diese beiden Männer miteinander verbindet.

Aber auch heute macht das Gefummel an einem Kleidungsstück nichts besser. Oder sein Blick. Durchdringend, als suche er in meinen Augen nach Antworten auf Fragen, die er nie gestellt hat. Kaum zu ertragen.

Ich hebe meine Arme. »Hört auf! Ich werde ganz sicher keinen blauen Fleck davontragen, so fest hat David dann auch wieder nicht zugepackt.«

18

»Das hoffe ich«, grinst Bruno aus seinem dunkelgrauen Anzug. »Und zum guten Glück bin ich ja weich gepolstert. Selbst meine Finger.«

Was stimmt, sein Übergewicht würde ich locker mit dreißig Kilo beziffern. Aber dafür ist er unser Bärchen. Und wir würden ihn für nichts und niemanden eintauschen. Bruno weiß immer einen Rat oder was zu tun ist. Auch wenn er dafür manchmal tagelang nachdenkt. Aber gerade seine Besonnenheit macht sein Wesen unwiderstehlich.

Nach ein paar weiteren Worten können wir endlich in Vincents Glaspalast gehen. Gefolgt von David, der jedoch vor der Tür stehen bleibt.

Mir ist schlecht, und ich muss so schnell wie möglich wieder weg von Vincent. Ich gebe ihm fünf Minuten. Das sind ohnehin schon vier zu viel.

Bad Habit: Ablenken

In Vincents riesigem Büro angekommen, setze ich mich auf das schwarze Ledersofa mit Blick ins Grüne.

Die Firmenzentrale von Mana Owl Royale, abgekürzt MORe, liegt im Süden Wiens, mitten in einem weitläufigen Park mit allem: eigenem See, Tretbooten, einem Wasserpark mit Surfwelle – Vincent liebt sie –, einem Tempel, einer alten Ruine und einem exklusiven Restaurant direkt am Wasser. Bis auf das Lokal und einen Teil des Sees steht das gesamte Areal ausschließlich uns Mitarbeitern zur Verfügung. Vincent wollte das so. Selbst unsere Büros erinnern mehr an Wohnzimmer mit Schreibtischen als an typische Arbeitsplätze. Die Firma ist seine Familie, denn er hat ja außer David niemanden. Okay, Ann-Marie. Die wandelnde Katastrophe.

Vincent spricht nie über sein Vermögen. Aber er gibt es aus. Für Luxusimmobilien an den schönsten Plätzen der Welt und hier in Österreich. Für seine Big-Boy-Toys: zwei Jachten, einen Privatjet, sündteure Autos und Erfindungen, die ihn kurz einmal interessieren. Seine neueste Errungenschaft ist ein autonom fahrender Roboter, der den Strand auf seiner Karibikinsel reinigt. Er hat mir ein Video von ›Alf‹, wie er ihn nennt, gezeigt.

Mein Blick fällt auf den See. Er sieht heute wundervoll aus. So ruhig. Seine Wasseroberfläche schimmert in verschiedenen Blautönen. Geradezu friedlich. Ganz im Gegensatz zu meinen Gefühlen. Die pendeln nämlich zwischen schwarzen, verdammt feindseligen Freakwaves und kleinen aufgeregten türkisen Wellen an schwerst verliebt hin und her. Im Sekundentakt, wohlbemerkt.

Aber wie heißt es? Mein Problem, dein Problem, das Schicksal? Es ist ganz klar mein Problem. Und ich habe vor, es zu lösen. Wird auch Zeit.

Alissa fragt, was wir trinken wollen.

»Zwei Espresso und zwei Glas Wasser, bitte. Danke, Alissa.« Wie immer hat er bestellt.

Ich sehe ihn an. Nun hat er sich mir gegenüber hingesetzt. Wie ein Gemälde sieht Vincent aus. Das schwarze langärmelige Hemd hat er so weit es ging nach oben gekrempelt, daher sind seine muskulösen Arme und sogar die Tattoos zu sehen. Es sind mystische Muster, die wie Bänder die Oberarme umranken. Wie immer trägt er schwarze Jeans, Sneakers und eine teure Uhr. Dazu einen Siegelring an der linken Hand. That's it.

Eine grün getönte Sonnenbrille steckt in seinem kurz geschnittenen mittelbraunen Haar, und die Farbe der Gläser ist um einige Nuancen dunkler als die seiner Augen. Vincent sieht wie ein Gott aus. Oder ein Schauspieler. Auf jeden Fall wie einer, der Gott spielen könnte. Eine junge Version natürlich.

Ist das Blasphemie? An Gott und Sex in derselben Sekunde zu denken?

Ich Idiotin!

Wann höre ich endlich damit auf? Heute ist doch mein Tag eins. Zwar gefühlt der hundertste in den zwei Jahren, aber diesmal wird es anders. Weil ich diesmal einen Plan habe. Nicht den, wo ich das Wochenende zuhause mit Serien bingen und zwei riesigen Bechern Eiscreme aus dem Supermarkt verbringe und wieder einmal sowohl meine Mutter als auch meine Schwester anlüge. Oder mit Bo shoppen gehe und mir aus Frust die dreißigste teure Handtasche kaufe. Diesmal schaffe ich das. Übers Wochenende wegzufliegen, hilft auch nicht. Hab ich probiert und war nicht der Burner. Ich muss länger weit weg von ihm sein. Am besten für immer.

»Du siehst toll aus.«

Bitte nicht mit den Komplimenten weitermachen. Das muss ich im Keim ersticken.

»Danke. Also, was gibt es? Irgendwelche Neuigkeiten?«, frage ich ihn und bemühe mich, interessiert und doch unaufgeregt zu wirken. Dabei sehe ich Vincent in die Augen. Direkt. Er sieht mich ebenfalls an.

Das ist eines unserer Dinger. Blickkontakt. Wir sehen uns verdammt oft zum selben Zeitpunkt in die Augen, immer in der Annahme, der andere würde es gerade nicht tun. Wie jetzt auch. Ich wollte ihn nur heimlich mustern, so aber bleibe ich standhaft dabei, ihn anzustarren.

Er sieht zu Boden.

Gut so.

»Es gibt nichts Wichtiges. Ich wollte bloß einen Kaffee mit dir trinken und dich sehen«, erklärt er mir. Dann lächelt er. »Außerdem habe ich dich vermisst und wollte endlich wieder ein paar Minuten mit einem vernünftigen Menschen reden.«

Er hat mich in den USA vermisst? Dieses Wort kennt er doch gar nicht! Wird das doch noch etwas zwischen uns? So in letzter Sekunde? Mein Herz springt wie ein Gummiball in meiner Brust, und ich muss mal Luft holen.

»Deine Welt muss manchmal echt schräg sein, wenn ich darin die Rolle der Vernünftigen spiele.«

Kontern geht bei mir in beinahe jeder Lebenslage. Selbst bei Atemnot.

»Siehst du, genau das hat mir gefehlt!«

Danke! Und ich eine Taube, die zum Fenster hereinfliegt und mich zum Schreien bringt, weil ich nicht weiß, wie ich sie retten soll. Ich würde nie und nimmer einen Vogel berühren. Davor habe ich viel zu viel Angst. So wie er Angst vor echten Gefühlen hat. Davon bin ich mittlerweile überzeugt. Und er traut niemandem. Bloß David.

»Dann bist du leicht zufriedenzustellen, Vincent. Apropos: Wie geht es zu Hause? Ann-Marie soll in deiner Abwesenheit alle wegen des Umbaus verrückt gemacht haben.«

Mindestens drei der Angestellten hat sie mit Daueranrufen bombardiert und Aufträge verteilt. Angeblich verweigern auch schon externe Auftragnehmer, mit ihr zu arbeiten.

Vincent lächelt verschmitzt. »Der Flurfunk funktioniert ja wieder perfekt. Aber danke, mir geht es erstaunlich gut. Sie macht mich zwar wahnsinnig, aber zum Glück ist sie mit der Innenarchitektin beschäftigt.«

Vor mir ist Ann-Marie immer nur sie. Keine Ahnung, warum. Es ändert ja nichts. Da kann er ruhig ihren Namen aussprechen.

»Jaja, die neue Villa. Doppelt so groß wie die alte, hat sie mir unlängst erzählt. Und sie soll megamodern und mit einer Mauer eingefasst sein, damit euch niemand stört und Paparazzi keine Fotos schießen können.« Das konnte ich mir jetzt nicht verkneifen. Ann-Marie umgekehrt ja auch nicht, immerhin war sie es, die mir ungefragt Fotos des Gebäudekomplexes auf ihrem Handy gezeigt hat. »Muss sich aber wie ein Gefängnis anfühlen.«

Er sieht mir mitten ins Herz. »Dann passt es doch zu mir, oder?«

Du meine Güte. Ja, ich sehe seine Gespenster aus der Vergangenheit, die er nicht loszuwerden scheint. Aber wie soll ich ihm helfen, wenn er nicht sagt, worum es geht?

»Ein selbst gewähltes, Vincent. Du könntest auch genauso gut mal sagen, wovor du ständig auf der Flucht bist.« Klar schüttelt er beinahe unmerklich den Kopf. »Aber vergiss es.«

Wenig überraschend nickt er. »Nicht jetzt. Außerdem wollte ich gar nicht über mich sprechen.« Klar. Will er nie. »Wie geht es dir?«

Beschissen? Saumiserabel? Fällt dir vielleicht ein noch schlimmeres Wort für meine verdammt verzwickte Situation ein?

»Wunderbar, danke! Ich habe wie immer viel zu tun, aber da dieses Wochenende kein Event ansteht, kann ich dann bald nach Hause. Du solltest das ebenfalls ausnützen und wenigstens heute früher Schluss machen. Vielleicht gehst du mit ihr aus? Heute ist ja Freitag.«

Ich bin so ein Gutmensch, obwohl ich diese Frau nicht verstehe. Wie kann man mit Vincent verlobt und so ein Ekel sein? Aber egal. Ab heute stehe ich da drüber. Und ich bleibe dabei, ihm Beziehungstipps zu geben.

»Sollte ich? Du sagst doch immer, du bist der schlechteste Beziehungscoach der Welt.«

Das sitzt. »Natürlich bin ich das! Falls es dir nicht entgangen ist, bin ich seit Ewigkeiten Single.« Seit vier Jahren, um genau zu sein. Seit dem Tag, an dem wir einander begegnet sind. Nun ja, manchmal habe ich One-Night-Stands oder so etwas wie Miniaffären. »Was weiß ich also schon über eine echte Beziehung?«

Ich erhasche einen beinahe gequälten Blick aus seinen nun in verschiedenen Grüntönen schimmernden Augen.

Es klopft, wir fahren hoch, und Alissa, heute in einem blauen Hosenanzug ganz auf Business gestylt, tritt mit einem Tablett in den Raum. Schweigend beobachten wir sie dabei, wie sie uns die Kaffees und Wassergläser serviert. Gleichzeitig sagen wir: »Danke!«

»Gerne.« Damit verlässt sie uns mit ihrem typischen, nur leicht angedeuteten Lächeln wieder und zieht leise die schwere Holztür hinter sich zu. Ich liebe die moderne Statue gleich daneben. Ein farbenfrohes Etwas, das mich immer zum Schmunzeln bringt, obwohl ich weder weiß, was es darstellen, noch, was es bedeuten soll.

Plötzlich huscht auch ein Lächeln über Vincents Gesicht.

»Was ist?«, will ich wissen.

»Hast du den Schwachsinn gelesen, den unser Kanzler gestern in den Nachrichten verzapft hat?«

Ah, dann sind wir jetzt bei dem Teil, wo wir die Nachrichten gemeinsam zerpflücken.

»Habe ich. Kümmert mich aber nicht mehr. Mit unserer Regierung bin ich durch. Mit der Demokratie zum Glück nicht. Wählen gehe ich ja noch immer. Mit jedem Mal ein Stück desillusionierter, aber trotzdem. Aber das weißt du.«

Er lacht. »Geht mir ganz ähnlich.«

Und schon schneidet er das Formel-1-Rennen vom letzten Wochenende an. Natürlich war er mit Ann-Marie dort. Miami. Ich hatte keine Lust, rüberzufliegen, obwohl er es mir angeboten hatte. Mir und noch mindestens zehn anderen Angestellten.

Ausführlich erzählt Vincent, wie irgendein Hollywood-Sternchen ihn im Motorhome seines eigenen Rennstalls um Champagner schicken wollte, weil sie ihn nicht erkannt hatte.

»Hast du ihn ihr gebracht?«

Er grinst. »Natürlich nicht. Aber David hat es getan. Der Irrtum war ihr später dann ziemlich peinlich.«

»Na ja, dir wäre ja keine Zacke aus der Krone gefallen, wenn du mal selbst gegangen wärst. Aber vermutlich hättest du nicht einmal gewusst, wo du eine Flasche Champagner findest.«

Vincent grinst breit. »Exakt! Aber ich wusste, wen ich fragen muss.«

»David!«, rufen wir gleichzeitig aus.

Und schon sind wir wieder dort, wo wir immer ankommen: beim Lachen. Gemeinsam. Darin sind wir gut. Wir können über die Welt, den täglichen Wahnsinn und die Wut, die wir auf gewisse Politiker in wichtigen Funktionen haben, tatsächlich lachen und Witze reißen. Gerade so, als wären die nicht alle für unser Schicksal verantwortlich.

Nun wechsle ich mal das Thema. »Habe ich dir schon erzählt, dass es neue Untersuchungen zum Alter der Sphinx gibt?«

Mein neues Steckenpferd sind Rätsel der Archäologie. Die sehe ich mir auf YouTube zwischen den Serien oder nach dem Fitnessstudio an. Falls ich mich aufraffen kann, dorthin zu gehen. In den letzten Monaten habe ich mit meiner Jahreskarte eher den Club gesponsert. Aber auch das wird sich ändern. Morgen bin ich schon um neun Uhr dort. Hm, vielleicht erst am Nachmittag. Kommt darauf an, wie lange ich heute mit Bo unterwegs bin.

Vincent beugt sich in meine Richtung. »Nein. Erzähl mal.«

Das liebe ich an ihm. Egal, mit welcher Theorie ich anmarschiere und ob ihn das Thema interessiert oder nicht, er tut immer so, als wäre es ihm wichtig. Weil ich es bin, die darüber spricht. So schlau bin ich. Deshalb denke ich ja seit Jahren, wir fühlen ähnlich füreinander. Aber da habe ich mich rückblickend betrachtet wohl geirrt.

Er will mich bloß nicht als Freundin verlieren. Oder als Angestellte. Vielleicht versucht er, einfach nur nett zu mir zu sein, aber heute will ich lieber glauben, dass er ein rücksichtsloses A ist. So ist es leichter.

Dann foltere ich ihn mal mit ein paar Fakten! »Also es geht um die Sphinx Enclosure. Sie haben ja die Einfassung der Sphinx quasi aus dem Felsen gehauen, also von oben nach unten gearbeitet. Dieser Geologe aus den USA hat behauptet, sie muss ungefähr elftausendfünfhundert Jahre vor Christus erbaut worden sein, denn Wind und Sand können unmöglich allein für die Erosion an der Einfassung der Sphinx verantwortlich sein. Und diese Datierung fällt rein zufällig mit Platons Atlantis-Mythos zusammen.«

»Hätte der Mann recht, wäre das ja eine Sensation.«

»Wäre es, aber jetzt gibt es natürlich eine Riesendiskussion zwischen ihm und anderen Geologen. Einerseits, weil er mittlerweile behauptet hat, die Einfassung sei erst aus dem Stein gehauen und später heftigen Regenfällen ausgesetzt gewesen, und anderseits, weil seine Kollegen Salzkristalle, die aus Verdunstung entstehen und sich im Stein einlagern, wie auch gesammeltes Regenwasser für die Erosionsspuren verantwortlich machen oder aber den Umstand ins Rennen führen, dass der Stein schon erodiert war, als sie ihn bearbeitet hatten. Beide Theorien hören sich für mich logisch an, aber die erste einen Tick besser. Spannender.«

»Spannend ist immer besser«, meint er schmunzelnd. Nun bin ich es, die lieber die Schuhspitzen meiner Sandalen betrachtet, als seinem Blick standzuhalten.

Trotzdem erzähle ich weiter. Worüber sollten wir denn sonst sprechen?

Geduldig hört er meine langatmigen Ausführungen und Vermutungen der Gegenfraktion an, dass der besagte Geologe die Sphinx älter datiert hat, um sie näher an die Datierung der Ausgrabungen in der Türkei, Göbekli Tepe, zu bringen. Und schon befinden wir uns in einer lebhaften Diskussion über die Zuverlässigkeit der Datierung von alten Relikten.

Mittendrinnen sieht Vincent jedoch auf seine Uhr und springt auf. Dabei haben wir noch keine zehn Minuten diskutiert. Und wie so oft nichts besprochen, was uns persönlich betrifft.

»Musst du gehen?«

»Ja. Ich habe um elf Uhr einen Termin in Wien.«

Ich schaue auf mein Handy. Es ist zehn Uhr dreißig. »Dann musst du wohl los.«

»Muss ich. Leider.«

Er steht schon an der Tür.

»Gutes Gelingen und schönes Wochenende«, sage ich im Hinausgehen auch zu David, der ihn anscheinend abholen kommt, und ärgere mich maßlos über mich selbst. Warum war ich nicht schneller als Vincent? Ich wollte doch nur fünf Minuten bleiben. Außerdem ist das so typisch, denn zu neunzig Prozent bricht er unsere Gespräche ab und läuft davon. Aber das wird sich ändern. Und zwar mit einem Paukenschlag, von dem er nichts ahnt.

Kaum denke ich an mein Kündigungsgespräch, steigt es mir heiß auf. Ich muss mich definitiv am Wochenende darauf vorbereiten, sonst mache ich noch einen Rückzieher! Aber ich weiß: Egal, wofür ich mich entscheide, meine Familie steht hinter mir. Das ist das Schöne bei mir zuhause. Jeder von uns darf sein, wer er sein will. Deshalb bin ich auch nie ausgezogen. Die Einsamkeit würde ich nicht ertragen, da ist mir der Trubel daheim lieber.

Zurück in meinem Büro öffne ich meinen Instagram-Account. Obwohl ich weiß, dass das verblödet und gegen meinen Plan ist. Aber ich kann nicht anders. Enttäuscht sehe ich mir auf seinem Fake-Account die alten Posts an. Kenne ich schon alle.

Hier! Und schon poppt eine neue Story von ihm auf. Kurz zögere ich.

Ich muss wissen, was er geschrieben hat, also tippe ich auf das Bild des Hundes, den er auf dem Profil Doglover30something hat. Dabei hat er vor fünf Monaten seinen vierzigsten Geburtstag mit einer Riesenfete in Saint Tropez gefeiert.

›Mut steht am Anfang des Handelns. Glück am Ende. Demokrit.‹

Äh. Was will er mir damit sagen? Es geht doch, was uns beide betrifft, eher um seinen Mut als um meinen. Oder hat er das für sich selbst gepostet? Als Reminder? Aber er hat einen Griechen zitiert. Zwar nicht Platon, aber doch. Also hat er Bezug auf unser Gespräch genommen. Verschlüsselt wie immer.

Mist. Nun sieht er wieder einmal, dass ich es mir angeschaut habe. Blöde Funktion von Instagram, denn sobald ich auf die Story tippe, scheint mein Icon mit meinem Namen auf. Auch ohne sie zu liken! Natürlich poppt nur mein Fake-Account auf. Meiner heißt FitnessAndSunAddict2100. Von diesen beiden Accounts weiß niemand. Nur wir beide. Die haben wir mal an einem Abend nach zu viel Champagner angelegt. Noch vor unserer gemeinsamen Nacht. Und seitdem sind sie so etwas wie unsere Tür zu einer geheimen Kommunikation zwischen uns beiden. Aber auch das muss aufhören.

Soll ich meinen Account löschen? Jetzt? Sofort?

Wäre gescheit.

Ich suche das Löschen in den Einstellungen. Mein Finger wartet über der Löschfunktion auf einen Befehl meines Hirns. Aber der kommt nicht.

Nein. Das kann ich auch später machen. Jetzt muss ich erst den Ablauf des Events fertig durchlesen und dann die Endversion an Vincent schicken. Auch wenn er Wichtigeres zu tun hat, will er solche Dinge lesen.

Schon lustig. Ich wollte nach meinem Wirtschaftsstudium nie ins Marketing. Warum auch? Aber Vincent hat Bo und mir vor knapp über vier Jahren einen Job angeboten. Und nach reiflicher Überlegung haben Bo und ich ihn angenommen. Na ja, es hat ungefähr eine Minute gedauert, dann sind wir ihm um den Hals gefallen und haben zugesagt.

Wir hatten ja auch keine andere Wahl. All unsere Bewerbungen nach dem Studium liefen ins Leere. Klar haben wir gewusst, dass gefühlt jede und jeder in Wien Wirtschaft studiert, aber dass es so krass ist, wurde uns erst bei der Jobsuche klar. Ein paar unbedeutende Nebenjobs habe ich zwar gemacht, aber wir beide waren Vincent echt dankbar, als er uns bei einem Event von ihm, zu dem er uns eingeladen hatte, diese Chance gegeben hat. In Wahrheit hat er Bo und mich nach einem völlig nutzlosen Jahr gerettet und uns unser Selbstvertrauen zurückgegeben.

Aber jetzt ist meine berufliche Situation dank ihm eine völlig andere. Wenn du für MORe arbeitest, bist du in ganz Europa gefragt! Blödsinn. Auf der ganzen Welt.

Ich lege mein Handy weg.

Natürlich muss ich kündigen. Sonst wird das mit meinem eigenen Leben nichts. Bo wird versuchen, es mir auszureden, aber das darf ich nicht zulassen.

Mein Herz sticht.

Ist das mein Schicksal? Mich mitten unter Menschen ständig einsam zu fühlen? Sieht so aus. Dabei habe ich wirklich die beste Familie, die beste beste Freundin der Welt, die man sich vorstellen kann, und noch so viele andere Menschen, die ich ins Herz geschlossen habe. Und davon, keinen Mann zu haben, geht die Welt nicht unter.

Genau! Jetzt bin ich so lange Single, da sollte ich mich dann langsam mal daran gewöhnen und die Vorteile feiern.

Mal sehen.

Niemand stänkert wegen meiner Klamotten, die manchmal überall verstreut in dem kleinen Appartement in meinem Elternhaus herumliegen. Oder wegen meines leeren Kühlschranks. Kochen muss ich auch nicht. Nicht einmal Essen einkaufen. Macht noch immer Mama für uns alle. Daher kann ich, wenn ich will, das Wochenende auf meiner Couch verbringen, Wien unsicher machen oder mir einen Kurztrip in die Sonne leisten. Je nachdem, wonach mir gerade ist. Mama hat recht, ich führe ein verdammt unbeschwertes und sorgenfreies Leben.

An all die Trips gemeinsam mit Vincent darf ich allerdings nicht denken! Oh nein. Die gehören nicht zu meiner Zukunft. Ab jetzt reise ich absichtlich allein, weil ich frei bin und es mir Spaß macht. So sieht es aus. Ein Mann könnte meine Idylle nur gefährlich stören. Vincent auf jeden Fall. Der Mann hat Geheimnisse. David kennt sie. Da bin ich mir sicher, also vertraut er mir nach wie vor nicht restlos. Möglicherweise sollte ich mich mal damit beschäftigen. Dann erkenne ich, dass wir so was von gar nicht zusammenpassen! In etwa wie Hundehaare zu meinem sündteuren beigefarbenen Kaschmirmantel.

Exakt. So muss ich das mit Vincent und mir betrachten. Er ist der Kaschmirmantel, ich maximal die Hundehaare, die stechen und stören.

Warum denke ich hin und wieder so selbstzerstörerisch? Klar ist Mister Doglover der mit den Hundehaaren und ich der Mantel!

Und genau deshalb ist heute Tag eins meines neuen Lebens. Und am Montag wird auch Vincent davon wissen.

Dabei hat er gar keinen Hund, sondern will eine Katze.

Bad Habit: One-Night-Stands

Freitagabend

*W*o bleibst du? Bin im Gastgarten schon beim zweiten Glas Aperol Spritz!‹

Ein paar Emojis dazu und senden.

An Bo.

Oh, wie ich das hasse! Hier sitze ich, herausgeputzt in verdammt schicken fliederfarbenen Schlaghosen mit einer tief dekolletierten Bluse in Hellgrün und einem ebenfalls pastellig-karierten Sakko. Meine Schuhe sind auch ein Hammer. Hoch. Dunkles Flieder, aus Lack, mit glitzernden Maschen und einem konisch geschnittenen Absatz. Sehr geile Sandalen. Aber leider wieder einmal allein.

Das Thema verfolgt mich wie ein Virus.

Ups!

Vincent, gefolgt von David, biegt in die Spiegelgasse und kommt direkt auf mich zu. Mein Herz beginnt, zu rasen. Was macht er denn am Freitagabend in der Stadt? Er fliegt doch meistens übers Wochenende irgendwohin.

Schnell schnappe ich mir die Speisekarte, die mir Salvo zuvor auf den Tisch gelegt hat, und verstecke mich dahinter. Rutsche im Sessel ein wenig tiefer. Zähle die Sekunden. Nach sechzig sollten die beiden an mir vorbeigegangen sein, und ich könnte es wagen, kurz mal auf die Straße zu spähen.

Achtunddreißig. Neununddreißig. Vierzig.

Plötzlich zieht jemand die Speisekarte nach oben.

»Nicht«, fauche ich Salvo an. Er kann doch meine Tarnung nicht auffliegen lassen!

Großartig. Mein Herz weiß nicht genau, ob es lachen oder weinen soll, denn es ist nicht Salvo, sondern Vincent, in dessen im Moment waldgrün schimmernde Augen ich blicke. Und sie strahlen mich an. So, als trüge ich eine rote Masche um den Hals und einen Anhänger, auf dem ›Für dich‹ steht.

»Oh!«

»Tia, Babe!«

Und dann küsst er mich.

Beinahe auf den Mund. War das Absicht?

»Hast du mich erschreckt.«

Das ist ehrlich gemeint. Betrifft aber mehr den Beinahe-Kuss und das Babe. Sagt er sonst nie. Außer damals.

»Das wollte ich nicht, aber wieso hängst du so an einer Menükarte?« Er legt sie auf den Nebentisch und nimmt wie selbstverständlich mir gegenüber Platz.

»Vielleicht brauche ich eine Lesebrille?« Ein Drink wäre auch hilfreich.

David, sein bester Freund und Schatten, setzt sich ans Eck. »Lange nicht gesehen«, meint er schmunzelnd.

»Ich habe dich schon vermisst.«

Unser einziger Mitwisser! Ich hoffe, er hat diese Nacht längst vergessen, ebenso wie Vincents Ausgehverbot, das Ann-Marie gleich anschließend für beide verhängt hat. Natürlich hat Vincent es ignoriert. Ich schätze, das war teuer.

»Apropos Brille: Du solltest Salvos Karte mittlerweile auswendig kennen.«

Vincent weiß alles über mich: dass das hier mein Lieblingslokal ist, dass meine Lieblingsblumen Canna sind, dass ich auf Musik wie die von Ed Sheeran oder Taylor Swift stehe, gerne Mysteryserien und Liebeskomödien binge und kandierte Veilchen über alles liebe. Kann es sein, dass all das nichts bedeutet?

»Ja. Stimmt. Aber mir war heute mal nach etwas anderem als dem Üblichen.«

Da ist mehr dran, als er denkt.

»Also kein Carpaccio?«

Ich schüttle den Kopf. »Ich brauche Veränderung.« Das sollte doch ein kleiner Hinweis für ihn sein.

Und ja! Er kneift die Brauen zusammen und fixiert mich geradezu. »Wozu? Dein Leben ist doch perfekt!«

»Wäre ich ein Misanthrop und würde gerne allein alt werden, dann ja. Dann ist es perfekt.«

Vincent schluckt. Soll er ruhig.

»Zum Glück hast du uns«, wirft David heiter ein, doch er schickt mir einen zweifelnden Blick aus seinen graublauen Augen.

Ich nehme seinen Ball auf, damit hier Ruhe herrscht.

»Oh ja! Zum Glück!«

Vincent spürt genau, dass da etwas falsch läuft. Aber er lässt es unkommentiert und fragt stattdessen: »Und? Wofür hast du dich nun entschieden?«

»Das könnte ich dir sagen, wenn du mir nicht die Karte weggenommen hättest.«

»Oh. Entschuldige.« Er reicht sie mir, und David schüttelt den Kopf. Immer wieder jedoch blickt er auf die Straße. Wenig überraschend. David checkt die Umgebung, weil er hier ja auch als Vincents Bodyguard fungiert.

Großartig. Jetzt sitze ich hier mit den beiden, und keine Spur von Bo. Sie reagiert weder auf meine Anrufe noch auf meine letzten WhatsApp-Nachrichten. Ich bringe sie um, wenn sie hier auftaucht!

Als würde viel drinstehen, studiere ich jeden einzelnen Buchstaben, der in der Karte steht, und zwar so genau, dass ich auch etwaige Rechtschreibfehler ausmachen würde, während die beiden Männer bei Salvo Prosecco für mich, Rotwein für Vincent und Kaffee für David bestellen.

»Und? Hast du etwas gefunden?«, will Vincent wissen.

»Ja, habe ich«, lächle ich ihn an und klappe demonstrativ die Karte zu.

»Verstehe. Du wirst es mir nicht verraten. Was hast du am Wochenende noch vor?«

Ich strecke meinen Rücken durch. Will er mir etwa etwas vorschlagen?

»Nichts. Wieso?«

»Ach, war nur eine Frage.« Er deutet auf David. »Wie fliegen nach Saint Tropez, denke ich.«

»Auch schön.«

Ja. Er kann ruhig die Augenbrauen zusammenkneifen und darüber spekulieren, was falsch an mir ist. Das Ergebnis sollte ihm so vertraut wie sein eigener Körper vorkommen.

Salvo serviert uns die Getränke. »Und, Bella? Was kann ich dir zum Essen bringen?«

»Bitte das Carpaccio«, antworte ich. In der Sekunde senden Vincent und David einander einen verschwörerischen Blick und lachen laut auf.

Tadelnd erkläre ich ihnen: »Ich habe es gesehen!«

»Was?«, fragen sie unschuldig. Ich winke nur ab.

»Also etwas ganz Neues, Tita. Kommt gleich, wie immer«, grinst Salvo. Da die Männer nichts essen wollen, verschwindet er nach drinnen im Restaurant.

»Sag nichts«, zische ich Vincent an.

»Bestimmt nicht«, meint er wieder entspannter. »Zum Wohl!« Er schwenkt sein Glas in meine Richtung.

»Cheers! Wäre doch schade, wenn du hier allein auf Bo hättest warten müssen«, fügt David hinzu, der sich wieder uns zugewandt hat. Wir genießen wieder seine volle Aufmerksamkeit.

»Woher willst du wissen, auf wen ich warte?«

Vincent rollt die Augen, und Davids Grinsen wird noch breiter. »Ich kenne dich eben, Tita.«

»Da muss ich ihm recht geben.«

»Danke, David! Und dir auch. Bin ich froh, dass mein Leben ein offenes Buch für euch beide ist.« Na super. Klingt wie: Du bist eine alte Jungfer, auf wen solltest du denn warten, wenn nicht auf deine beste Freundin? Ohne einen Schluck zu trinken, stelle ich mein Glas ab. »Aber vielleicht ist alles auch ganz anders? Und ich hoffe, dir ist klar, David, dass ich schon ein großes Mädchen bin und ganz gut allein in Wien zurechtkomme?«

Er grinst mich an. Schelmisch. »Weiß ich, aber so wie ich das sehe, sind wir beide, speziell Vincent, definitiv die bessere Gesellschaft als gar keine, oder?«

»Natürlich. Welche Frau will nicht mit zwei attraktiven Männern am Freitagabend in einem Lokal sitzen?«

Ich hasse Davids Andeutung. Zwischendurch kann er sich solche Meldungen einfach nicht verkneifen. Leider bin ich nicht sicher, ob sie bloß lustig gemeint sind oder ob er schnallt, wie sehr ich nach wie vor in Vincent verliebt bin, oder ob das bloß wegen der einen Nacht ist? Aber das kann mir egal sein. David ist, wie er ist. Immer lauernd, beobachtend und jederzeit bereit, einfach alles für Vincent zu tun. Er würde sich für ihn sogar vor eine Kugel werfen, was ein erschreckender Gedanke ist.

»Dann sind wir also wenigstens attraktiv?«, wiederholt Vincent.

»Bro, sieh uns an. Natürlich sind wir das.«

»Schön, dass euch ein kleines Kompliment so viel Freude bereiten kann.« Ich erhebe mein Glas. »Auf euch!«

Sie prosten mir zu, dann trinke ich den Prosecco schlückchenweise, damit ich nachdenken kann.

Ich spüre es. David weiß alles.

Ob Vincent jemals über seine Gefühle für mich gesprochen hat? So ein ehrliches Gespräch unter Männern mit David gehabt hat?

Nein. Das kann ich mir nicht vorstellen.

Doch all das ist Schnee von gestern und Angriff die beste Verteidigung. Speziell in seinem Fall.

David sieht mich erwartungsvoll an. Er liebt unsere Verbalgefechte, die ohnehin harmlos sind. Dann eröffnet er die nächste Runde: »Was läuft denn derzeit in deinem Liebesleben?«

Ich bringe ihn um. Erst David, dann Bo, sollte sie jemals hier auftauchen.

»Was soll ich sagen? Es gibt Angebote über Angebote.«

Er grinst. »Und du kannst dich nicht entscheiden? Dann geht es uns ja ähnlich.«

Vincent sieht mich musternd an. »Ich würde mir wünschen, dass du glücklich bist.«

Mist. »Aua!« Auch seine Meldung. Ich massiere meinen Fuß unter dem Tisch. Sandalen! »Sorry, hab mir nur den kleinen Zeh am Tischbein gestoßen.«

David rollt die Augen und stellt das Glas ab. »Ja, das war blöd«, meint er grinsend, und ich bin mir sicher, er meint Vincents Bemerkung und nicht meine Zehe.

»Ist es wieder gut?«, will Vincent wissen.

»Ja, eine Flasche Prosecco, und ich vergesse, dass ich mir ganz nebenbei eine Zehe gebrochen habe.«

Er beugt sich nach unten.

»Nein, nicht! Das war nur ein Scherz, Vincent. Alles wieder gut.«

»Okay.«

Plötzlich taucht Martin wie aus dem Nichts auf! Der hat mir gerade noch gefehlt.

»So eine Überraschung! Mit dir, Tita, habe ich nicht gerechnet«, ruft er uns zu, und schon sitzt er neben mir. »Das macht doch gleich mehr Vergnügen als mit den beiden hier.«

Natürlich meint er damit hauptsächlich Vincent. Bin gespannt, ob er erwähnt, dass er heute nicht zur Arbeit erschienen ist oder wie er es geschafft hat, so schnell zu genesen, denn Martin sieht wie das blühende Leben selbst aus.

»Martin, du kehrst heute ja geradezu dein Innerstes nach außen und siehst dabei wie das blühende Leben selbst aus.« Das konnte ich mir nicht verkneifen.

»Ja, ein paar Tabletten, und weg ist das Kopfweh«, meint Martin völlig relaxt, nimmt seine elegante Krawatte ab. Doch, genau das ist sie, der Beigeton ist phänomenal. Wenn er eines hat, dann Geschmack. Im Design und bei der Wahl seiner Klamotten. »Du weißt halt nach wie vor nicht, was alles in mir steckt.«

»Danke. Ich will es auch gar nicht erforschen!«

»Ich sage dir doch immer, Martin, dass du kluge Frauen abschreckst.«

Ich werde Vincents Kommentar nicht werten. Nein. Und mich auch nicht darüber freuen. Niemals.

»Vince! Du beleidigst gerade Sophie! Das hat sie echt nicht verdient.«

Die drei lachen.

Martin bringt seine neue Freundin ins Spiel? Das etwas dümmliche Model? Himmel! Männer!

Wie funktioniert das bei ihnen? Ich finde ja, David und Vincent sind irgendwie eine Einheit, aber Vincent und Martin passen überhaupt nicht zusammen. Vincent ist von Natur aus cool. Martin dagegen bemüht sich, mit ihm mitzuhalten, was ihm aber irgendwie nicht so richtig gelingt. Was bei Vincent rund und natürlich wirkt, mutet bei Martin hölzern und gekünstelt an. Dabei ist er tatsächlich ausnehmend gut im Produktdesign. Aber tolle Klamotten ändern bei ihm auch nichts. Ich hätte vermutlich auch Komplexe, wenn mein bester Freund so stinkreich und gut aussehend wie Vincent wäre. Und intelligent. Und eloquent. Aus jetzt!

Nicht, dass Martin blöd ist. Er sieht nicht mal schlecht aus, aber er ist eben nicht so fesch und eher hager. Sogar einen Tick größer als Vincent, aber weniger trainiert. Neben Vincent verblasst leider jeder Mann.

Soll ich jetzt Mitleid mit Martin haben?

Nein. Sorry. Hab ich nicht. Dafür geht er mir viel zu sehr auf die Nerven. Außerdem haben sie alle viel zu viel Spaß damit, einander auf den Arm zu nehmen.

»Tita!«, höre ich jemanden hinter mir schreien.

Ich fahre herum. Bo läuft auf mich zu, und ihr leichter hellgelber Sommermantel weht ausladend.

Als sie uns erreicht, fällt sie mir um den Hals. »Entschuldige, aber mein Akku ist leer. Und dann hat mich noch der Uber-Fahrer im Stich gelassen.«

»Kann passieren«, murmle ich in ihr Ohr. »Ich erwürge dich erst, wenn alle hier weg sind.«

»Geht in Ordnung«, meint Bo, die dann noch die Männer begrüßt.

Wie bitte soll ich ihr jetzt von meiner monumentalen Lebensentscheidung samt Vorgeschichte erzählen, solange sie uns belagern?

Noch schlimmer ist, dass ich es genieße, Vincent gegenüberzusitzen und mich beinahe zwanglos mit ihm zu unterhalten. Ich weiß. Ich bin krank, was Vincent betrifft.

»Was trinken wir Schönes?«

»Was immer du willst«, antwortet Vincent.

»Wunderbar. Dann bitte den Rotwein.«

Bo wirft ihre zum Mantel passende Designertasche in Gelb mit Blüten drauf auf einen leeren Sessel am Nebentisch, rückt den Stuhl zu uns und lässt sich dann auf der kurzen Seite des Tischs zwischen Martin und David fallen. Sie sichert sich immer einen Sessel nur für die Handtasche oder ihre Shopping-Bags. »Herrlich! Endlich Freitag!«

»Du musst einen grauenvollen Boss haben, Bo.«

Sie lächelt breit. »Und ob! Sei froh, dass du ihn nicht kennst, Vince.«

»Bin ich. Wie sieht er denn aus?«

»Alt, faltig und gebrechlich. Ein Narzisst.« Bo geht wohl aufs Ganze, aber Vincent liebt das.

»Na dann: Mein Beileid.«

»Kann ich brauchen.« Bo schmunzelt, und Vincent amüsiert sich ebenfalls blendend. »Und Martin: Schön, dass du so gesund aussiehst, und bevor du mich fragst: Ja, ich habe deine bescheuerte Präsentation hinbekommen, und auch ja, sie waren begeistert. So, mehr sage ich heute zum Job nicht mehr.«

»Ich wusste, du bringst die Nummer besser als ich.« Dann springt Martin auf und checkt ein Glas für sich selbst und auch für Bo.

Sie murmelt mir zu: »Das nächste Mal bin ich krank.«

»Das habe ich gehört, Bo.«

»Gut so, dann kommt es nicht überraschend, Boss. Cheers!«

»Den Tag schenke ich dir, Bo. Dein Auftritt heute war sensationell.«

»Danke! So, auf uns alle! Happy Friday, allerseits!«

Das war jetzt alles zu seiner Präsentation? Auch gut. Mir soll es recht sein. Mich gehen die Sommerdrinks für nächstes Jahr nichts mehr an.

Mit dem Rotwein in der Hand will Bo von mir wissen: »Und? Was wolltest du mir erzählen?«

Ihr Ernst? Ich hoffe, dass sie meine Blicke zu deuten weiß.

Nein. Denn sie sieht mich fragend an. Daher trete ich sie unter dem Tisch.

Martin zuckt zusammen.

»Sorry!«, murmle ich.

»Schon gut.«

Zum Glück räuspert sich Bo. »Also: Was habt ihr denn heute noch vor, und wo sind eure Frauen?«

Hat sie es jetzt kapiert oder nicht?

Trinkt sie den Wein ex?

Jap.

Hat sie.

Martins Augenbrauen erreichen beinahe seinen Haaransatz. »Alles in Ordnung, Bo?«

»Absolut!«, kichert sie fröhlich. »Und David, du bist von der Frage ausgenommen.«

»Ich danke dir, Bo.«

Natürlich hat sie Ann-Marie und Sophie gemeint. David hat ja nie eine feste Freundin. Wobei mir völlig egal ist, wo die beiden sind. Doch Bo schickt mir einen verschwörerischen Blick und nestelt an ihrem Oberschenkel herum. Ich zucke mit den Achseln.

»Die shoppen gemeinsam. Aber ich wusste nicht, dass Vince auch in die Stadt kommt.«

Aha.

»Gut für die Mädels, sie waren sicher seit gestern nicht mehr am Geldausgeben«, antwortet Bo Martin schnippisch.

»Stimmt.«

»Ich hasse diese Shoppingmanie«, erklärt Vincent, und ich weiß, dass er das ehrlich meint. Er hat Menschen, die das für ihn erledigen.

»Also ich nicht. Wenn du das Richtige findest, kann es besser als ein Orgasmus mit dem falschen Mann sein.«

»Bo!«, rufe nicht nur ich, sondern auch David aus.

»Wenn's stimmt?«

Zum Glück deutet Martin in Richtung Graben, der die Spiegelgasse im rechten Winkel kreuzt. »Seht mal!«

Wie immer ist auf der Prachtstraße mitten im Zentrum Wiens die Hölle los, während hier in der Seitengasse Ruhe herrscht. Schon spannend, dass die meisten Touristen nie auf die Idee kommen, auch nur ein paar Meter vom üblichen Pfad abzuweichen.

Wir drehen uns um. Ich weiß nicht, was er uns zeigen will.

»Dort drüben! Da kommen unsere Prinzessinnen. Gemeinsam.« Martin scheint überglücklich zu sein. Dafür könnte ich ihm eine reinhauen. Sein Grinsen ist kaum zu ertragen. »Sie dürften erfolgreich gewesen sein.« Klar. Was anderes können sie auch nicht. Beim Arbeiten feiert keine der beiden Erfolge.

Großartig. Diese zwei Frauen brauche ich jetzt so dringend wie ein Loch im Schritt meiner Stoffhose.

Aber hey, wir sind in Wien. Ein falsches Lächeln, ausgebreitete Arme und ein paar Bussis gehören zum guten Ton. Und je näher deine Sprache ans Burgtheaterdeutsch herankommt, desto unwiderstehlicher bist du für die Schickimicki-Gesellschaft. Allerdings gebe ich zu, dass ich manchmal auch selbst irgendwie ein Teil davon bin.

Aber wer mit knapp über dreißig und einem gut bezahlten Job geht nicht gerne mal in ein schickes Lokal oder in eine Bar? Sitzt in einem Gastgarten und lässt freitagabends bei einem Gläschen die Seele baumeln? Oder leistet sich mal für die vielen Überstunden ein kleines Täschchen von Chanel oder Prada? Also ich schon. So ehrlich muss ich sein. Und das ist auch normal. Nicht normal dagegen ist, was sich diese Art von Frauen vom Leben, sprich von ihren Männern erwartet!

Bo und ich springen auf, breiten die Arme aus und begrüßen die beiden Grazien, die direkt auf uns zusteuern.

Ann-Marie und Sophie könnten Schwestern sein. Beide blond, schlank, langes, wellig gestyltes Haar. Ann-Marie trägt ein cremefarbenes Minikleid. Das ist doch meine Farbe! Sophie dagegen Jeans zu High Heels und einem hellrosa Top.

Aber zugegeben: Beide sehen toll aus. Keine Frage. Aber gleichzeitig auch so, wie Tausende andere Frauen auf Männerjagd in Wien. Anscheinend aber auch so, wie viele Männer sich eine Traumfrau vorstellen. Selbst haben sie sich die teuren Kleider und Schuhe definitiv nicht gekauft. Auch nicht den Klunker von Armband samt Diamantring, der mir jedes Mal wieder ungut ins Auge springt, während Ann-Marie ihre Hand nach mir ausstreckt, um mich zu umarmen.

Ich brauch noch einen Drink!

Großartig! Salvo hat uns einen zweiten Tisch gecheckt, und nun sitzen wir zu siebent hier. Da hilft nur eines: »Bo, ich muss mal. Kommst du mit?«

Bevor sie Ja oder Nein sagen kann, antwortet leider Ann-Marie. »Ich begleite dich.«

Ich greife zum Glas und nehme noch einen Schluck.

»Könnt ihr Mädels denn nie allein auf Klo gehen?«

»Nein, Martin«, antworten wir alle vier im Chor. Ich würde ja mitlachen, wenn ich nicht so zornig wäre. Wie bitte soll ich Bo von meinem neuen Job und meinem Plan erzählen, wenn das hier so weitergeht? Kein vernünftiges Wort werde ich mehr herausbringen, denn ich fühle mich jetzt schon betrunken. Außerdem will ich ihn nicht sehen. Nicht mit Ann-Marie im Arm.

Vielleicht ist heute der falsche Zeitpunkt für ein Geständnis. Ein Tag auf oder ab spielt ja wirklich keine Rolle mehr.

Während wir durch das Restaurant nach hinten in den kühlen Gang gehen, wo die beiden Toiletten sind, textet Ann-Marie mich zu. Klingt wie ein gackerndes Huhn.

»Hast du schon den neuen Store vorne an der Ecke gesehen? So süße Kleider, sag ich dir. Da musst du hin. Ach ja, und drüben bei Chanel habe ich mir diese supersüßen Sandalen gekauft. Muss ich dir nachher zeigen. Lammleder. So bequem! Solche habe ich in Mailand gesucht und nicht gefunden. Erstaunlich, oder? Dabei kaufe ich so gut wie nie in Wien ein.«

»Dann hattest du ja immenses Glück, und der Stadtbummel hat sich ausgezahlt.«

Was soll ich mehr dazu sagen?

»Absolut! Ich würde ja öfter mal bummeln gehen, aber du kennst ja Vince.« Ja, besser, als du es vermutest und es meinem Gewissen guttut. »Ist ja ein Wunder, dass wir heute wie normale Menschen ausgehen. Aber er wollte unbedingt. So süß!«

Er wollte hierher? Oh Gott!

Sie holt Luft. Jetzt kommt sicher wieder die alte Leier. Wie arm sie ist, dass sie immer mit ihrem Chauffeur und einem Bodyguard unterwegs sein muss, wie anstrengend es mit den Angestellten im Haus ist und dass sie das normale Leben so sehr vermisst!

Ann-Maries Vater ist Produzent von Flaschen und Dosen und selbst vielfacher Millionär. Und sie ist sein einziges Kind. Von welchem normalen Leben sprechen wir hier?

»Schon armselig, dieses WC, oder?«

Weniger als du, meine Liebe. »Ich denke, du wirst es überleben.«

Ich bin heilfroh, die Türe hinter mir schließen zu können. Aber weit gefehlt. Hier gibt es ja nur zwei Toiletten, und sie quatscht in der nebenan weiter. Meine Kommentare sind eintönig und einfallslos: »Ach ja?«, »Nein! Wie krass« oder wie jetzt: »Reg dich nicht auf!«

Was habe ich falsch gemacht?

Ich mag Reisen und schönes Essen. Handtaschen auch. Und Schuhe. Tolle Klamotten. Klar. Aber ich mache nicht so ein Drama daraus wie Ann-Marie oder Sophie. Man kann mal wohin fahren und es genießen, dabei gut aussehen und sich trotzdem über Dinge, die einem ehrlich wichtig sind, unterhalten. Oder mal ein Buch lesen. Sollten die beiden ausprobieren. Sie wären erstaunt, welche Welten sich ihnen öffnen würden.

Aber so weit geht das nicht. Ann-Marie kennt nur zwei Themen: sie selbst und die neue Villa. Erstaunlicherweise nicht einmal Vincent. Das soll ihm vermutlich zeigen, was für ein Glück er mit ihr hat.

Bei Sophie sind es immerhin drei: sie selbst, ihre Auftritte und Shootings, wobei ich noch immer nicht weiß, ob sie überhaupt von jemandem engagiert wird oder sich ihre Karriere als Model nur einbildet, und dann noch ihre frische Liebe zu Martin. Wie toll er nicht ist. Sophie schafft es, über zwei Tage in Venedig mit Martin so zu erzählen, als sei sie dorthin gezogen und träfe Donna Leon täglich zum Brunch. Wobei sie die auch bloß aus dem Fernsehen kennt. Angeblich liebt sie Krimis und Thriller. Auf Film gebannt, versteht sich.

»Also: Was sagst du?«, quietscht Ann-Marie vor meiner Klotür in einer Stimmlage, die mir im Bauch wehtut.

Äh, was war die Frage?

Ich schließe meine Hose und trete zu ihr hinaus ans Mini-Waschbecken. Zum Glück ist sie schon fertig.

»Würdest du das tun?«, schiebt sie nach, während ich mir die Hände wasche.

Es hilft nichts. Ich habe nicht den blassen Schimmer, wovon sie spricht. »Was tun?«

»Na, den Pool überdachen. Also ich bin schwer dagegen, aber Vincent will das.«

Mir fällt der Lippenstift in den Abfluss. Keine große Sache. Die Stiche in meiner Brust dagegen schon. Wie auch die Fotos, die sie mir auf ihrem Handy gerade wieder einmal unter die Nase hält. »Sieh mal, er ist schon fast fertig.«

»Wow!« Das ist kein Pool, das ist eine Wasserlandschaft mit Relax-Zonen! Warum muss ich mir das ansehen? Ich bin grundsätzlich kein Mensch, der Neid empfindet. Aber im Moment? Verdammt!

»Sieht toll aus.«

Ich sollte da drinnen mit Vincent nackt baden und einen Cocktail im Mondschein trinken. Nicht sie! Worüber will er mit ihr denn sprechen, wenn sie mal keinen Sex haben?

Andererseits: Ich habe mich immer gefragt, was Frauen wie Ann-Marie im Bett draufhaben, wovon wir anderen nichts wissen. Ob ich das mal googeln sollte? Irgendetwas muss ihn doch veranlassen, sich ihren Schwachsinn und die Wutanfälle gefallen zu lassen?

Sie zieht ihr Handy weg, ich schnappe mir meinen Lippenstift und wische ihn mit einem Papiertuch ab. »Siehst du! Ich sag ja, eine Überdachung macht das alles zunichte. Noch dazu, wo der Pool ja ohnehin beheizt wird.«

Mein Herz hüpft. »Ich hoffe, mit Solarenergie?«

»Natürlich. Du kennst ja Vince.«

Stimmt. Er ist, was diese Themen betrifft, vernünftig. Trotz seiner Kohle. Ich bin ja gespannt, wie lange es dauert, bis sie – »Zum Glück sehe ich die Villa nicht von oben. Sieht ja hässlich aus, mit all diesen Paneelen. Ohne diese Dinger hätten wir eine wundervolle Dachterrasse.« – so etwas wie diesen Sumpfsinn von sich gibt. Ich könnte ihr etwas tun! Zum Glück marschiert sie los.

Beinahe erleichtert, diese intime Situation mit Vincents Verlobter hinter mir zu lassen, folge ich ihr über den Gang wieder zurück ins Lokal.

»Tita!«

Ehe ich mich versehe, umarmt mich Arnando mit einem erfreuten Strahlen im Gesicht und kurz vor der offen stehenden Glastür. Ann-Marie läuft weiter und setzt sich wieder zu den anderen.

Ich habe ihn schon eine ganze Weile nicht mehr gesehen. Liegt daran, dass ich so selten in der Stadt und bei Salvo war. Arnando ist oft hier. So haben wir uns kennengelernt. Er hat seine Anwaltskanzlei nur ein paar Häuser weiter.

Er küsst mich. Nicht auf die Wangen, sondern mitten auf den Mund. Schätze, das ist okay. Wir hatten ja schon mal das Vergnügen einer gemeinsamen Nacht. Mehrmals sogar. Aber mehr als Sex wollten weder er noch ich. Und ich bin immer dann mit ihm im Bett gelandet, wenn ich innerlich wieder einmal Schluss mit Vincent gemacht habe. Heute aber nicht. Das muss auch anders funktionieren.

»Arnando!«

»Ich habe dich vermisst«, raunt er mir ins Ohr und hat mich eng an sich gezogen. Noch einer, der mich vermisst und nicht angerufen hat. Was sagt mir das?

Mein Herz beginnt wieder, heftig zu schlagen.

Ich spähe an ihm vorbei zu den anderen. Vincent sieht geradewegs in meine Richtung. Wenn ich es nicht besser wüsste, würde ich sagen, er schaut eifersüchtig aus. Ah, und schnell wendet er sich Ann-Marie zu.

Ich verstehe diesen Mann nicht!

»Was ist, meine Schöne? Hast du es eilig, oder trinken wir ein Gläschen?«

Einen Moment lang betrachte ich Arnando. Zugegeben. Dieser Mann hat auch etwas. Er ist nur ein Stück kleiner als Vincent, schwarzhaarig und sieht wie aus einem dieser italienischen Filme aus. Heiß. Kein Wunder, er ist ja auch Italiener. Die cremefarbenen Jeans und hellbeigen Mokassins stehen ihm einfach.

Vielleicht sollte ich die Gelegenheit beim Schopf packen? Zwei Gründe sprechen dafür: Es ist Freitag, und Vincent wird sich sicher bald mit Ann-Marie verabschieden, dann stehe ich wieder einmal allein da.

Ach. Und dann ist da noch ein dritter Grund: Es geht nichts über ein Freitagabendschäferstündchen mit einem heißen Italiener! Das lenkt ab. Und zwar von allem.

Mit einem Schlag ist mir klar, dass er genau das ist, was ich heute brauche, um nicht weiter über Vincent und Ann-Marie nachzudenken.

»Ich habe dich auch vermisst«, flüstere ich daher zurück und greife nach seiner Hand. »Komm mit. Ich sitze gleich da draußen mit Bo und ein paar Freunden.«

»Sehr gerne«, schmunzelt er und schnappt sich sein Glas Wein von einem der hohen Tische.

Mit Arnando im Schlepptau erscheine ich in unserer Runde. Vincents Miene verfinstert sich für einen kurzen Moment. Dann hat er sich wieder gesammelt. Aber ich habe es gesehen. Gefällt dir wohl nicht, was? Mir gefällt sie auch nicht. Und mit sie meine ich Ann-Marie, die an seiner Schulter hängt.

Während Arnando bereits Bo begrüßt und küsst, rufe ich fröhlich: »Darf ich euch Arnando vorstellen?« Nachdem ich sie alle miteinander bekannt gemacht habe, zwängt sich Arnando mit einem Sessel zwischen Martin und mich und hält meine Hand. Ich schwanke zwischen ist-mir-peinlich und ist-genau-richtig. Interessanterweise dauert es keine sechzig Sekunden, bis Vincent aufspringt. War mir klar, dass er das Weite sucht.

»Wir müssen dann mal weiter. Ich wünsche euch noch einen schönen Abend!«

Und ohne sich von mir oder Bo zu verabschieden, schlängelt er sich hinter David auf den Gehsteig hinaus und wartet dort auf Ann-Marie, die noch an ihrer Handtasche nestelt, und David, der ihre Taschen mit ihren Einkäufen vom Boden aufhebt.

Ich sehe ihn an. Just in dem Moment schaut er zu mir und ich schnell in die andere Richtung. Vincent soll ja nicht denken, mir täte es leid, dass er geht. Soll er sich doch vertschüssen! Ich habe ihn heute Abend von Anfang an nicht gebraucht. Allerdings kann ich Bo nun erst recht wieder nicht das erzählen, was ich vorhatte, aber ich finde es gut, dass Arnando meine Hand hält. Das beruhigt.

Martin und Sophie küssen Bo und mich noch zum Abschied, und er läuft ins Lokal zu Salvo. Vermutlich, um die Rechnung zu bezahlen. Vincent sourct das immer out, auch wenn es sein Geld ist, das sie ausgeben.

Als die fünf außer Sichtweite sind, meint Bo: »Bist du mir böse, wenn ich euch jetzt verlasse? Ich bin saumüde. Die Woche war echt anstrengend.«

»Nein, nein. Geh nur. Kein Problem.« Reden können wir ja ohnehin nicht. Meine Schuld. Aber ich will auch gar nicht mehr reden, sondern heißen, therapeutischen Sex mit Arnando! Vergessens-Sex. Dummerweise kommt gerade mein Carpaccio. Die Bestellung habe ich ja komplett vergessen.

»Wenn du noch etwas isst, werde ich mir auch noch etwas bestellen«, meint Arnando nüchtern.

Der Mann ist Pragmatiker. Anwalt für Zivilrecht. Er meint, nach all dem, was er an Scheidungen schon erlebt hat, bleibt er lieber allein. Was an sich schade ist, denn er ist ein Traummann. Zwar nicht für mich, aber rein objektiv wäre er das. Arnando kann extrem lustig und extrem charmant sein. Belesen ist er auch. Und er hat gute Manieren. Die besten, würde ich sagen.

Ich grinse ihn an. »Ja, bitte. Mach das. Wir haben ja noch den ganzen Abend vor uns.«

»Auch die Nacht?«, murmelt er in mein Ohr. Ich bin froh, diesen Hauch an Kribbeln zu spüren. Sonst müsste ich die Sache abblasen, so aber fängt der Spaß gerade erst an. Aber manchmal brauche auch ich eine echte Umarmung und mehr.

»Auch die ganze Nacht«, wiederhole ich schmunzelnd und stecke ihm genüsslich die erste Gabel voll Rinder-Carpaccio, garniert mit einem Blatt Rucola, in den Mund. Dann schließe ich die Augen und stelle mir vor, es wäre Vincent.

Sofort öffne ich sie wieder. Das passiert immer. Egal, mit wem ich ins Bett gegangen bin. Und was jetzt?

Ich nehme mein Handy. Dummerweise schaue ich meinen geheimen Instagram-Account kurz durch, während er bei Salvo noch Prosecco für uns beide sowie eine Pasta für sich bestellt. Vincent! Ich hasse dich! Muss er das in seiner Story posten? Schwarzer Hintergrund, weiße Schrift:

›Beide schaden sich selbst: der, der zu viel verspricht, und der, der zu viel erwartet.‹

Darunter steht in Türkis: ›Gotthold Ephraim Lessing.‹

Hoffentlich hat er das auf Ann-Marie und sich selbst bezogen und nicht auf uns. Vielleicht hat er ihr zu viel versprochen und kommt aus der Nummer jetzt nicht mehr raus? Warum will er, dass ich das lese? Jetzt bin ich enttäuscht.

Enerviert lege ich das Handy umgedreht auf den Tisch zurück. Von dir lasse ich mir bestimmt nicht den Abend versauen! Viel Spaß mit deiner Enttäuschung. Kannst du gerne behalten.

»Schlechte Nachrichten?«, will Arnando wissen.

Energisch schüttle ich den Kopf. »Ach, ich frage mich, warum ich mir all diese schwachsinnigen Storys von Menschen ansehe, die ich nicht einmal kenne.«

Er nickt. »Siehst du, genau deshalb bin ich nicht auf den sozialen Medien. Reine Zeitverschwendung.«

Stimmt. Angeblich ist er nicht einmal auf Tinder. Er hat ja die Innenstadt, hat Arnando mir mal verraten. Wozu braucht er also Social Media?

»Wie recht du hast. Lass uns auf Freitagabend anstoßen.« Ich halte ihm mein noch halb volles Glas hin.

»Darauf, und auf mein unfassbares Glück, die schönste Frau der Stadt getroffen zu haben.«

»Danke. Bin ich aber nicht.« Aber ich mag seine Komplimente. Wenn er dann noch ein paar Worte Italienisch redet, bin ich zu allem bereit!

Er beugt sich zu mir. »Bella! Überlass es mir, das zu beurteilen.«

Ich küsse ihn auf die Wange. »Kannst du das auf Italienisch wiederholen?«

»Certamente!«

Ich schiebe das Carpaccio beiseite. Essen wird überbewertet.

Bad Habit: Kündigen

Montag

Gestern war ich der Meinung, der heutige Tag wird in mein persönliches Geschichtsbuch als der Tag der großen Befreiung eingehen. Tag vier meines neuen Lebens.

Leider fühlt es sich aber nicht so an. Da helfen weder mein perfektes Outfit noch Make-up. Das ärmellose orangefarbene Kleid mit dem raffinierten Schnitt und dem sexy Ausschnitt sollte mir Stärke geben. Jetzt fühle ich mich overdressed und zugleich durchsichtig wie eine dieser Swarovski-Figuren. Schlecht, wenn man zudem im Glaspalast vor dem Riesenschreibtisch seines Chefs sitzt. Ich sehe auf die Golfbahn, wo er zwischendurch putten übt.

Sein Blick ruht auf mir. Das spüre ich. Ist er sauer? Enttäuscht? Oder vielleicht sogar erleichtert?

Mutig sehe ich ihm in die Augen. »Das war eigentlich alles.«

»Eigentlich alles?« Das klingt ziemlich angepisst. Mit beiden Händen hält er mein Schreiben fest. »Du verlässt mich?«

Absolut! Und zwar in jeder Hinsicht. Wie immer er es gemeint hat.

Heftig nickend erkläre ich ihm: »Ja. Äh, und du weißt: Ich bin dir unendlich dankbar für den Job hier und all die Erfahrungen, die ich machen durfte.« Ich klinge wie eine dieser Flugbegleiterinnen, die seelenlos die Sicherheitsvorschriften durchgeht. »Aber es ist Zeit, etwas Neues zu versuchen.«

»Schon wieder? Und dann bestellst du doch das Carpaccio?«

Also jetzt bin ich entnervt. »Du kannst doch meine Kündigung nicht mit einer harmlosen Bestellung bei Salvo vergleichen.«

»Richtig erkannt. Das hier ist nicht harmlos, Tia.«

»Na ja, irgendwie auch wieder schon. Ich kündige. Das passiert täglich.«

Nicht harmlos ist die Antwort auf die unausgesprochene Frage, wie sich das auf uns beide auswirkt. Und ich kann es ihm sagen, wenn er es wissen will: gar nicht gut. Ich erkläre die Wartezeit auf den Traumprinzen nämlich hiermit offiziell für beendet.

»Aber nicht mir, Tia. Und nicht von dir!«

Vincent steht auf und geht an die großen Glasscheiben. Verschränkt seine Arme vor der Brust und sieht hinaus. Mein Hals ist rau, daher trinke ich einen Schluck Kaffee. Ich habe gewusst, dass es nicht einfach sein wird, ihm klarzumachen, dass ich weggehe, aber dass es so schwierig sein wird, habe ich nicht erwartet. Aber daran ist er schuld. Er könnte auch irgendwann einmal damit beginnen, das, was er über uns denkt, auszusprechen. Aber nein. Tut er wieder nicht. Also selbst schuld.

»Ich nehme an, du bleibst in der Marketingbranche?« Er dreht sich nicht um.

»Äh, ja. Vielleicht« Dann fällt mir ein, was er sicher hören will. »Aber wenn, ist es bestimmt kein Mitbewerber.«

Wie in Zeitlupe wendet Vincent sich mir zu und kommt zum Tisch zurück. »Wir gehören zu den Weltmarktführern bei Lifestyle-Getränken. Wir sind keine Werbeagentur, Tizia. Es geht nicht darum, ob du zu einem Mitbewerber oder einer Agentur wechselst. Das ist mir so was von egal.«

Okay. Wir sind bei Tizia angekommen. Wenn er das braucht?

»Und was ist dir dann nicht egal?« Es reizt mich viel zu sehr. Rück doch endlich raus mit dem, was du wirklich denkst, und sprich Tacheles!

Vincent schluckt. »Die Tatsache, dass du überhaupt darüber nachgedacht hast, das Unternehmen zu verlassen, ohne mit mir darüber zu sprechen.«

Na ja. Das wäre auch saublöd von mir gewesen. Wer bitte fragt denn seinen Vorstandsvorsitzenden um Rat, wenn er kündigen will? Keiner, denke ich.

»Was hätte ich dir sagen sollen? So etwas wie: Vincent, hilf mir dabei, einen neuen Job zu finden? Abgesehen davon habe ich nicht aktiv nach einem neuen Job gesucht.«

Vincent bleibt vor mir stehen. Heute trägt er einen dunkelgrauen Anzug zu Sneakers und ein weißes T-Shirt darunter. Und er hat seine Businessmiene aufgesetzt. Als wäre ich eine Fremde.

»Gut. Ersparen wir uns die Details. Zweitausendfünfhundert Euro mehr. Brutto. Das bin ich bereit, draufzulegen, damit du bleibst.«

So ein Mist. Das ist mehr, als mir die Agentur angeboten hat. Was soll ich jetzt tun? Ich weiß ja noch nicht einmal, ob ich wirklich zu Schlossluft wechseln will. Ich weiß gar nichts mehr.

Meine innere Stimme meldet sich: Bleib hart! Du gehst ja wegen ihm und nicht des Geldes wegen.

Stimmt. Habe ich beinahe vergessen. Aber das werde ich ihm nicht auf die Nase binden.

»Vincent, ich schätze es sehr, dass du mich halten willst. Wirklich. Aber ich denke, es ist an der Zeit, dass ich mich weiterentwickle. Vielleicht irgendwo ein neues Programm samt einem tollen Preis für alleinerziehende Mütter im Business aus dem Boden stampfe und noch einiges mehr.« Das haben sie mir angeboten, und diese Idee finde ich wirklich sehr gut.

Mit einer knappen Geste winkt er das ab. »Das kannst du auch hier, wenn du es wolltest. Oder habe ich schon einmal eine deiner Ideen nicht durchgewunken?«

Das hier führt zu nichts. Er steht und wirkt übermächtig, ich sitze hier zusammengekauert in seinem riesigen Ledersessel. Deshalb erhebe ich mich und streiche mein Kleid zurecht. Natürlich bin ich trotz der hohen Schuhe kleiner als er, aber immerhin beinahe auf Augenhöhe.

»Vincent, verdammt! Darum geht es doch überhaupt nicht«, rutscht mir heraus, und in der Sekunde halte ich mir den Mund zu. Aber der Satz ist draußen.

Mit großen Augen, ich kann sie spüren, sehe ich ihn erschrocken an. Und er mich.

Dann tritt er einen Schritt auf mich zu und legt beide seiner Arme auf meine Schultern. Seinen Atem kann ich an meinem Hals spüren. Schon wieder dieses Kribbeln! Wie kleine elektrische Schläge.

»Tia! Dann sag mir, worum es hier geht. Warum du wirklich gehst.«

Nur über meine Leiche!

Wir blicken einander tief in die Augen. Seine schimmern wie ein glasklarer Waldsee. Meine vermutlich wie ein feuchter Waldboden, denn sie sind hellbraun mit dunklen Sprenkeln.

»Ich muss einfach weg«, schniefe ich. Wie dämlich bin ich?

Und wie aus dem Nichts zieht er mich an seine Brust. Seufzt. Und ich? Halte mich an ihm fest, als wäre ich am Ertrinken.

»Und ich will dich nicht verlieren«, erklärt er mir, und ich spüre seine Lippen nur einen Kuss von meinen entfernt.

Es geht nicht um den Job. Damit hat dieser Satz rein gar nichts zu tun. Das weiß ich, und er weiß es auch. Aber ich kann auch nicht so weitermachen. Dieses Feuer zwischen uns beiden bringt mich um. Hat mich schon verbrannt. Treibt mich dazu, Dinge zu tun, die nur Ausflüchte sind, um mich nicht der Realität stellen zu müssen. Ich kann ihn nicht haben. Egal, wie sehr ich ihn auch liebe.

So ist es eben. Er hat Ann-Marie. Dafür hat er sich entschieden.

Das ist ja nicht auszuhalten!

Ich drehe mich weg, aber er hält mich an der Hand fest. »Sag mir ehrlich, warum du weggehen willst.«

Weil ich dich liebe! Und weil du mich liebst. Denke ich zumindest.

Ich reiße mich von ihm los und laufe zur Tür. Ohne mich noch einmal umzudrehen. Keine Antwort ist auch eine.

In meinem Büro angekommen, knalle ich die Tür hinter mir zu. Langsam, mit einem satten »Ffffh«, schließt sie sich. Blöde Glastüren! Die können nicht mal laut zukrachen.

Hastig schnappe ich meine Handtasche und den großen Korb, in den ich schon vor unserem Gespräch all meine Habseligkeiten hineingeworfen habe, und laufe zum Lift. Kommt der dann irgendwann mal auch?

Er macht »Pling«, und in dem Moment taucht Bo im Gang auf. »Hey! Wo willst du denn hin? Auswärtstermin?«

»Ja«, lüge ich. Ich kann ihr jetzt nicht hier im Flur von der Kündigung erzählen. Vincent könnte auftauchen. »Und ich habs eilig. Meld mich später, ja?«

Bo legt ihren Kopf schief und sieht mich aus schmalen Augen an. »Okay.« Während sich die Türen schließen, sehe ich, wie sie den Kopf schüttelt und in ihr Büro zurückgeht. Es wird keine Viertelstunde dauern, dann weiß sie ohnehin, was los ist. Da bin ich mir sicher. In diesem Stockwerk bleibt nichts geheim. Na ja, bis auf ... Egal.

Ich muss raus, sonst ersticke ich noch. Und ich will ihn nie mehr wiedersehen. Er hatte seine letzte Chance und hat sie wieder nicht genützt. Es ist vorbei, Vincent. Das schwöre ich!

Ich habe keine Ahnung, wohin ich fahre. Aber in Bewegung zu sein, fühlt sich gut an. Plötzlich läutet mein Handy. Bo. Verstehe. Jetzt weiß sie es.

Ich nehme den Anruf über die Freisprechanlage entgegen.

»Bist du von allen guten Geistern verlassen? Wie kannst du uns das antun? Und du sprichst davor nicht einmal mit mir?«, schreit Bo aus meinen Boxen. Nein, dafür habe ich jetzt nicht die Kraft.

»Bo! Ich wollte es dir ja am Freitag sagen, aber es ging nicht, wie wir beide wissen.«

»Ach? Und wieso dann nicht am Samstag oder Sonntag? Wieso muss ich das von Vincent erfahren, der nebenbei bemerkt ziemlich sauer auf dich ist?«

Ist er das? Soll er ruhig sein. Ich bin auf ihn noch mehr sauer.

»Du warst dieses Wochenende am See, schon vergessen?«, verteidige ich mich.

»Ja. Und stell dir vor: Die haben da Handymasten! Außerdem haben wir dreimal telefoniert.«

»Aber nur kurz!« Weil ich keine Lust dazu hatte. Am Samstag war ich saumüde, da ich dank der langen Diskussion mit Arnando kaum geschlafen habe, und den Sonntag habe ich auf meinem Sofa mit einer Serie auf Netflix verbracht, um mich von Samstag und von Montag abzulenken.

Es war schon schlimm genug, dass ich nicht mal mit Arnando schlafen konnte, weil mir mittendrinnen Vincents Name rausgerutscht ist. Daraufhin hat Arnando abgebrochen, mir einen Drink gebracht und gemeint, ich solle ihm alles erzählen. Er würde schweigen wie ein Grab, aber er hätte auch keine Lust, mit mir zu schlafen, wenn meine Gedanken bei einem anderen Mann sind. Nun ja, ich habe es getan. Und sein ehrlicher Rat als

Mann war: Hau ab. So weit weg von ihm wie möglich. Ich hatte nicht die Kraft, das alles ein weiteres Mal mit Bo durchzukauen.

»Tita! Aber es war genügend Zeit, um mir zu sagen, dass du gehen willst. Wir sind doch beste Freundinnen, oder etwa nicht?« Wenn ihre Stimme hoch wird, klingt Bo ätzend. Aber sie hat recht.

»Das sind wir, Bo. Und es tut mir auch echt leid.«

»Gut so. Soll es dir auch. Außerdem glaube ich, dass du keine Ahnung hast, wie angepisst nicht nur Vince, sondern auch David ist. Der spricht nie wieder ein Wort mit dir!«

»Wie er meint!«

Ich kann nicht mehr. Jeder Satz ist ein Stich mehr in mein ohnehin verwundetes Herz. Ich will mich nicht rechtfertigen. Oder erklären. Ich will in mein Bett. Mit dem Eis, das ich unterwegs gekauft habe, und den kandierten Veilchen, die noch übrig sind. Die Vorhänge vorziehen und die Welt vergessen. Wo um alles in der Welt bin ich hier überhaupt? Ich muss die nächste Ortstafel lesen. Ich Idiot hätte die Autobahn nehmen sollen.

»Okay. Was ist los? Da steckt doch mehr dahinter, oder?«

Sie kennt mich.

»Bo! Ja, aber nicht jetzt, okay? Bitte!« Mir kommen gleich die Tränen.

»Verstehe. Lass uns heute Abend darüber reden.«

»Morgen, Bo.« Mir geht langsam die Kraft für diese sinnlose Diskussion aus.

»Weil du heute noch etwas Wichtigeres vorhast?«

»Ja!« Ich schüttle mich. »Ich meine, nein, natürlich nicht, Bo. Heute betrinke ich mich.«

»Jetzt willst du deine Kündigung auch noch ohne mich feiern? Also ehrlich, Tita. Das ist das Letzte.« Und plötzlich legt sie auf.

Ich fahr mir übers Gesicht und in die Haare. Das ist doch alles nicht zu glauben! Jetzt sind sie alle gegen mich. Vincent, Bo und David! Was mache ich denn nun?

Auf das Lenkrad zu schlagen, hilft auch nur ein bisschen.

Ich drehe die Musik lauter. Billie Eilish. When the party's over. Ob mir das Universum damit etwas sagen will?

Bad Habit: Flüchten

Kurz darauf ...

Vincent

J a, Frau Hohenstein verlässt uns. Ich stelle sie per sofortiger Wirkung frei.«

Wenn sie diese Kündigung will, dann soll Tia sie haben. Je schneller, desto besser.

»Bekommt sie eine einvernehmliche Kündigung?«

Gute Frage meines Personalchefs.

»Ja. Bekommt sie, und schicken Sie mir, wie viel Resturlaub sie noch hat.«

»Natürlich, mache ich sofort.«

»Wunderbar, Herr Dorfer. Das war es auch schon.«

So. Das wäre erledigt.

»Alissa?«

»Was kann ich für Sie tun?«

Sehr gut. Mittlerweile hat meine Assistentin gelernt, dass sie auf jeden meiner Anrufe sofort zu reagieren hat.

»Sagen Sie für heute und morgen alle meine Termine ab, und checken Sie mir bitte einen Flug. Dann informieren Sie David. Wir fahren um Punkt vierzehn Uhr zum Flughafen.«

»Natürlich, Herr Dante. Welches Flugziel soll ich den Piloten melden?«

Wohin? Weg. Einfach weit weg. Früher wäre ich jetzt auf die Seychellen oder nach Indonesien. Verantwortung! Als ob ich mir das hier alles ausgesucht hätte. Ich konnte doch nicht ahnen, dass das alles so groß wird.

»Monaco.«

»Erledige ich sofort. Noch etwas?«

»Das war es beinahe. Wir übernachten in der Villa. Checken Sie uns einen Tisch bei Gerard um 20 Uhr. Wie immer.«

»Mache ich. Ach: Ihre Verlobte hat bereits fünf Mal angerufen. Da Sie in Besprechungen waren, musste ich sie vertrösten.«

Wieso seufzt Alissa? Was hat Ann-Marie nun wieder angestellt?

»Und?«

»Und jetzt ist sie auf dem Weg hierher, weil ich unfähig bin.«

Gleich brennen meine Sicherungen durch. »Wer sagt das?«

»Ihre Verlobte.«

»Was erlaubt sie sich! Alissa, Sie müssen sich so einen Schwachsinn nicht anhören. Ich spreche mit ihr, aber das nächste Mal legen Sie auf. Und glauben Sie ihr kein Wort, Sie machen Ihre Sache absolut großartig. Pünktlich, verlässlich und immer mit einem Lächeln. Das schätze ich sehr.«

Ich spüre, wie erleichtert sie ist. Diesmal lasse ich mir meine persönliche Assistentin nicht von Ann-Marie vergraulen. Es reicht, dass sie Sarah in die Flucht geschlagen hat. Sarah war perfekt. Alissa braucht noch etwas, aber sie ist auf einem guten Weg.

»Danke! Ich arbeite auch wirklich gerne für Sie.« Ich kann ihr Lächeln vor mir sehen.

»Und ich bin froh, dass Sie hier sind. Danke, Alissa. Ach: Verbinden Sie mich mit Martin, wenn Sie ihn erreicht haben.«

Sind heute denn alle verrückt? Erst Tia, dann Ann-Marie? Die, die bleiben soll, geht, und die, die gehen soll, bleibt? Wie sind wir alle in diese dämliche Situation geraten?

Ein paar Putts werden mich beruhigen.

Mit einem Schwung öffnet sich meine Tür. Alissa! Was will sie denn noch?

Oh, es ist Ann-Marie. Sie sieht hässlich aus, wenn sie ihr Gesicht zu dieser wutentbrannten Fratze verzieht.

»Was machst du hier?«

»Dich bei rein gar nichts stören«, ätzt sie. »Ich wollte wissen, ob wir nächste Woche in die Karibik fliegen, weil ich ein paar Gäste einladen wollte. Aber wie ich sehe, ist dir Golfspielen wichtiger, und mir erzählt deine dämliche Assistentin irgendetwas von einem so übervollen Terminkalender, dass du nicht einmal Zeit für ein kurzes Telefonat hast.«

»Sie spricht die Wahrheit.« Eingelocht! Ich hole den Ball und sehe auf. »Sonst noch etwas?«

»Spinnst du? Und wie sprichst du mit mir?« Sie wirft ihre Handtasche achtlos auf mein Sakko, das ich über die Lehne eines Sessels gelegt habe. Dann baut sie sich vor mir auf. Fäuste in die Hüften gestemmt. Soll ich jetzt lachen oder weinen?

»Vincent! Ich habe dich etwas gefragt.«

Ich kann mich nicht erinnern. Wird also nicht wichtig gewesen sein. »Hör mal, ich habe gerade schlechte Nachrichten erhalten.«

Sie lässt sich in eines der Sofas fallen. »Und wirst du mir auch erzählen, worum es geht?«

Sicher nicht. »Nein. Firmeninterna. Streng geheim.« Ich sehe auf die Uhr. »So. Meine Pause ist vorüber, ich muss zum nächsten Termin. Sonst noch etwas?«

Sie erhebt sich in Zeitlupe. »Und ob! Merkst du nicht, dass wir in letzter Zeit überhaupt nichts mehr gemeinsam unternehmen?« Sie spitzt ihre Lippen. »Und ich hasse das! Wozu sind wir denn verlobt? Ach ja, und wann hast du endlich mal Zeit, um über einen Hochzeitstermin zu reden?«

Mein Magen rebelliert.

»Also ich finde, im Moment läuft alles super zwischen uns, und das sollten wir uns auf keinen Fall durch stressige Hochzeitsvorbereitungen vermiesen.«

»Hast du sie noch alle?«, kreischt sie, und ich weiche instinktiv nach hinten aus. »Das nennst du super? In den letzten zwei Monaten hast du nicht ein einziges Wochenende mit mir verbracht, aber dafür jedes mit David und Gott weiß wem noch!«

»Wir waren am Freitag doch gemeinsam shoppen!« Das sollte sie beruhigen.

»Shoppen! Du warst nicht mit mir shoppen, ich war allein shoppen und habe dich anschließend getroffen!« Sie holt tief Luft. »Gib's zu: Du willst mich gar nicht sehen! Liebst du mich überhaupt noch?«

So direkt gefragt: nein.

»Darum geht es doch nicht.«

»Und ob es darum geht. Also komm: Sag es. Mit wem treibst du es? Denn ich bin es nicht, mit der du ins Bett gehst!«

Bedauernswert sieht sie aus. Was will sie mit der Kristallvase? Zu spät.

»Oh nein! Nicht schon wieder!« Wegducken. »Hör auf, Sachen nach mir zu werfen«, brülle ich sie an, aber der spitze, gellende Schrei kam von ihr. Mein Blut kocht. Ich weiß, was sie vorhat!

Ich muss ruhig bleiben.

Jetzt krallt sie sich einen Stapel an Akten vom Schreibtisch und hält ihn in die Luft. Drohend. »Ich höre dann auf, wenn du dich wie ein normaler Mensch benimmst und mich als solchen behandelst!«

Und schon fliegen die Zettel quer durch den Raum in meine Richtung.

»Hör auf, Vincent!«, kreischt sie laut.

Mir platzt gleich der Kragen. Ich spüre meine Halsschlagader laut pochen und würde sie am liebsten eigenhändig hinausbefördern. Aber ich werde sie nicht angreifen. Habe ich noch nie. Und sie wird es nicht schaffen, den Mann aus mir zu machen, den sie sich offensichtlich wünscht! Einen Bad Guy. Einen, den sie vor Gericht zerren kann.

Es reicht.

»Geh!«, herrsche ich sie an. »Und zwar schnell.«

Ann-Marie rollt die Augen und drückt auf ihrem Handy herum. Aus dem Stand bricht sie in Tränen aus und hält mir ihr Handy entgegen. »Dann erklär mal Papa, wie du deinen Anfall diesmal wiedergutmachen willst.«

Ich tippe an meine Uhr. Mittlerweile habe ich hinter ihrem Rücken einen Notfallknopf installieren lassen und David instruiert, was in dem Fall zu tun ist.

»Hallo? Schätzchen, bist du es?«, höre ich die Stimme meines Schwiegervaters in spe. Es gibt andere Produzenten. Wenn ich auftauche, rollen sie den roten Teppich aus.

Sie heult und schluckt. Alles Theater. Das miese Spiel einer noch mieseren Narzisstin. Aber ich werde mich nicht weichkochen lassen und ihm schon wieder erklären, dass seine Tochter mich mit ihren Wutanfällen bloß erpressen will. Er versucht ja, mir zu glauben, aber er tut es nicht. Dabei bin ich sicher, er hat sie ebenfalls schon erlebt. So etwas beginnt nicht plötzlich. David hat es recherchiert.

»Ach! Und jetzt versteckst du dich hinter dem Sofa? Du bist echt ein feiger Schlappschwanz!«

Nein, aber smarter als du!

»Verlassen Sie sofort das Büro!«, faucht mein Securitychef sie an, noch während er zur Tür hereingerannt kommt, David hat er im Schlepptau.

»Das ist auch bald meine Firma, Sie Tölpel!«, schreit Ann-Marie, dann heult sie wieder laut, damit es jeder hören kann.

Ich glaube das alles nicht! Warum passiert mir das? Das ernte ich, weil ich einmal in meinem Leben vernünftig und verantwortungsvoll handeln wollte?

Und verdammt. Wieso werde ich sie einfach nicht los? Wie oft soll ich sie noch hinauswerfen? Aber ich bin selbst daran schuld, am Ende tut sie mir immer leid, wenn sie zuhause am Boden hockt und wie ein kleines Kind heult und sich entschuldigt.

»Komm«, meint David stoisch und will mich am Arm nehmen. Ich reiße mich los.

»Geht schon, danke«, erwidere ich und folge ihm nach draußen.

Ich habe nur eine Frage an ihn: »Bitte sag mir, dass das neue System alles aufgezeichnet hat.«

Leider nickt er nicht. »Das hoffe ich doch, Vince. Aber ich lasse es sofort prüfen.«

»Wenn nicht, fliegt hier jemand raus.«

»Beruhige dich. Ich bin mir sicher, die Anlage funktioniert. Ich habe sie selbst geprüft, aber ich kann dir erst eine Erfolgsmeldung geben, wenn ich die Datei sichergestellt habe.«

»Okay. Bring mich sofort zum Flughafen. Ich muss weg von hier.«

»Das verstehe ich. Wir sollten den Rest der Woche in Monaco bleiben.«

Ich nicke. Das wäre sicher das Beste. »Oder wo auch immer.«

Dann halte ich ihn kurz am Oberarm, und David bleibt stehen. »Was ist?«

»Denkst du, Ann-Marie packt ihre Sachen?«

»Ich würde es hoffen, aber die Chancen dafür stehen bei einem Prozent, wenn du meine Meinung wissen willst.«

»Wollte ich. Aber neunundneunzig wären mir lieber gewesen.«

»Soll ich sie hinauswerfen?«

»Warten wir erst, ob die Aufnahmen brauchbar sind. Hinauswerfen kann ich sie auch noch in ein paar Stunden, falls sie nicht von selbst geht.«

»Gute Entscheidung, Boss.«

»Überrascht dich das, David?«

»Natürlich nicht.«

Ich klopfe ihm auf die Schulter. Da wären wir uns ja wieder einmal einig. Am Ende sind es immer David und ich. Warum habe ich mir das letzte Jahr mit Ann-Marie überhaupt angetan? Wohin das alles geht, war mir doch längst klar. Wenn sie nicht bekommt, was sie will, wird sie zum Monster. Und in den letzten Monaten ist sie eindeutig zu weit gegangen. Tia würde so etwas nie tun. Niemals.

Bad Habit: Streiten

Dienstagabend

Tizia

*D*er Fernseher läuft. Schon den ganzen Tag über. ›Sissi‹. Ich weiß. Vincent hat mir mal gesagt, alles, was ich tue, betreibe ich obsessiv. Das war als Kompliment gedacht gewesen. Bo sieht das auch so. Aber ich bin mir nicht sicher, ob das wirklich eine gute Eigenschaft ist, denn wenn mich etwas bewegt, bin ich zu allem bereit: Überstunden, durchmachen, durchvögeln oder bingen, was immer man bingen kann, und recherchieren bis zum Umfallen, wenn mich etwas interessiert.

Ist das gesund? Wenn ich mir den Fußboden neben meinem Bett ansehe, wohl kaum. Da steht eine leere Flasche. Kein Glas.

Und die Ein-Liter-Plastikbox vom Schokoeis, dessen Reste am Boden zusammenlaufen. Daneben liegt das weiße Schächtelchen vom Demel. Leer gegessen. Ich könnte noch zwei Packerln kandierte Veilchen verschlingen. Also wenn das ein Sinnbild meines Lebens ist, dann habe ich alles konsumiert, was ich mag und bekommen kann, und alles andere wird mir auf ewig verwehrt bleiben. Traurig! Ich kann mich reduzieren auf meine Veilchen-, Schoko-‚Weißwein- und Prosecco-Sucht, und damit ist meine Geschichte erzählt.

Ach ja. Nicht ganz. Schnell sehe ich wieder einmal auf Instagram nach. Vincent hat unter Doglover30something nichts in seiner Story gepostet. Gut. Dann ghoste mich eben. Wenn dich das glücklich macht? Dann bin jetzt eben ich dran!

Ich google nach ›Sisi‹-Zitaten. Also von der echten Kaiserin.

Meine Güte, die war so verdammt depressiv. Etwas Lebensbejahendes finde ich nicht. Aber das hier passt irgendwie doch ganz gut:

›Wenn diese ganze Existenz nur provisorisch ist, wozu braucht man die Beständigkeit suchen?‹

Ich tippe es ein und schreibe ›Sisi – Kaiserin Elisabeth von Österreich-Ungarn‹ dazu.

Welche Musik passt dazu?

Nein.

Das kann ich nicht posten.

Ich brauche etwas Positives. Nur einen kleinen Satz, der nach Zukunft und Hoffnung klingt. So, als läge eine vor mir, nach der ich mich sehne. Bunt. Begehrenswert. Mit Potenzial. Eine Lüge, aber die meisten tun genau das Gleiche auf Social Media.

›Was du heute tust, entscheidet die Farben deines Morgen. Ich hoffe, mein Morgen wird pink.‹ Klingt zwar platt, aber etwas Besseres fällt mir nicht ein.

Nein. Löschen. Ich nehme den Spruch von Sisi. Und dramatische Klaviermusik dazu.

Perfekt. Die Veilchen dazu sehen süß aus. Senden.

Und warten.

Erstaunlich, dass ich auf diesem Account, der ja nicht einmal ein Foto von mir hat, bereits über siebenhundert Follower habe. Die Leute mögen Zitate. Auch Vincent hat bereits über fünfhundert Follower. Das ist zwar alles nichts verglichen mit meinem Hauptaccount mit über dreißigtausend Followern, was kein Wunder ist, schließlich poste ich oft live von den Mana Owl Events. Inklusive der Formel 1. Das zieht. Vincent hält sich als Person raus aus Social Media. Es gibt nur die offiziellen Firmenaccounts.

Ich warte und starre auf mein Handy.

Nichts. Vincent hat sich die Story noch nicht angesehen. Enttäuschend.

Vielleicht sollten wir beide damit aufhören, uns diese Botschaften zu schicken? Wir haben noch nie darüber gesprochen und tun so, als gäbe es diese Konten gar nicht. Was ist mit uns los? Was sind wir? Freunde, die ein Problem haben, das sich Realitätsverweigerung nennt? Oder bin es nur ich? Weil ich Kleinigkeiten eine Bedeutung zuschreibe, die nicht existiert? Muss wohl so sein.

Ein Knoten drückt mich in der Bauchgegend. Wir sind gar nichts mehr. Wir werden uns vermutlich nicht mal zufällig über den Weg laufen. Das war es. Ich habe ihn aus meinem Leben verbannen wollen, und es hat geklappt.

Will ich das wirklich?

Außerdem frage ich mich, wofür Liebe gut ist. Sie ist ein sonderbares Gefühl. Nicht so unmittelbar und elementar wie Ekel. Oder Überraschung. Denen entkommst du im ersten Moment ganz und gar nicht, dafür sind sie meist flüchtig und ziehen schnell vorüber. Wie ein schwerer Sturm.

Liebe ist da anders. Liebe baut sich auf. Wächst. Wie eine dieser Monsterwellen draußen am Ozean. Manchmal ist sie für dich selbst am Beginn gar nicht erkennbar. Schwelt unter der Oberfläche dahin und entwickelt sich. Du weißt nur, dass du die Gesellschaft des anderen genießt. Dass er dir fehlt, wenn du getrennt von ihm bist. Doch dann, wenn sie einmal einen gewissen Punkt überschritten hat, explodiert sie geradezu. Überrollt dich. Und ich meine hier nicht die Schmetterlinge im Bauch von Verliebtheit. Ich meine dieses Gefühl, das sich erst einstellt, wenn du jemanden in all seinen Facetten kennst und dennoch aus deinem Leben nicht mehr wegdenken kannst. Wenn dieser Mensch dich begleitet und beinahe jeden deiner wachen Gedanken kontrolliert. Als wäre er in deinen Kopf eingezogen. Eingezogen, um zu bleiben.

Ein Mensch, mit dem du Zwiegespräche führst, selbst wenn er physisch weit weg ist. Einer, der da ist, um dir zu zeigen, dass du geliebt wirst. Gesehen wirst. Sicher bist.

Keine Ahnung, wozu Liebe gut sein soll, wenn sie einseitig ist oder unerwidert bleibt. Man sieht ja an mir, wozu das führt: Suchtprobleme und schlechte Verhaltensmuster. Und ja! Ich fühle mich einsam. Wie vorgestern früh, als ich in Arnandos Wohnung meine Kleidung zusammengesucht habe. Eines ist klar: Ab jetzt lasse ich die Finger von diesen One-Night-Stands. Sie sind sinnlos. Ab jetzt bemühe ich mich ernsthaft, mich in jemanden zu verlieben. Nur so kann ich Vincent aus meinen Gedanken und Gefühlen streichen. Apropos streichen: Ich sollte diesen Account endlich löschen. Er hat sich meine Story noch immer nicht angesehen.

Später. Muss ja nicht sofort sein.

Oh! Die Antwort der Personalabteilung auf mein offizielles Kündigungs-E-Mail.

Ich überfliege sie. Sehr nett. Sie nehmen meine Kündigung mit Bedauern zur Kenntnis, bieten mir eine einvernehmliche Trennung an und gestatten mir, Zeitausgleich zu nehmen. Ich muss nie wieder ins Büro!

Wunderbar.

Oder auch nicht.

Kristina von der Agentur Schlossluft hat mir auch geschrieben. Kein netter Text. Sie ist angepisst, weil ich den Job abgesagt habe. Natürlich hat sie auf mich gezählt. Aber was solls? Mir lag immer so viel daran, es allen recht zu machen. Ich muss daran glauben, dass mein Rundumschlag das Richtige war. Fakt ist: Ab sofort habe ich frei. Arbeitslos klingt so hässlich. Ich mache Urlaub und werde versuchen, auf all meine Fragen noch mehr Fragen zu finden. Was mich persönlich betrifft, bin ich kein Mensch der Antworten. Aber eine gute Frage ist wie ein guter Wein: Er lässt dich weitertrinken und tiefer in dich hineinsehen.

Der Einzige, für den ich eine Antwort habe, ist Vincent. Und egal, was die Frage war, die Antwort lautet Nein. Aber abgesehen davon ist es doch so: Jede weitere Frage eröffnet ein neues Denkuniversum. Vielleicht denken deshalb alle, ich bin besessen. Sollen sie. So bin ich eben.

Ob er meine Story bereits angesehen hat? Ich bin gespannt, was er tun wird. Nein. Er wird sie nicht liken. Das tut er nur selten. Im Grunde reagiert er nicht. Er sieht sie sich bloß an. Und ich seine. Da wir nicht darüber sprechen, kann ich nur aus den Reaktionen schließen, was er sich gedacht hat. Manchmal, wenn es mir nicht gut ging und ich das zum Ausdruck gebracht habe, lagen am nächsten Tag kandierte Veilchen auf meinem Schreibtisch. Oder er hat mich zum Abendessen eingeladen. Oder irgendwohin eingeflogen. Aufmerksamkeiten à la Vincent eben.

Oh! Da ist sein Hundefoto.

Ja! Er hat das Sisi-Zitat gelesen. Ein wohliges Gefühl macht sich in mir breit. Es interessiert ihn nach wie vor. Das ist gut.

Falsch. Es ist nicht gut. Gar nicht gut, weil ich immer noch viel zu besessen davon bin, was er tut oder denkt. Und fühlt!

Oh. Eine Frau hat einen Kommentar geschrieben: ›Es heißt Sissi!‹

Smartass!

Ich schreibe zurück:

›Keineswegs! Der Beweis ist eine Schnupftabakdose, die sie zu ihrem 44. Geburtstag (übrigens an einem 24.12.) von König Ludwig II. geschenkt bekommen hat. Und dort steht: »Angebetete, aufrichtig geliebte Sisi.« Alles Weitere kannst du nachgoogeln. »Sissi« ist der Titel der Romy-Schneider-Filme.‹

So. Das dürfte reichen, um ihr zu beweisen, dass sie falschlag. Ich erspare mir die höflichen Emojis. Soll sie sich entfolgen! Mir doch einerlei.

Dabei finde ich die Geschichte so bewegend. Beide, der König und die Kaiserin, galten als melancholisch, heute würde man sagen depressiv, und er schickte ihr die Dose 1881 als Geburtstagsgeschenk mit der Inschrift: ›Angebetete, aufrichtig geliebte Sisi. Niemand auf Erden ist mir so teuer als Du! Ludwig / 24ter Dezember 1881‹.

Der König war nicht ihr Verehrer, sondern ihr Leidensgenosse, und ich frage mich, warum schenkt er ihr eine Schnupftabakdose, obwohl sie keinen Schnupftabak konsumierte? Zumindest behaupten das die Historiker. Vielleicht war es eine getarnte Pillendose? Oder die Dose war einfach nur hübsch? Denn das war sie. Aus Gold, besetzt mit Diamanten und mit Ludwigs Konterfei versehen. Möglicherweise wollte er ihr damit auch nur sagen: ›Hey, wann immer es dir schlecht geht, ich kann es nachfühlen und bin für dich da.‹ Ziemlich einfühlsam für einen Mann und König zu der Zeit.

Ich lege das Handy wieder auf die Bettdecke und spule den ›Sissi‹-Film zurück. Jetzt muss ich mich konzentrieren. Und ablenken. Mal sehen, ob ich manche Dialoge mitsprechen kann. Sollte ich, so oft, wie ich diese drei Filme schon gesehen habe.

Mein Handy meldet sich.

Vincent hat ebenfalls eine neue Story. Doglover30something, dann sehen wir mal, was du zu sagen hast. Meine Schmetterlinge wissen nicht: Sollen sie abheben oder sich lieber in meinen Darmwindungen verstecken?

›Man kann sich wohl in einer Idee irren, man kann sich aber nicht mit dem Herzen irren. Fjodor Michailowitsch Dostojewski‹

Sieh mal einer an. Wir bemühen Dostojewski! Das Hundefoto dazu ist süß, auch wenn Vincent sich irrt. Ich irre mich mit dem Herzen. Das Leben ist nur so etwas wie geborgt. Provisorisch. Irgendein seltsamer Zustand zwischen dem Schrecken, auf die Welt gepresst zu werden, und dem noch viel länger andauernden, wieder unsanft von dieser Welt gestoßen zu werden.

Ich muss aufhören! Ich kenne die dunklen Pfade, die ich denken kann. Sissi! Darauf konzentriere ich mich. Sie hat doch auch quasi ihren Traumprinzen gefunden, der noch dazu Kaiser war. So hoch hinaus will ich ja nicht einmal. Mir reicht ein humorvoller, feinsinniger Mann, der gut aussieht und keine großen Probleme hat. Und kein Anhängsel!

Ist das zu viel verlangt?

Ich muss eingedöst sein, doch jemand hat eindeutig an meiner Tür geläutet. Mein Herz hüpft.

»Ich hasse dich gerade, aber weil ich dich liebe, komme ich zu deiner beschissenen Feier! Hier.« Mit diesem Satz stürmt Bo in mein kleines Wohnzimmer und drückt mir eine Flasche Weißwein in die Hand. Keine Küsse, keine Umarmung. Hilfe! Sie läuft an mir vorbei, direkt auf mein Sofa zu und lässt sich nach hinten fallen. »Und wehe, Tita, du hast keine gute Erklärung für deine Kündigung! Dann kündige nämlich ich dir! Und zwar meine Freundschaft.«

Na super. Aber auch wieder nicht so schlimm, ich wollte ihr ja schon am Freitag alles beichten. Also setze ich mich neben sie.

»Ich weiß, du bist furchtbar sauer auf mich, und du hast auch allen Grund dazu.«

»Na, das hoffe ich nicht. Deshalb bin ich ja hier.«

Ich sehe meiner besten Freundin direkt in die Augen. »Und dafür danke ich dir, Bo! Du bist die Beste. Ich hatte einfach keine

Kraft dazu, das am Telefon zu besprechen.« Dann umarme ich sie spontan und drücke sie ganz fest an mich.

Sie drückt mich ebenfalls. Gutes Zeichen.

»Es sieht hier auch so aus. Hast du das ganze Eis gegessen?« Ich nicke.

»Und die Veilchen auch? Ich denke, du hast gekündigt und nicht Vincent dich?«

Ich lasse sie wieder los. »Doch, selbstverständlich habe ich gekündigt, aber um ehrlich zu sein, weil er das Problem ist. Das will ich dir schon sooo lange erzählen und habe es nie geschafft.«

Sie reißt ihre Augen auf. »Dachte ich es mir. Ich hole mal zwei Gläser!« Mit einem Blick auf meine leere Flasche fährt sie fort: »Wir wollen doch ein wenig Stil beibehalten, und dann erzählst du mir alles der Reihe nach.«

Irgendwie ringe ich mir ein Lächeln ab. Etwas qualvoll, aber es geht. »Mit Alkohol und im Sitzen hoffe ich, dass du mir verzeihen wirst, wenn ich dir alles erzählt habe.«

»Süße, du kennst mich! Ich kann nie lange sauer auf dich sein, vorausgesetzt, du erklärst mir diesmal wirklich alles.«

Bo hat ja so recht. Es wird Zeit! Zeit für die Wahrheit. Und zwar die ganze. Inklusive dieser unsäglichen Nacht vor zwei Jahren und allem, was danach kam. Sosehr ich meine Familie liebe, ihnen habe ich etwas von wegen toller neuer Chance aufgetischt. Gestern war mir nicht nach reden, auch wenn sie vermutlich ahnen, dass da etwas anderes dahintersteckt. Zum Glück haben sie mich in Ruhe gelassen.

Bo holt zwei Gläser aus der Vitrine in meiner kleinen Küche, und ich folge ihr zurück ins Wohnzimmer mit einem eiskalten Prosecco aus dem Kühlschrank in der Hand, in den ich gleich sicherheitshalber ihre Flasche Wein gelegt habe. »Werde ich. Versprochen.«

Bo kneift die Augen zusammen. »Wunderbar, dann lass uns doch mit dem Offensichtlichen beginnen: Warum hast du gekündigt?«

Ich fühle mich echt nicht wohl in meiner Haut und nehme einen großen Schluck Prosecco, noch bevor wir angestoßen haben. Dann purzelt alles im Schnelltempo aus mir heraus: Dass ich Kristina, die Chefin von Schlossluft, rein zufällig in der Innenstadt getroffen habe und sie mir den Job angeboten hat. Dass ich das als Wink des Schicksals gesehen habe, und natürlich auch, dass ich ihr am Freitag alles erzählen wollte, aber wegen Vincent und dann auch Arnando nicht mehr dazu in der Lage war.

Stille. Dann kreischt sie. »Schlossluft? Scheiße, Tita! Brauchen die mich nicht auch?«

»Ich könnte mein eigenes Team zusammenstellen.«

Was wahr ist. Das war eines der Argumente, womit sie mich geködert haben. Abgesehen davon, dass Schlossluft neben Mana Owl Royale die absolut geilsten Events der Stadt schmeißt und nur Luxusmarken promotet. Genau meins!

»Super. Dann kündige ich auch«, stellt Bo fest, denn Frage war das keine.

Gleich breche ich in Schweiß aus! Zu spät. Mir läuft er schon zwischen den Brüsten auf den Bauch hinunter und den Nacken entlang. Großartig.

»Das können wir Vincent nicht antun«, keuche ich, da ich schon wieder das Gefühl habe, die Luft ist dick und zum Schneiden. »Und außerdem ist das keine Option mehr.«

Ich springe auf, schließe die Fenster und schalte den Ventilator ein. Die Hitze heute ist ja nicht zum Aushalten.

»Ach, Schlossluft ist keine Option mehr? Warum? Weil es um mich geht? Da ist dir Vincent plötzlich wichtig, aber bei dir ist das ja etwas völlig anderes, nicht?«

Wie verdammt noch einmal bin ich in diesen dämlichen Streit mit meiner besten Freundin geraten?

»Es ist doch völlig anders, Bo! Und bevor wir das mit dem neuen Job zerreden und deshalb weiterstreiten: Ich habe beschlossen, das Angebot von Schlossluft nicht anzunehmen, und habe Kristina bereits per E-Mail eine Absage geschickt.«

»Wie jetzt?« Bo fixiert mich.

»Na ja, ich werde nicht für sie arbeiten.«

Kurz herrscht Stille. Sie sieht mich an, als müsste sie mich in die Klapsmühle befördern.

»Du spinnst«, ruft Bo und setzt nach: »Ich fasse es nicht! Das ist ja Karriereselbstmord! Oder bleibst du?« Noch bevor ich antworten kann, meint sie: »Jetzt check ich es! Vincent hat dich angerufen und zum Bleiben überredet. Oder nein: Er war hier, denn in der Firma ist er nicht.«

Schön wärs. Aber nein. Nichts. Kein Sterbenswörtchen. Absolute Funkstille. Also außer auf Instagram.

»Nein, und ich habe auch nichts dergleichen erwartet.« Warum lüge ich sie noch immer an? Das will ich doch gar nicht. »Ab morgen bin ich arbeitslos. Und ab sofort freigestellt. Herr Dorfer hat mir das per E-Mail geschrieben.«

»Okay. Und welche Rolle spielt dann Vincent in alldem?«

Ich halte ihr mein Handy hin. »Diese. Lies mal.«

»Wer sind die beiden?«

»Vincent und ich.«

Sie sieht sich mein Story-Archiv an und dann seine Beiträge.

»Ihr seid ja ein Hammer! Und davon weiß wirklich niemand?«

»Nein! Nicht einmal meine Mama oder meine Schwester.«

Sie haben mich heute am Nachmittag auch schon mehrmals angerufen, aber ich habe ihnen gesagt, dass es mir gut gehe.

Bo sieht auf. »Das verstehe ich alles nicht.«

»Ich auch nicht, Bo. Aber ich habe mir spontan für Freitag ein Ticket besorgt und fliege nach Griechenland. Last minute. War gar nicht so teuer. Was sagst du dazu?«

Wie es in Bos Gehirnzellen rattert, kann man glatt sehen.

»Okay, vergessen wir einmal kurz diese Panikreaktion mit Griechenland. Warum gehst du wirklich weg? Am Angebot von

Schlossluft kann es ja nicht liegen, wenn du es nun gar nicht annehmen willst. Also heraus mit der Sprache: Was genau läuft zwischen Vince und dir, oder anders gesagt, was hat er dir angetan?«

Verdammt, ist sie gut!

»Schwörst du mir, dass du auch danach noch meine beste Freundin bist? Also, wenn ich dir alles gebeichtet habe?«

Bo grinst. »Du denkst, ich höre mir dein größtes Geheimnis an, das ich, nebenbei bemerkt, bereits seit langer Zeit ahne, und dann haue ich ab? Oder richte dich? Seit wann, denkst du, bin gerade ich zum Moralapostel geworden, Tita?«

Stimmt! Ich kuschle mich an sie.

»Aber sollte er dir etwas angetan haben, bringe ich ihn um. Nur damit du es weißt.«

»Hat er nicht. Also nicht wirklich.« Dann wird mir klar: »Du weißt es?«

»Ich habe ja zwei Augen im Kopf.«

Ein heißer Schauer durchfährt mich. Wenn sie es herausgefunden hat, wer noch?

»Also: Du kannst beginnen. Oder nein, ich hole noch Popcorn. Hast du welches?«

Ich boxe sie in die Seite. »Lass das!«

Als ich ihr das mit der Nacht vor zwei Jahren beichte, wird Bo kurz so richtig wütend.

»Und das sagst du jetzt? Also ehrlich, Tita! Wenn du das unter Freundschaft verstehst, dann werde ich dich auch erst zwei Jahre nach meiner Hochzeit darüber informieren, dass ich vorhatte, zu heiraten.«

Ich weiß!

»Du hast ja nicht einmal einen Freund.«

»Du auch nicht. Also keinen offiziellen, wie es aussieht.«

Guter Konter. »Tut mir so leid, und du hast ja recht, Bo. Aber ich habe ihm damals geschworen, dass niemand davon erfährt.«

»Großartig! Und wir haben uns geschworen, dass wir immer ehrlich zueinander sind. Frage: Zählt das jetzt weniger?«

»Natürlich nicht.«

Ich schenke uns beiden Prosecco nach und halte ihr mein Glas hin. »Ehrlich! Daran lag es gar nicht. Ich bin einfach unfähig und habe nicht darüber sprechen können.« Dann füge ich hinzu: »Kann ich jetzt noch immer nicht. Mir ist ganz flau im Magen.«

»Wenn du denkst, dass das als Friedensangebot reicht, irrst du dich«, mault Bo. »Außer, du hast wenigstens Erdbeeren zum Sprudel?« Sie hält die weiße Packung vom Demel hoch. »Die sind ja leider aus.«

Ich grinse sie an. »Leider ja! Aber Erdbeeren ebenso. Aber glaub mir, wenn ich könnte, würde ich dir eigenhändig welche pflücken.«

»So wie du angezogen bist?« Meine beste Freundin sieht schon sehr viel entspannter aus. Und ja, ich trage meinen nudefarbenen Seidenpyjama. Seit heute Morgen. Woher hätte ich wissen sollen, dass sie noch aufkreuzt? Das Gute daran ist: Bequemer kann man sich weder streiten noch betrinken.

»Genau so.«

Ein ehrliches Lächeln huscht über ihr Gesicht.

»Können wir wieder Frieden schließen, Bo? Bitte?«

»Geht ja nicht anders«, erwidert sie und nickt schmunzelnd. »Wir haben uns ja mal geschworen: in guten wie in schlechten Zeiten. Wenn ich gewusst hätte, wie hart das sein kann, hätte ich dieses Lagerfeuer auf der Stelle mit irgendeiner dämlichen Ausrede verlassen.«

Wir lachen. Diesmal beide.

»Verstehe ich! Und danke, Bo. Du bist einfach die Beste!«

Wir stoßen an. Auf unsere Freundschaft. Ich hoffe, sie erinnert sich an diesen schicksalsträchtigen Moment, wenn ich die nächste Dummheit begehe. Und das werde ich.

»Vincent ist übrigens nach Monte Carlo geflogen«, erzählt Bo wie aus dem Nichts. Danke! Wieder ein Stich in mein Herz. Ich will es gar nicht wissen.

»Ist er?«

»Ja. Mit David und ohne Ann-Marie. Schien mir eine recht spontane Entscheidung gewesen zu sein. Außerdem sollen sie sich lautstark in seinem Büro gestritten haben. Alissa hat mir das gesteckt. Und happy ist er über deine Kündigung nicht, das kann ich dir sagen.«

Moment mal. Ein Streit zwischen den beiden? Sicher nicht wegen mir.

»Man kann die Sache auch überdramatisieren. Und Ann-Marie sollte sich nicht mit ihm streiten, sondern zusehen, dass sie ihn glücklich macht.«

Bo rollt die Augen. »Klingt so jemand, der mit Vincent abgeschlossen hat? Meiner Meinung nach sollten wir beide sofort einen Plan schmieden, wie ihr beiden armen Königskinder endlich zueinanderfindet.«

Mein Herz schmerzt bei dem Gedanken.

»Nein, Bo. Es ist vorbei. Ich fliege nach Griechenland, lenke mich dort ein paar Wochen lang ab, und dann wird sich schon etwas ergeben. Auch jobmäßig.«

»Deine Coolness und deine Eltern hätte ich gerne.«

Ich drücke sie an mich. »Du bist ja auch so was wie ihre Wahltochter.«

»Ja, aber ohne Appartement.«

»Also, wenn es nur darum geht: Zieh doch hier ein, während ich weg bin. Das macht ihnen bestimmt nichts aus.«

»Aber mir! Trotzdem: Danke fürs Angebot. Und nun zurück zu Vincent.«

»Okay.«

»Sehr gut. Und gleich noch eine Frage: Hat Vincent dir jemals gesagt, warum er sich manchmal so komisch verhält, nie selbst ein Auto steuert und wie er auf David gestoßen ist?

Ich denke, da gibt es irgendein Geheimnis, das ihn vielleicht in Ann-Maries Arme getrieben hat.«

»Könnte sein. Aber mir hat er dieses Geheimnis auch nicht verraten. Was ich auch nie ganz verstanden habe.«

Doch genau deshalb bin ich mir sicher, dass es richtig ist, einen Schlussstrich zu ziehen. Er vertraut mir nicht zu hundert Prozent. Das sagt ja auch etwas über unsere Freundschaft. Vielleicht bin ich nur eine gerne gesehene Auszeit? Hm. Das kann jetzt dauern, bis ich ihr die Details meiner Achterbahnfahrt an Gefühlen mit ihm erzählt habe.

Nach einer Stunde weiß sie alles, und ich nutze Bos WC-Besuch für einen Blick auf mein Handy. Das Gute ist jedoch: Ich fühle mich erleichtert. Es hat gutgetan, ihr alles sagen zu können.

Oh. Eine neue Story von ihm?

Ein Selfie vor einer Jacht in Monte Carlo? Spannend. Selfies macht er nie. Auch hier sieht man nur ein Stück seiner Brust und einen Arm. Vincent trägt ein weißes Leinenhemd und deutet auf das Schiff hinter sich. ›Tolle Jacht‹, hat er dazugeschrieben. Sicher. Seine ist aber größer. Aber das wird er seinen Followern nicht auf die Nase binden. Von denen interessiert ihn niemand. ›Perfekt für einen Abstecher mit einer Männerrunde. Oder etwa nicht?‹

Was also will er mir damit sagen? Oder will er nichts damit andeuten? Doch. Ich denke, es heißt: Sieh mal, wie sehr ich mich amüsiere. Ohne dich. Mit meinen männlichen Freunden. Die zählen nämlich. Du nicht.

Sofort zücke ich mein Handy und schieße ein Foto von meiner leeren Proseccoflasche neben der weißen Schachtel kandierter Sisi-Veilchen, die ich schon am Nachmittag verputzt habe.

›Perfect Tuesday‹, schreibe ich dazu und dann noch ›I love Sisi‹. Posten. Als Beitrag und Story. Mal sehen, wie er reagiert.

Okay. Lange genug gewartet. Bo kommt zurück. Dann eben nicht. Ich habe Bo versprochen, ihr noch alles über meine verkorkste Nacht mit Arnando zu berichten. Ich konnte ja einfach nicht mit ihm schlafen. Diesmal nicht.

Bad Habit: Adrenalinkicks

Vincent

iese Idylle ist kaum auszuhalten! Das Meer grinst mir hämisch mit seinem satten Blau entgegen. Umrandet von den Palmen und tropischen Blüten in Gelb, Orange und Lila sieht es unecht aus. Kitschig. Fremd. Obwohl das hier mein Garten an der Steilküste ist.

Der Kaffee schmeckt mir heute auch nicht, und das Essen habe ich zurückgeschickt. David sitzt mir in Shorts und ärmellosem T-Shirt gegenüber und liest am Handy. Wie so oft lächelt er in sich hinein.

»David, wir fliegen nach Island.«

Er scheint nicht begeistert von meiner Ankündigung zu sein, denn das Lächeln ist verschwunden.

»Wenn du meine Meinung hören willst, dann ist das keine gute Idee. Vielmehr solltest du dir überlegen, was du tun musst, damit Tita zurückkommt.«

Niemals. Sie hat mich verlassen. Dabei sollte sie doch wissen, dass ich immer alles getan habe, damit es ihr gut geht.

»Habe ich dich nach deiner Meinung gefragt, David?«

Er funkelt mich aus seinen stechend grauen Augen an. »Nein, hast du nicht.«

»Siehst du. Und deshalb fliegen wir nach Island. Ich will Ski fahren.«

Demonstrativ legt er das Handy auf den Tisch. »Wie du willst. Soll ich sonst noch etwas tun?«

»Ja. Sag Bruno, er soll einen Vertrag aufsetzen und Ann-Marie eine angemessene Abfindungssumme für unsere Verlobungszeit anbieten. Und wenn ich zurück bin, soll sie ausgezogen sein. Ich will sie nie wieder sehen.«

Nun reißt er ungläubig die Augen auf. »Dann ist das jetzt endgültig?«

Mir ist schon klar, dass er zweifelt. Ich bin viel zu oft schwach geworden.

»Ja, David. Das ist es.« Und es fühlt sich verdammt gut an. Ich hätte diesen Schritt schon längst durchziehen sollen.

»Das sind gute Neuigkeiten.«

»Dachte ich mir.« Ich mustere ihn. »Du willst mir nicht noch einmal ungefragt vorschlagen, dass ich ihr das persönlich mitteilen soll?«

Nun blitzen seine strahlend weißen Zähne in der Sonne. »Oh nein. Ich bin so heilfroh, dass die Aufnahmen gut geworden sind und du es endlich tust. Zwei Jahre zu spät, aber besser als nie.«

Ich zucke unwillkürlich zusammen. Diese Nacht!

»Lass das. Wir sprechen nie mehr über diese Nacht, das weißt du.«

Unschuldig beschreibt seinen Gesichtsausdruck am besten. »Ich hüte mich vor beiden N-Wörtern, wie du weißt. Du hast es jedoch soeben ausgesprochen.«

»Stimmt. Du bist also mit der Vorgehensweise einverstanden?«

»Was Ann-Marie betrifft, absolut. Was Island betrifft: falsche Insel, denn meinen Informationen zufolge will Tita nach Griechenland. Naxos. Aber seit wann fragst du mich?«

Naxos? Was will Tia denn dort?

»Ich fragte nicht, ich wollte dir nur zuvorkommen, da du mir deine Meinung ohnehin mitgeteilt hättest.«

»Worauf du deine Milliarden verwetten kannst, Boss!«

Ich stehe auf. »Werde ich nicht, aber das weißt du. So, nun lass uns sicherstellen, dass wir ein wenig Adrenalin durch unsere Adern pumpen.«

»Wenn du das brauchst?«

»Brauche ich. Und auch das weißt du. Also: Island. Abflug in drei Stunden sollte machbar sein.«

»Klar. Dabei habe ich mich schon so auf ein französisches Dinner in der Stadt gefreut.«

»Das nächste Mal, David. Und denk daran: Wir hatten ein mehr als vorzügliches Mittagessen, denn du hast alles aufgegessen.« Ich hatte bloß keinen Appetit.

»Ja, gut, dass du mich daran erinnerst. So gesehen sollten wir noch eine Runde joggen, bevor wir fliegen.«

»Gute Idee.«

Vielleicht hat er recht. Ich will mich nicht länger gedanklich im Kreis drehen. Es ist wie ein Bilder-Pingpong zwischen Ann-Marie und Tia.

Ann-Marie strahlend auf der Jacht. Dieses offene Lachen in ihren Augen, als sie meinen Antrag mit Ja beantwortet hat. Dann wieder Tia. Die tiefe Traurigkeit in ihrem Blick, bevor sie nach unserer einen Nacht in den Lift entschwunden ist. Dieser Blick zerreißt mir bis heute das Herz. Ebenso wie die hasserfüllten Worte, die mir Ann-Marie damals entgegengeschleudert hat. Ihre vielen Drohungen, mich zu verlassen, wenn ich ihr nicht das gebe, was sie will.

Aber ich kann nicht. Nie habe ich Ann-Marie völlig vertraut. Sie weiß nichts von meiner Mutter oder warum ich der bin, der ich geworden bin. Doch es gab viele Situationen wie diesen einen Abend vor einem Jahr am Strand in der Karibik. Alle waren da. Auch Tia. Sie sah mir tief in die Augen, nahm meine Hände kurz in ihre und sagte: ›Quäl dich nicht. Du musst dich niemandem erklären. Erst, wenn du selbst bereit dazu bist.‹ Das war nach einem veritablen Streit mit Ann-Marie, den all meine Freunde mitbekommen haben, und ich bloß ›Ich kann ihr nicht erzählen, was sie von mir hören will‹ stammelte. Allerdings habe ich mein Geheimnis auch Tia gegenüber nie gelüftet. Dabei wollte ich es ihr so oft erzählen. Da jedoch immer etwas dazwischenkam, weiß sie es bis heute nicht.

Meine Entscheidung ist richtig. Das beweisen diese Fetzen an Erinnerungen, gepaart mit Ann-Maries hasserfüllten Textnachrichten. Wie so oft versucht sie, mir ein schlechtes Gewissen einzureden. Aber es reicht. Endlich habe ich genügend Beweise für ihre boshaften Absichten während ihrer Anfälle, dass sie mir nichts anhaben kann.

Ich wende mich wieder David zu. »Bitte veranlasse, dass Bruno ihrem Vater eine Kopie vom Video zukommen lässt. Ich denke, das wird seine Lust, mich diesbezüglich noch einmal anzurufen und mir ins Gewissen reden zu wollen, zügeln.«

»Um nicht zu sagen: stoppen. Er wird wohl eher Lust auf ein Erdloch haben, in dem er sich verstecken kann, und froh sein, wenn du seinen Liefervertrag nicht kündigst.«

Nun grinse ich. »Absolut. Manches muss man eben aussitzen. Dann fügen sich die Puzzlesteine irgendwann wie von selbst und völlig mühelos ineinander.«

David trinkt den Espresso aus und steht auf. »Nicht immer, aber in dem Fall ja. Sieht so aus, als könnten wir wenigstens das Thema Ann-Marie abhaken. Aber was ist dein Plan für Tita?«

Mein Plan?

»Wieso lässt du nicht locker?«

Sie wäre nicht gegangen, wenn sie nur annähernd das für mich empfände, was ich für sie empfinde. All die kleinen Geschenke von mir. Die kandierten Sisi-Veilchen, die sie so sehr liebt und die ich ihr immer wieder vom Demel zustellen lasse. Immer habe ich versucht, all ihre Träume wahr werden zu lassen. Zugegeben, das Einzige, das ich ihr nicht geben konnte, war eine Beziehung. Kann ich immer noch nicht, denn nun will sie es ja nicht mehr. Oder ich habe mich geirrt, und sie wollte es nie. Vielleicht liebt sie ihr Singleleben tatsächlich?

An ihre Männergeschichten will ich gar nicht denken. Joggen ist eine hervorragende Idee!

Bei Ann-Marie hatte ich die Hoffnung, dass sie unseren Deal versteht, was sich als Irrtum erwiesen hat. Doch Tia geht keinen Deal ein, wenn es um Gefühle geht. So gut kenne ich sie.

»Vince, hör mal: Ich sehe dir doch an, wie unglücklich es dich macht, dass Tita gekündigt hat. Das sollte dir etwas sagen. Denkst du nicht?«

»Ja, David. Es sagt mir sehr wohl etwas: Nämlich, dass sie mich nicht will.«

Was mich wütend macht. Und traurig. Vertraut sie mir so wenig, dass sie mit mir nicht einmal über den Job sprechen kann? Mir ist doch einerlei, wo sie arbeitet, solange wir uns immer wieder mal sehen und vor allem miteinander sprechen können. Ich will, dass sie glücklich ist. Sonst nichts. Wie kann sie das so mit Füßen treten?

»Du wirst es nicht hören wollen, Vincent, aber du solltest wütend auf dich selbst sein. Zwei Jahre lang hast du nichts getan, außer sie gnadenhalber mal irgendwohin einzuladen. Was denkst du, wie es ihr in dieser Zeit ergangen ist?«

Schärfer als beabsichtigt, erwidere ich: »Das interessiert mich nicht mehr, David, und es stimmt so auch nicht. Sie hat mich verlassen, also wird alles nicht so schlimm gewesen sein.«

Mit einem gemurmelten »Ich sehe das anders, aber wenn du meinst« verlässt er die Terrasse, noch bevor ich dem etwas entgegensetzen kann.

Bitte. Auch gut. Ich will auf einen Vulkan. Die Kälte in meinem Gesicht spüren und das Adrenalin, wie es einkickt und mir das Gefühl verleiht, fliegen zu können. Und fliegen zu können, bedeutet, vergessen zu können.

Also: Dann auf nach Island. Zum Glück war es dort die letzten Monate ungewöhnlich kalt, sodass Heli-Skiing noch möglich ist. Nicht umweltfreundlich, aber das brauche ich jetzt einfach.

Bad Habit: Böse Wünsche

Freitagnachmittag

Tizia

Endlich hier! Oh Gott, ich liebe Naxos jetzt schon! Der Trip mit der Fähre von Mykonos war toll.

Ich sammle eine Muschel vom Strand direkt in Chora, wie Naxos (Stadt) heißt, und werfe sie ins Meer. Ja. Hier lässt es sich aushalten. Jetzt checke ich mir noch den Mietwagen, und dann suche ich mir eine Bleibe.

Ziellos fahre ich in dem gemieteten Jeep die Küstenstraße entlang. Der heiße Fahrtwind ist herrlich. Du meine Güte, es ist einfach nur traumhaft schön hier.

Der Himmel ist blitzblau, keine Wolke in Sicht, und alle Menschen, die ich in den kleinen Ortschaften passiere, strahlen.

Ich liebe dieses kleine Restaurant rechts von mir am Strand mit den knorrigen alten Olivenbäumen, wo Touristen und Einheimische im Schatten ein Gläschen Retsina trinken. Hier muss ich unbedingt auch mal essen gehen. Alles ist superentspannt. Die Surfer in Naxos (Stadt), die Kiter in Mikri Vigla. Windsurfen könnte ich mal versuchen. Ich mag die bunten Segeln, und es sieht nicht so abenteuerlich aus wie die Sprünge der Kiter.

Und obwohl ich versuche, all das hier einzusaugen und zu genießen, ist mein Leben einfach nur ein Desaster. Ich habe keine Ahnung, wie es weitergehen soll.

Gut, deshalb bin ich ja hier. Ich kann mir wochenlang überlegen, wo auf der Welt ich gerne arbeiten würde. Dazu passt, dass ich nicht weiß, wo ich heute übernachten werde. Dabei dachte ich, die Idee, mir hier direkt etwas zu suchen, klingt nach Abenteuer. Jetzt finde ich es nervig.

Ich bleibe rechts stehen und sehe mir die Insel auf einer Karte an, die im Auto liegt. Pyrgaki Beach. Das sieht gut aus. Da fahre ich hin!

Rechts von mir das Meer, links Büsche. Und keine Menschenseele auf der staubigen Landstraße.

Das Blau des Meeres hebt sich wunderbar vom tiefblauen Himmel ab. Das ist doch herrlich kitschig.

Warum sollte ich schlecht drauf sein? Bloß weil ich gekündigt habe?

Meine Brust zieht sich noch ein Stück enger zusammen, und ich lasse die Scheiben ganz hinunter, um noch mehr Luft zu bekommen. Fast heiß strömt sie ins Auto. Der Feldweg kommt gerade zur rechten Zeit. Ich biege ein und bleibe stehen. Atme tief durch. Das hilft auch nicht.

Also steige ich aus. Und plötzlich habe ich das Gefühl, schreien zu müssen. Ich klatsche meine Hände aufs Autodach und brülle los. »Du Idiot!« Es wäre so einfach gewesen! Er hat mich ja bereits im Arm gehalten. Ein Kuss! Nur ein einziger

Kuss, und ich hätte ihm alles gestanden. Aber nein. Nichts. Nur der traurige Blick.

Ich hasse dich, Vincent! Werd glücklich mit deiner Ann-Marie!

Noch einmal schlage ich mit der flachen Hand auf mein armes Autodach, das nichts dafür kann. Aber es ist gerade hier.

Okay. Ich fahre jetzt wohl besser zurück in die Stadt und betrinke mich sinnlos. Da gibt es einiges an freien Pensionen. Mir sind die Schilder beim Vorbeifahren aufgefallen. Dann sage ich dem Wirt, wo ich wohne, und im Notfall wird er schon dafür sorgen, dass ich irgendwie auf meinem Zimmer lande. Gut, dann fahre ich besser wieder zurück in die City.

Doch aus irgendeinem Grund will ich noch ein Stück den Sandstrand entlangfahren.

Wann wird dieses Chaos in meinem Leben wieder vorbei sein? Ich weiß, dass ich Vincent als Freund verloren habe. Für immer. Ganz zu schweigen von allem anderen.

Die Sonne soll sich trollen. Was gibt es da noch zu strahlen? Ich muss mein ganzes Leben ändern, weil davon ohnehin bloß Scherben übrig sind. Scherben und diese großartigen Erinnerungen! Was wir alles unternommen haben! Die Jachturlaube mit Vincent. Klar, Ann-Marie war später auch dabei. Aber was solls. Kroatien, Griechenland, Südfrankreich, Seychellen, Indonesien, die USA. Wir waren überall. Bei so vielen Formel-1-Rennen. Ganz zu schweigen von den beiden Malen, wo Vincent uns alle auf seine Privatinsel in die Karibik eingeladen hatte. Immer war es wie ein Ausflug mit der Großfamilie. Wir haben gefeiert, nächtelang diskutiert, und ja, auch zu viel getrunken.

All das ist jetzt Geschichte. Bo wird das alles jetzt ohne mich machen, und ich werde mir eine neue Aufgabe suchen müssen. Schlossluft ist zwar eine tolle Agentur, aber mich würde der Job bei ihnen ständig daran erinnern, was ich aufgegeben habe, und das packe ich nicht. Ich sollte mir woanders etwas suchen. London vielleicht. Paris wäre auch eine Möglichkeit. Oder aber in den USA.

Nun bin ich arbeitslos und habe Dauerurlaub. Aber anscheinend wollte ich das so.

Vor mir taucht ein kleines Haus auf der rechten Seite der Straße auf. Ist das süß! Ich drossle das Tempo und nähere mich ihm im Schritttempo.

Ich liebe die weiß gekalkte Fassade, mit den für die Kykladen typischen blauen Fensterläden und Türen. Auch der kleine Garten auf der Straßenseite ist umwerfend.

Direkt an der Straße hängt ein Schild, auf dem mit Kreide geschrieben steht: For SALE. Ich habe mich noch nie auf den ersten Blick verliebt. Nicht einmal in Vincent. Aber dieses Haus!

Energisch trete ich auf die Bremse und steige mit Herzklopfen aus dem Auto, öffne die ebenfalls weiß gestrichene hölzerne Gartentüre und gehe an den liebevoll gepflegten Blumen- und Kräuterbeeten vorbei, den Tomaten- und Paprikapflanzen und all dem anderen Gemüse, das sich gemeinsam mit den violetten Bougainvillea wie eine wilde Farbexplosion von der weißen Fassade abhebt. Wie ferngesteuert klopfe ich auf die türkisblaue Tür. Und habe nur mehr einen Gedanken: Ich will dieses Haus! Hier will ich meinen Urlaub verbringen. Genau hier. Mit dieser Aussicht aufs türkisblaue Meer. Pfeif auf Naxos (Stadt), pfeif auf Vincent!

Wenn ich dieses Kleinod irgendwie finanziert bekomme, dann ziehe ich hierher und verkaufe online … keine Ahnung, irgendetwas. Oder ich mache einen Podcast. Egal!

Die Tür geht auf, und ein unnatürlich fescher Mann mit langem, welligem schwarzen Haar, das er offen trägt, und tätowierten Unterarmen öffnet mir in Jeans und mit einem Lächeln die Tür. »Deutsch oder Englisch?«

»Deutsch. Ich bin Österreicherin.«

»Sehr gut. Bist du eine Interessentin?«

Mann, ich liebe diesen griechischen Akzent!

Ich strecke ihm meine Hand entgegen. »Tizia. Ja, also, ich bin gerade zufällig vorbeigekommen und habe das wundervolle Haus gesehen und die Pflanzen.«

»Nikos, freut mich.« Er drückt meine Hand fest, und sein Blick ruht auf mir. Dann legt er seinen Kopf schief. »Dir gefällt also mein Garten?«

»Und wie! Der ist ja beinahe unwirklich schön. Ich würde deinen Olivenbaum auf der Stelle adoptieren.«

»Verstehe ich«, grinst er. »Aber ich kann ihn leider nicht hergeben. Allerdings ist das insgesamt viel Arbeit. Vor allem bei der Dürre musst du andauernd gießen. Komm weiter. Ich zeige dir alles.«

So einen Rausch aller Sinne erlebe ich sonst nur, wenn ich vor einer Eisvitrine mit diesen Edelstahlwannen voller köstlicher Sorten stehe und mich nicht entscheiden kann, was ich bestellen soll. Das Häuschen hat unten eine große Küche, ein WC und gleich daneben ein großes Wohnzimmer mit Glastüren auf eine Terrasse. Der Blick aufs Meer ist atemberaubend. Und es gibt einen Sandstrand. Schöner geht es gar nicht. Auf der Seite geht es durch eine blaue Tür auf eine kleine Nebenterrasse, die weniger modern gestaltet ist mit einem kleinen Tisch und zwei Sesseln unter einer Laube.

Nikos zeigt mir drinnen dann noch eine Abstellkammer und ein Badezimmer und im ersten Stock ein kleineres und ein größeres Schlafzimmer, das auch einen Computer und eine Spielkonsole beherbergt.

»Du spielst?«

Er zuckt mit den Schultern. »Kommt darauf an. Manchmal.«

»Ich liebe dieses Zimmer.«

Es ist riesig, hat ein großes Holzbett, eine kleine Sitzgarnitur mit zwei modernen Fauteuils und einem Tischchen. Zwei weiß lackierte Kästen und eine Kommode, über der ein Flachbildschirm hängt. Und wieder diese Aussicht aufs Meer. Himmlisch.

»Ich auch.« Dann lacht er. »Das ist es. Vier Zimmer. Größer ist das Haus nicht.«

»Es ist einfach perfekt«, hauche ich, denn es ist magisch.

Die Holzwände und weiß gestrichenen Ziegelmauern. Die knarrende Treppe. Einfach alles! Bis auf die modernen Sitzmöbel ist alles mit weißen Möbeln im Landhausstil eingerichtet, und hier und da hat Nikos einen Farbtupfer platziert. Ein süßes, bunt besticktes Kissen auf dem Ohrensessel, der unten gleich neben einem Schwedenofen steht, oder der pastellfarbene Toaster in Hellgrün, der gleich neben der hellgelben Kaffeemaschine im Retrolook auf der Küchentheke thront. Die Küche ist wow. Wie bei den Profis.

»Ich liebe diese Küche.« Dabei sind mir Küchen grundsätzlich egal. Aber die hier?

Die Holztheke ist riesig lang und aus einem Stück. Auf einem Edelstahlrohr hängen alle möglichen Töpfe und Küchengeräte. Auch der Gasherd und der riesige Kühlschrank sehen superprofessionell aus.

»Du liebst also meine Küche? Kannst du kochen?«

Ich schürze meine Lippen. »Ehrlich? Nein, nicht gut zumindest.«

»Schade. Kochen ist wie eine Oper. Eine Freude für alle Sinne.«

Ach ja? So könnte man es natürlich sehen.

Wir beenden unsere Tour wieder im Wohnzimmer, und ich sehe Nikos an. »Kannst du mir erklären, warum um alles in der Welt du dieses Juwel verkaufen willst? Da steckt so viel Liebe in jedem Detail.« Ich kann das echt nicht nachvollziehen. Wenn er nicht gerade nach Paris oder New York ziehen will, macht ein Verkauf doch überhaupt keinen Sinn.

Nikos sieht betreten zu Boden und steckt die Hände in die Hosentaschen. »Nun ja, ich muss hier mal raus. Zu viel Vergangenheit.«

Auch wenn mir das nicht zusteht, rutscht mir »Liebeskummer?« raus. Zu meinem Erstaunen nickt er. Aber mehr als ich ihn mit dieser Frage überrascht habe, überrumple ich mich selbst mit meinem spontanen Einfall: »Ich auch. Deshalb muss ich mal raus aus Österreich. Bin gerade erst angekommen und war auf der Suche nach einer Bleibe.«

Nikos zieht eine Augenbraue hoch. »Dann bleib doch hier.«

»Ich kann das nicht. Du willst das Haus doch verkaufen, und ehrlich gesagt weiß ich noch nicht einmal, wo ich in Zukunft leben will, und ich kann mir auch ganz sicher kein eigenes Haus hier auf Naxos leisten.«

»Noch besser.«

Wieso grinst er jetzt?

»Wieso?«

»Dann können wir all diesen Fragen gemeinsam auf den Grund gehen, während du mir mit dem Gießen im Garten hilfst, wenn ich arbeiten muss. Heute habe ich frei. Also wenn du willst, kann ich dir das größere Zimmer oben vermieten, und du kannst bleiben, so lange du willst.«

»Das würdest du tun?«

»Wenn du noch länger nachfragst, nein.«

Da stehen wir und sehen einander zweifelnd an. Vor ein paar Minuten waren wir Fremde. Und jetzt – durch meine Kopflosigkeit – steht mein Einzug bei Nikos im Raum!

Gleichzeitig murmeln wir: »Aber du kennst mich ja gar nicht.« Hilfe! Wieso muss ich immer in den falschen Situationen laut denken?

Kurz sehen wir einander tief in die Augen und lachen laut los.

»Was magst du trinken?«, will er wissen. Dann winkt er ab. »Warte, ich weiß, was ein Mädchen wie du jetzt braucht!«

»Ach ja?«

»Komm, setz dich aufs Sofa. Ich bin sofort wieder bei dir.«

Als wäre auch das normal, also sich bei einem Wildfremden auf einer griechischen Insel auf die Couch fallen zu lassen, tue ich es und fühle mich sogar noch wohl dabei. Was solls? Ich kann einen neuen Freund gut gebrauchen. Je öfter ich darüber spreche, desto besser wird es mir gehen. Behauptet zumindest meine Mama, nachdem ich ihr und meiner Schwester dann doch noch alles erzählt habe.

Nikos kommt mit einer Flasche Prosecco und zwei wirklich eleganten langstieligen Gläsern zurück. Ich lehne mich entspannt zurück. Nun, dann werden wir uns mal kennenlernen. Ich habe so verdammt viele Fragen an ihn in meinem Kopf und er vermutlich an mich ebenso. Aber wir haben Zeit. Tja, und ich habe so einiges, das ich mir von der Seele quatschen muss. Wie es aussieht, ist er perfekt dafür. So was spürt man.

»Prosecco? Du kannst Gedanken lesen, Nikos!«

Grinsend öffnet er die Flasche. Das kann ja noch heiter werden. Der Fremde und ich. Mal sehen, wohin uns das hier führt.

Einige Stunden später, die Sonne ist kurz vor dem Untergehen, stehen wir auf der Terrasse und sehen aufs Meer. Mein Gepäck hat er längst nach oben gebracht, und gemeinsam haben wir das Zimmer etwas umgestaltet und den Computer samt der Konsole in den anderen Raum gebracht.

Mir ist, als kannten wir beide uns schon ewig. Auf jeden Fall weiß Nikos jetzt alles über mich und Vincent. Aber auch er hat mir sein Herz wegen seiner Trennung ausgeschüttet. Wer verlässt einen Mann wie ihn, bloß weil sie keine Reisen unternommen haben? Das war anscheinend der wahre Grund. Also ich verstehe diese Iris nicht. Er interessanterweise schon, denn er hat immer wieder beteuert, dass sie damit ja recht habe.

Nikos hat mich sogar gefragt, was ich an Vincent liebe. Und ich habe ihm ehrlich geantwortet: ›Ich weiß es nicht. Einfach alles. Aber weißt du, wenn ich in seine Augen sehe, dann leuchtet jedes Mal mein Herz auf.‹

Darauf meinte er: ›Dann ist es Liebe. Ich hoffe für dich, du kommst so einfach von ihm los, wie du dir das wünschst.‹

Verdammt. Natürlich ist das nicht einfach! Ich bin schon so tief gesunken, dass ich am liebsten meine Kündigung rückgängig machen würde. Am besten den gesamten Tag. Alles, bis auf das Zusammentreffen mit Nikos.

Er reißt mich aus meinen Gedanken.

»Ich freue mich, dass du hierbleibst. Fühle dich ab sofort wie zuhause.«

»Ich danke dir.« Und um ehrlich zu sein, ich habe bereits das Gefühl, seit Wochen hier zu sein, nicht erst seit Stunden.

»Nur eines noch: Ich zeige dir, welche Kochtöpfe und Messer du nicht verwenden darfst. Die sind mir nämlich heilig.«

»Keine Sorge! Wenn das alles ist? Kein Problem.« Idealer geht es ja gar nicht! Außerdem habe ich nicht vor, zu kochen. »Ich weiß gar nicht, wie ich dir danken soll.« Speziell auch für die lächerlich kleine Miete!

»Hör auf! Ich habe dir das vor circa zwei Stunden schon mal gesagt: Du bist ein Geschenk des Himmels. Ich hätte das Haus ohnehin nie verkaufen wollen. War eine echt blöde Idee von mir.«

»War es. So etwas verkauft man nicht. Dieses Haus besitzt dafür viel zu viel an Seele.«

»Siehst du! Das habe ich immer schon gewusst, aber nicht wahrhaben wollen.«

Er kann das Haus im Moment nur deshalb nicht mehr sehen, weil er es gemeinsam mit seiner Freundin eingerichtet hat. Die, die jetzt weg ist. Seit drei Monaten schon, aber er meinte, ihm fällt mit jedem Tag länger in dem Haus noch mehr die Decke auf den Kopf. Und da er die Möbel liebt, wollte er sie auch nicht hinauswerfen und alles neu einrichten. Kann ich nachvollziehen.

»Sehen wir es mal so, Nikos: Das Schicksal hat mich zu deinem Haus gebracht und damit zu dir, damit wir beide einen tollen Neustart hinbekommen.« Als Freunde selbstverständlich.

»Sieht so aus!«

Ich weiß, Bo wird sagen, ich bin irre und weiß nicht, worauf ich mich da einlasse, aber es fühlt sich so was von gut an, hier zu sein, wie schon lange nichts mehr. Ich kann ihm gar nicht oft genug sagen: »Und ich freue mich wahnsinnig auf die Gartenarbeit. Die wird mich erden. Im wahrsten Sinne des Wortes.«

Wir lachen.

»Bestimmt! Du bekommst auch eine kleine Einweisung von mir, damit du mir nicht die Kräuter statt dem Unkraut auszupfst. Aber ich bin ja am Vormittag meistens zuhause. Wenn du hin und wieder gießt, reicht das schon.«

»Und wie ich das werde. Ich freue mich schon darauf.«

»Ich gehe mal nach oben. Wie gesagt, fühl dich zuhause. Ich muss noch etwas Ordnung in meinem Zimmer schaffen.«

Spontan umarme ich ihn. »Danke!«

Mit einem Lächeln geht er ins Innere, und ich gehe nach vor an die Steinmauer und sehe nach unten aufs tiefblaue Meer.

Keine einzige meiner Entscheidungen seit letzter Woche war vermutlich für andere nachvollziehbar. Doch was immer Nikos mit mir angestellt hat, ich habe das Gefühl, dass alles gut wird. Alternativ dazu könnte es sein, dass ich verrückt geworden bin und selbst die Tragweite gar nicht wahrnehme. Was auch okay wäre. Besser hier und verrückt als in Wien, wo ich jeden Tag aufs Neue der Versuchung widerstehen müsste, in die Firma zu fahren und nachzusehen, ob Vincent da ist. Und hoffen, dass er mal den Weg zu mir findet. Er weiß ja, wo ich wohne. Anfangs, als wir uns kennengelernt haben, hat er mich öfter mal abgeholt oder auf ein Gläschen besucht. Seit über zwei Jahren hat er bloß David geschickt. Warum ist mir das noch nie bewusst geworden?

Das hier wird auf jeden Fall der perfekte Neuanfang!

Bad Habit: Sich verkriechen

*M*it dem Meeresrauschen im Ohr aufzuwachen, fühlt sich fantastisch an. Die blauen Vorhänge sind zugezogen, obwohl die Türen offen stehen.

Es ist wahr! Ich bin auf Naxos. Ohne Rückflugticket.

Oh mein Gott! Was duftet hier so herrlich?

Das Badezimmer ist frei. Schnell eine Dusche, Zähne putzen, die Haare im Nacken verknoten, rein in den Bikini und in ein Strandkleid.

Barfuß laufe ich die Holztreppe nach unten, die bei jedem Schritt knarrt.

Und da steht er.

Du meine Güte!

Mit nacktem Oberkörper, blauen Shorts und ebenfalls barfuß. Sein Haar hat er am Hinterkopf zu einem Bun gebunden.

Sehr cool. Und auf seinem Gasherd brutzeln Spiegeleier mit Speck.

Nikos dreht sich um.

»Guten Morgen, Mitbewohnerin!«

»Auch guten Morgen.« Ich deute auf den gedeckten Tisch und die beiden Espressotassen. Sogar ein Blumenstrauß steht in der Mitte auf einer weißen quadratischen Tischdecke. »Also wenn du das jeden Morgen machst, wirst du mich nie wieder los.«

Nikos lacht nur. »Dann warte mal, wenn ich dich wirklich bekoche.« Er drückt mir einen Kaffee aus einer Siebdruckmaschine herunter und mir dann die Tasse in die Hand. Dann schiebt Nikos die Eier und den Speck auf der großen Arbeitsplatte auf einen Teller, würzt sie mit Salzkristallen, die er zwischen den Finger zerreibt und über sie rieseln lasst, dann nimmt er noch frisches Basilikum und schneidet Tomaten auf. Wie ein Sternekoch. Wo hat er so zu schneiden gelernt? Echt faszinierend.

Aber das ist unwichtig, denn schon serviert er mir den Teller, und allein der Duft macht hungrig. »Guten Appetit. Ich dachte, das hilft gegen Liebeskummer.«

»Du kannst Gedanken lesen. Das ist ja ein Kunstwerk.«

»Genau das habe ich gestern ja gesagt: Kochen ist, wie etwas zu komponieren.«

»Wenn du es tust, dann ja.«

Ehrlich? Diese Explosion an Geschmäckern an meinem Gaumen, dazu die Aussicht aufs Meer und die leise griechische Musik, die irgendwo im Hintergrund läuft, sind mehr, als ich mir vom ersten Tag hier auf der Insel jemals erwartet hätte.

Mit vollem Mund erkläre ich ihm: »Mein Gott, ist das gut! Und ich liebe das Olivenbrot.«

»Selbst gebacken«, erklärt mir Nikos.

»Glaube ich dir nicht.«

»Solltest du aber. Ich lüge nie.«

»Ich schon, aber nur, wenn ich mich dazu gezwungen sehe.«

Plötzlich lachen wir. Es tut so gut mit ihm. Da gibt es keine Geheimnisse, denn ich kenne seines und er meines. Iris und Vincent. Vielleicht sollten die beiden sich zusammentun?

»Was hast du heute vor?«

»Keine Ahnung, an den Strand gehen, schwimmen, lesen und die Seele baumeln lassen.«

»Guter Plan. Ich habe bereits alles gegossen und muss dann rüber ins Restaurant.«

Oh, darüber haben wir noch gar nicht gesprochen.

»Du arbeitest da?«, frage ich mit der Kaffeetasse in beiden Händen.

»Ja. Gehört meinen Eltern, und ich bin der Koch.«

»Das erklärt alles.« So wie die Küche aussieht und die Eier und die Marmelade schmecken, muss er wohl gut sein.

»Denkst du?«

»Na ja, schon. Ich habe noch nie so gut gefrühstückt.«

»Das freut mich. Aber warte mal auf das Abendessen. Einfach die Straße nach rechts, und nach circa zweihundert Metern siehst du in der nächsten Buch das Restaurant. Ich reserviere dir den schönsten Tisch.«

Er steht auf und will abräumen. Ich halte ihn am Arm zurück. »Nein, bitte. Das mache ich. Ich habe ja Ferien, und du hast schon so viel für mich getan.«

Nikos kneift die Augen zusammen und hat Grübchen gleich neben seinem wunderschön geschwungenen Mund. »Aber ich bin, wie sagt man? Pingelig.«

»Meine Mama auch.«

»Also kennst du das?«

»Ja, und ich werde alles dorthin zurückstellen, wo es war. Vorausgesetzt, es gibt von allem bereits ein Teil in den Schränken.« Erklärend füge ich hinzu: »Irgendwie muss ich dein System ja erkennen können.«

»Das sehen wir dann morgen, aber gute Idee.«

Er dreht sich um und geht nach oben.

Kaum ist Nikos weg, schieße ich Fotos. Von drinnen und draußen. Dann schicke ich sie Bo und in die Familiengruppe auf WhatsApp. Die werden Augen machen, wenn sie dieses Haus sehen!

Es dauert keine drei Sekunden, und schon ruft Bo mich zurück.

»Ich fasse es nicht! Wo bist du denn gelandet?«

»Im Himmel, denke ich.«

Fünf Minuten später weiß sie alles von meinem seltsamen Zusammentreffen mit Nikos.

»Ehrlich! Wie machst du das mit den Männern? Alle fressen dir aus der Hand. Und der jetzt? Wie sieht dieser Nikos denn aus?«

»Wie ein griechischer Gott«, antworte ich ehrlich.

»Wenn das so weitergeht, checke ich mir für nächste Woche einen Flug und komme dich besuchen. Das ist ja nicht zu glauben.«

»Jap. Und er hat mich am Abend zu sich ins Restaurant zum Abendessen eingeladen.«

Bo atmet laut aus. »Ich hätte es ja nicht vermutet, aber mir scheint, deine Idee, nach Griechenland abzuhauen, war goldrichtig.«

»Ja. Das war sie. Aber denk jetzt nicht, da läuft etwas zwischen uns. Ihm geht es nur gerade genauso beschissen wie mir.«

Wieso sagt sie nichts?

»Bo? Bist du noch da?«

»Ja, sorry. Ich war kurz abgelenkt. Martin ist gerade vorbeigelaufen und scheint mich zu brauchen. Also: Pass auf dich auf.«

Ich wollte schon auflegen, da schiebt sie nach: »Vincent ist angeblich nach Island. Heli-Skiing. Zumindest hat mir Martin das heute beim Kaffee erzählt.«

»Du trinkst jetzt mit Martin Kaffee?« Statt mit mir? »Was ist denn mit dir los?« Ich gehe auf die Terrasse hinaus und die

in die Felsen gehauenen Stufen hinunter zum schmalen Sandstrand.

»Du bist lustig, Tita. Es sind ja nur noch er, Bruno und
Alissa in unserem Stockwerk übrig.«

Stimmt. »Entschuldige. Natürlich. Lass ihn bitte nicht von
mir grüßen.«

Sie lacht. »Wird erledigt. Und schick mir ein Foto von diesem
griechischen Gott. Damit ich mir das mit der Buchung überlegen kann.«

Ich verspreche es ihr.

Meine Familie überschlägt sich mit Bemerkungen, wie toll
das hier ist. Ich texte kurz zurück, aber ab jetzt gehört dieser
Tag mir und diesem zauberhaften Strand. Erst jetzt fällt mir der
Holzsteg auf, an dem ein kleines Motorboot festgemacht ist.

Ob Vincent etwas gepostet hat?

Kurz kann ich ja nachsehen.

Nein.

Auch gut. Dann schweige eben. Aber das muss ich ja nicht
tun.

So. Dieses Foto ist perfekt. Wie auf einer Postkarte. Der Steg
ist das Tüpfelchen auf dem i. ›Die Mutlosen laufen weg, die
Mutigen erlauben sich, anzukommen. Bei sich selbst.‹

Das klingt doch gut, oder? Und passt zu dem Foto. Und
uns. Er ist auf der Flucht, aber ich habe mich endlich meinem
Schicksal gestellt. Einem ohne Vincent.

Und ich tue es schon wieder. Nicht nur diese Story posten,
sondern mir in die Tasche lügen. Natürlich will ich wissen, was
er tut. Was er denkt. Aber vor allem: Was er fühlt. Ob er auch tief
in sich diese schwere, dunkle Leere spürt? Trotz Sonnenschein?

Ich weiß es nicht, aber ich wünsche es Vincent auch nicht.
Denn es tut weh. Sehr sogar. Okay. Vielleicht bin ich auch auf
der Flucht, aber zumindest aus einem anderen Grund als er.

Mit der Zeit wird der Schmerz vergehen. Bestimmt. Ich
muss nur geduldig sein und mich auf das Jetzt konzentrieren.

Das und das Abendessen. Ich bin schon so gespannt auf Nikos'
Lokal. Ob es gebratenen Fisch gibt? Das wäre toll.

So. Und jetzt räume ich mal die Küche auf. Dann nehme ich
mir meinen E-Reader und ein Handtuch und lege mich in den
Schatten unter den einen Baum, gleich unter der Terrasse. Das
klingt nach einem perfekten Plan für meine mehr als unbefrie-
digende Gesamtsituation.

Der Tag ist wie im Flug mit Lesen, Schlafen und Schwimmen
vergangen. Und jetzt bin ich frisch gestylt und bekomme den
Mund nicht zu. Das hier ist kein typisch griechisches Strandlo-
kal, sondern ein edles Restaurant mit dennoch typisch griechi-
schem Flair neben uralten riesigen Bäumen.

»Nikos!« Ich bin überwältigt. Das habe ich nicht erwartet.

Ich stehe vor seiner offenen Küche aus Edelstahl. Man kann
ihm beim Kochen zusehen! Jeder Tisch hier ist weiß gedeckt
und der Parkplatz voll mit Autos. Anscheinend ist das hier mehr
als ein Geheimtipp.

»Tizia! Ich freue mich. Toll siehst du aus.« Er kommt um die
Anrichte herum auf mich zu und küsst mich auf die Wangen.
»Du musst meine Familie kennenlernen. Sie können es schon
gar nicht mehr erwarten.«

»Klingt wie meine Familie.«

Und schon werden wir umringt. Seine Mutter, sein Vater,
zwei seiner drei Schwestern und die Großmutter. Alle schütteln
mir die Hand, nennen mir ihre Vornamen, die ich auf der Stelle
leider wieder vergesse, und strahlen übers ganze Gesicht. Ich
frage mich, warum. Hier vermietet doch beinahe jeder. Warum
bin ich denn so eine Attraktion?

»Nimm schon mal Platz. Ich bringe dir sofort eine kleine
Vorspeise.«

»Danke. Gerne.«

Er führt mich an einen Minitisch mit zwei türkisfarbenen
Holzstühlen. Weißes Tischtuch. Eine Vase mit einer weißen

Hibiskusblüte. Wunderschön. Und der Blick erst! Ich sehe nur Sandstrand und Meer vor mir. Das kann was.

Nikos schiebt mir den Stuhl hin, schenkt mir Wein und Wasser ein und zieht mit einem Lächeln in seine Schauküche in der Mitte des Lokals ab.

»Ich bin gleich zurück.«

Und ein paar Sekunden später erscheint er mit einer langen weißen Platte mit verschiedenen Vorspeisen und einem Korb frischem Brot.

»Das sieht wundervoll aus.«

Er serviert die Platte und deutet auf das erste, liebevoll drapierte Häufchen Essen. »Das ist ein Thunfischtartar, daneben ein Risotto nero, und das dritte ist eine kleine Fischpastete. Lass es dir schmecken.«

»Das ist ja Wahnsinn. Danke, werde ich.«

Er verlässt mich wieder, und mit der Gabel im Mund überblicke ich die gesamte Bucht. Einmalig. Das Tartar, wie auch der Blick. Besonders die vielen alten Bäume, die Schatten spenden. Mit einem Glas Weißwein in der Hand betrachte ich das Farbenspiel der langsam untergehenden Sonne. Orange. Pink. Dazu Blautöne und ein Hauch von glänzendem Silber, der sich über das Meer legt.

Wenn es den perfekten Frieden gibt, dann ist es dieser Ausblick. Kein Lüftchen stört die Idylle. Ganz sanft wogt das Meer. Beinahe unmerklich, wenn man nicht die weißen Kräuseln des Wassers am Sand sehen würde.

Die Begrüßung war noch gar nichts gegen das, was ich jetzt von Nikos serviert bekomme. Am besten Tisch. Ohne Zweifel. Mit einem Teller in der Hand kommt er auf mich zu.

»Danke für dieses Plätzchen. Besser gehts nicht. Und deine Vorspeisen sind ein Traum.«

»Kein Problem, und danke. Aber versuch mal das: Hier habe ich gegrillten Oktopus, kombiniert mit confiertem Eigelb, Avocadocreme und eine Terrine. Ich hoffe, es schmeckt dir.«

»Das ist ja ein Kunstwerk!« Ich habe alles Mögliche erwartet, aber bestimmt nicht Sterneküchenniveau quasi am Ende der Insel. Was es natürlich nicht ist. Aber es fühlt sich so an. Hier sind bloß die Gäste, die zum Essen herkommen, und anscheinend das Haus seiner Eltern rechts vom Lokal. That's it.

»Und es schmeckt heiß besser.« Mit einem breiten Grinsen verlässt er mich wieder. Das Lokal füllt sich schnell, daher denke ich, er wird bald jede Menge zu tun haben.

»Oh mein Gott!« Ist das gut. Die rosafarbene Creme und der Oktopus harmonieren einfach perfekt. Würzig, weich und gleichzeitig eigenwillig.

Plötzlich meint eine Touristin am Nachbartisch: »Lecker, nicht? Leider kennen viel zu viele den Geheimtipp hier. Aber ich gönne es der Familie Panagiotous. Sie arbeiten alle unglaublich hart.«

»Das sieht man. Einfach alles hier ist perfekt.«

Kurz plaudere ich mit ihr. Deutsche. Sie kommt jedes Jahr mit ihrem Mann hierher und kennt Nikos' Familie schon beinahe zwei Jahrzehnte lang. Da nun auch sie ihr Essen von der größeren von Nikos' Schwestern, Helena, serviert bekommen, wünsche ich ihnen nur mehr einen schönen Abend und guten Appetit.

Ich schieße ein Foto von der Abendstimmung mit dem goldenen Licht, das auf eine seltsame Art mein Herz berührt. All die griechischen Sagen, die ich erst als Kind immer zum Einschlafen gehört hatte und vor einigen Jahren noch einmal gelesen habe, fallen mir wieder ein. Nur hier, in einer Umgebung wie dieser, können diese Mythen entstanden sein.

Hier auf Naxos wurde Ariadne von ihrem geliebten Theseus zurückgelassen, obwohl er ihr die Hochzeit versprochen hatte. Vor meinem geistigen Auge erscheint erst Poseidon, wie er die arme Frau in den Tod ziehen will, da der Weingott Dionysos sie als seine Frau beansprucht. Das hat Ariadne wie auch Theseus das Herz gebrochen. Kein Wunder, dass sie ins Wasser gehen wollte.

Und dieser Dionysos? Ich kann mir gut vorstellen, wie er selbstgefällig hier eine der Weintrauben von der Laube pflückt und mit einem großen silbernen Becher im Sonnenuntergang auf seine Hochzeit mit der Schönen anstößt. Vielleicht auch mit den deutschen Gästen neben mir? Vor mir manifestiert sich Göttervater Zeus, wie er donnernd über dem goldenen Meer erscheint und einen seiner großen Boss-Momente gibt und später dann Ariadnes Haupt mit einer goldenen Krone schmückt. Nachdem sie laut Sagen Kinder mit Dionysos hatte, scheint sie über Theseus hinweggekommen zu sein. Also werde ich es auch schaffen.

Was für ein Zufall, dass ich mir genau diese Insel ausgesucht habe! Die Insel, auf der sich eine meiner Lieblingsheldinnen Ariadne die Augen nach ihrem Theseus ausgeheult hat. Ich wische mir verstohlen über die Augenwinkel. Es könnten ja auch Wimpern sein, die mir diese Tränen beschert haben.

Vincent! Island, Côte d›Azur oder Wien. Es ist einerlei, denn es gibt überall genügend Willige, die dich ablenken werden.

Ich muss mich zusammenreißen. Daher google ich ›Zitat Lebensfreude‹, und wer erscheint als Erstes? Mein alter Freund Demokrit.

›Das Glück wohnt nicht im Besitz und nicht in Gold, das Glück wohnt in der Seele.‹

So wahr! Es geht nicht um sein Geld. Ging es nie. Mein Herz hat er mit seinen tiefgründigen Blicken und der Magie, die jedem unserer Treffen innewohnte, in Besitz genommen. Ich denke, das weiß er, aber ich kann ihn ja daran erinnern!

Das kommt jetzt gemeinsam mit dem tollen Foto von der Abendsonne in meine Story. Bin gespannt, ob er es kommentieren wird.

Ich starre auf das Handy. Aber es passiert nichts. Vincent hat auch nichts gepostet. Bitte, dann schweig dich weiter aus, und verzieh dich wieder einmal in dein Schneckenhaus!

Okay. Dann schalte ich eben das Ding jetzt aus. Ich habe ohnehin schon mit meiner Familie und Bo telefoniert. Alle wissen, dass es mir gut geht. Also kann ich genauso gut einen handylosen Abend verbringen.

Die griechische Musik untermalt den spektakulären Ausblick. Ich sollte glücklich sein. Hier zu sein, ist ein mehr als toller Zufall. Es ist ein Geschenk!

Nikos überrascht mich mit einem weiteren Gang. Das Hauptgericht ist ein köstlicher Fisch mit Minikartoffeln in Rosmarin und einem ganz traditionellen Bauernsalat. Ich schlemme, bis ich mich kaum mehr rühren kann.

Mittlerweile ist es nach elf Uhr abends, und er setzt sich zu mir.

»Und? Noch Lust auf ein kleines Eis?«

»Nikos, ich kann nicht mehr. Es war einfach himmlisch, das beste Essen ever! Aber es war so viel, dass ich nie mehr wieder etwas essen werde können. So voll bin ich.«

Er kneift die Brauen zusammen. »Glaub ich dir nicht.«

Dann steht er auf und kommt nach einer Minute mit zwei Kaffeetassen zurück, in denen jeweils eine Kugel Vanilleeis im frischen Espresso schwimmt. Eine Schokokaffeebohne sitzt auf der Eiskugel.

»Ein Kaffee geht doch immer, oder?« Verschmitzt sieht er mich an. Gott, der Haarknoten am Hinterkopf steht ihm total. Und ich mag seinen Dreitagebart.

Ich sehe ihm direkt in seine dunkelbraunen Augen. »Du hast mich erwischt. Das geht noch. Aber ich schwöre: Mehr nicht mehr.«

Leider muss er noch arbeiten, aber ich verspreche ihm, auf ihn zu warten. Warten! Genau das, was ich am besten kann. Automatisch schalte ich das Telefon wieder ein.

Sieh mal an. Vincent hat meine Story gesehen und auch selbst eine gepostet.

In seiner Hand hält er einen Schneeball. Ob er tatsächlich allein in Island ist? Dass Ann-Marie ihn begleitet, kann ich mir sowieso nicht vorstellen. Karibik, Mauritius, Seychellen oder die Malediven. Auf jeden Fall auch die Südsee, Tahiti und hin und wieder Maui. Das ist ihr Ding. Aber Winter mitten im Sommer? Sie jammert schon bei einer Schneeparty in Ischgl oder am Arlberg. Das weiß ich von Vincent. Ob es stimmt, dass sie sich getrennt haben?

Okay, Vincent. Dann bist du also ziemlich sicher bloß mit David unterwegs. Und was soll dieser Spruch von Friedrich Schiller? ›Freiheit kann man einem zwar lassen, aber nicht geben.‹ Dann gönnst du mir also großzügigerweise, meine Entscheidungen selbst zu treffen? Danke, Vincent. Wie cool von dir.

Bitte, dann matchen wir uns eben wieder einmal. Ich nehme das Foto des wunderschönen Sonnenuntergangs, auf dem nur ein Stück des Tisches mit meinem Weinglas, die Sandbucht und das glitzernde Meer zu sehen sind. Mal googeln. Zitat über Freundschaft. Gleich das erste Ergebnis ist perfekt! Der Autor ist unbekannt, aber das tut dem Spruch keinen Abbruch. ›Freunde sind Menschen, die dir nicht den Weg zeigen, sondern ihn einfach mit dir gehen.‹

Denk mal darüber nach, Vincent, denn dann wirst du bemerken, dass wir nie eine echte Freundschaft hatten. Du bist immer davon ausgegangen, dass ich verfügbar bin. Dich auf deinem Weg begleite. Und das habe ich auch. Aber irgendwann ist Schluss. Was verbindet uns beide denn wirklich? Du hast jede Menge Geheimnisse vor mir. Und sonst? Klar, ein paar Einladungen von dir, wo gefühlt hundert andere Menschen dabei waren, und unsere kleinen Diskussionen. Du hinterfragst nie, wie es mir wirklich geht.

Ich muss ihn mir schlechtreden und alle anderen Gedanken verdrängen! Dieses wohlig warme Gefühl, wenn ich an ihn nur denke, nervt. Und zwar gewaltig!

Soll er sich denken, was er will. Ich poste das und drehe mein Handy ab. Wenn er es liest, wunderbar, wenn nicht, auch gut. Ich bin jetzt hier, liebe meinen neuen Lieblingsplatz am Meer und lasse mich die nächsten Wochen einfach durchs Leben treiben. Was immer geschieht, wird schon seine Richtigkeit haben. Es ist Zeit, abzuschalten und nichts anderes zu tun, als die Seele baumeln zu lassen und auf mich selbst zu schauen. Das tun, was mir guttut. Nicht irgendjemand anderen.

Nikos kommt mit zwei Gläsern auf mich zu. »Hast du Lust, einen Kitron zu probieren?«

Er hält mir ein geeistes Glas mit einem durchsichtigen Getränk vor die Nase. Ich strahle ihn an. Er ist die Umsicht in Person.

»Sehr gerne. Was ist das?«

»Eine zitronige Likör-Spezialität aus Chalkio. Kitron oder Kitro gibt es nur hier auf Naxos. Das ist die stärkste der Sorten. Der grüne Kitron ist süßer, und der gelbe hat mittleren Alkoholgehalt. Aber der grüne ist am wenigsten süß, daher dachte ich, er wird dir schmecken.«

Ich hebe das Glas und stoße mit ihm an. »Sicher wird er mir schmecken.«

Der erste Schluck ist herb und ölig, riecht aber sensationell nach Zitronen. Irgendwie nach Limoncello. Ich bin jedoch nicht ganz sicher, ob mir dieser Kitron schmeckt oder nicht.

»Und?«

»Ich weiß nicht«, antworte ich ehrlich.

Er nimmt mir das Glas aus der Hand und lacht übers ganze Gesicht. »War nur ein Test. Man gewöhnt sich zwar daran, und manche lieben ihn, aber mir war klar, dass das nicht unbedingt dein Fall ist.«

Ich nehme ihm mein Glas weg. »Vielleicht ist das wie bei Retsina, und ich muss einfach nur mehr davon trinken?«

Er hebt eine Augenbraue. »Okay?«

»Doch, absolut okay.«

Während ich den Likör ex trinke, sehe ich, wie ihm zwei Touristinnen, beide in etwa in meinem Alter, einen schmachtenden Blick senden. Kann ich nachvollziehen. Mit seiner langen dunkelgrauen Schürze zu den weißen Jeans und dem kurzärmeligen Hemd sieht er einfach zum Anbeißen aus. Also wenn da nicht Vincent wäre ...

Keine Ahnung, was in mich gefahren ist, aber ich bin mir sicher: Ich bin nicht an meinem schrägen Verhalten schuld, sondern Nikos. Er hat mich abgefüllt. Und seine Mama.

Fakt ist, die meisten Gäste sind längst weg, und ich tanze an seiner Hand zur griechischen Musik aus den Lautsprechern am langen Tisch der Familie und Angestellten. Alle rund um uns klatschen und haben einen Mordsspaß. Zugegeben: Ich auch.

Plötzlich rufen seine Schwestern Maria und Helena in unsere Richtung: »Küssen! Küssen!«

Sind die beiden übergeschnappt?

»Lasst das!«

Dem stimme ich zu und schüttle heftig mit dem Kopf.

Nun klatschen und rufen alle: »Küssen!« Die spinnen ja!

Doch bevor ich mich versehe, schaut mir Nikos tief in die Augen, meine Knie werden weich, sein Gesicht kommt mir näher, und ich klappe einfach meine Lider zu.

Holy Moly! War das ein Kuss. Zwar nur auf die Lippen, aber ich brauche eine Sekunde, bis ich wieder die Augen öffne. – Und sehe in seine dunklen Augen, die mich anstrahlen. Verdammt. Er ist aber auch heiß!

Nikos springt vom Tisch, reicht mir die Hand, und ich springe ebenfalls auf den Steinboden. Zum Glück fängt er mich auf. Weiche Knie wirken sich ungünstig auf eine sichere Landung aus.

»Und jetzt?«

»Jetzt fahren wir zum Haus, bevor meine Familie noch peinlicher wird und völlig überschnappt.« Er neigt seinen Kopf zu mir und flüstert in mein Ohr: »Danke, dass du mitgespielt hast. Sie hätten sonst keine Ruhe gegeben.«

Mein Herz fällt wie ein Stein auf meine nackten Zehen. Ich springe zur Seite. Spiel? Also für mich war der Kuss ernst. Schade. Aber vielleicht besser so. »Klar. Genau das hatte ich angenommen.«

So ein Quatsch! Ich ärgere mich über mich. Wie konnte ich so blöd sein und annehmen, er hätte mich gerne und von sich aus geküsst!

»Komm. Zeit, nach Hause zu gehen. Ich fahre.«

Nach Hause? Klingt seltsam, aber irgendwie auch schön.

»Super, danke.« Sein Angebot kommt mir sehr gelegen, denn nüchtern bin ich nicht mehr. Vor dem Restaurant setzt er mir einen Helm auf. »Oh! Wir fahren mit dem Motorrad?«

»Vespa. Sind ja nur etwas über sechshundert Meter.«

»Klar.« Ich muss mich daran gewöhnen. Das hier ist Griechenland, alles ist geradezu tiefenentspannt, und es ist nach wie vor heiß. Also wird der Fahrtwind mein vernebeltes Hirn abkühlen, was gut sein wird. Wie es scheint, bin ich nicht mehr bei Sinnen, oder warum sonst denke ich über seinen knackigen Hintern nach?

Nach einer unfassbar guten Crème Brûlée sitzen wir zwei Stunden später noch immer auf seiner Terrasse und quatschen. Dabei wirkt Nikos nicht wie der Typ Mann, der gerne plaudert, und als ich ihn beim Kochen beobachtet habe, hat er auch die meiste Zeit konzentriert gearbeitet und wenig gesagt. Aber uns fällt es leicht, von einem Thema zum nächsten zu springen.

»Langsam interessiert mich, was du arbeitest.«

Kein Wunder, ich habe ihm gerade ein Referat über die Marketingbranche gehalten. Natürlich in aller Kürze und auch nur über den Aspekt, wie verrückt die Eventjunkies unter ihnen sind.

»Rate doch mal.«

Im Kerzenschein sieht er zum Niederknien aus, wenn er so verschmitzt lächelt, weil sich dabei süße Grübchen neben seinem Mund bilden.

»Ich schätze, du arbeitest als Eventjunkie?«

»Gut geraten. Eventmanagerin.« Ich muss selbst lachen. »Dann hast du mir meine Begeisterung wohl angemerkt?«

»Sieht so aus.«

»Aber ich muss dich enttäuschen: Derzeit bin ich arbeitslos.«

Nikos neigt seinen Kopf zur Seite und betrachtet mich. »Hat er etwas damit zu tun?«

Kopfschüttelnd merke ich an: »Ja. Aber ehrlich: Mit dir macht das echt keinen Spaß. Ich bin ja wie ein offenes Buch für dich.«

»Oberflächlich betrachtet vielleicht. Aber ich habe das Gefühl, du bist mehr als die unglücklich verliebte und arbeitslose Eventmanagerin, oder?«

Spontan beuge ich mich in seine Richtung. »Worauf du wetten kannst! Ich habe nämlich gerade das Gefühl, dass ich mich soeben neu entdecke.«

Er nimmt meine Hand und drückt sie. »Wenn ich dir dabei helfen kann? Ich bin hier. Aber das weißt du bereits.«

»Danke.«

Ja, das fühle ich, denn seine Präsenz ist unbeschreiblich. Nikos ist aufmerksam und ein fantastischer Zuhörer. Offensichtlich ein Mensch, der viel nachdenkt. Denn alles, was er sagt, hat Hand und Fuß und klingt wohlüberlegt. Eine Eigenschaft, die er mit Vincent teilt.

Muss ich ihn andauernd mit Vincent vergleichen? Das ist doch einfach nur dämlich! Die beiden haben ansonsten ja auch gar nichts gemeinsam, außer dass sie Männer sind. Besser ist, ich lehne mich zurück, höre dem Meer beim Rauschen zu und stelle zur Abwechslung wieder Nikos ein paar Fragen.

»Erzählst du mir, warum du so gut Deutsch sprichst? Hast du in Wien gearbeitet?« So klingt es nämlich.

»Ganz und gar nicht, aber ich nehme es als Kompliment. Doch irgendwie hast du es dennoch richtig erkannt, denn ich hatte jahrelang private Deutschstunden bei einer Freundin meiner Mutter. Sie wohnt nur ein paar Kilometer weg und ist tatsächlich aus Österreich.«

Ich wusste, dass es da noch einiges an Nikos zu erforschen gibt. Warum um Himmels willen lernt man freiwillig Deutsch, wenn er nicht vorhatte, in Österreich zu leben? Oder hatte er es?

Plötzlich erhebt er sich. »Sorry, aber ich bin echt müde. Alle weiteren Fragen beantworte ich dann morgen.«

Selbstverständlich springe ich auf und schnappe mir die leeren Gläser. Er nimmt die Weinflasche und den Krug mit Wasser.

»Darauf komme ich zurück. Und danke noch einmal für das Wahnsinnsessen, die Nachspeise, den Abend. Einfach alles! Auch, dass ich hier sein darf.«

Im Türrahmen bleibt er kurz stehen. »Ich freue mich, wenn du dich freust. Aber denk nicht, dass ich nicht vielleicht auch ein wenig egoistisch bin!«

Mein Bauch kribbelt leicht. Wie meint er denn das?

Egal. Er umarmt mich kurz und verzieht sich nach oben. Ich werde noch wegräumen und mich ebenfalls ins Bett begeben. Was für ein Auftakt für diesen Urlaub. Hier könnte ich leben.

Bad Habit: Neugierig sein

Vincent

W as willst du als Nächstes tun?« David steht mit verschränkten Armen mitten in der Lodge.

»Keine Ahnung. Ich muss etwas finden, das ich noch nie gemacht habe.«

»Dann war der Adrenalinkick hier zu wenig?«

»Sieht so aus. Hast du eine Idee?«

»Habe ich: Wir fliegen nach Naxos, und du triffst dich mit Tita. Ihr solltet euch aussprechen. Ich garantiere dir: Das ist ein Adrenalinbad. Nicht bloß ein Kick.«

Was ist denn mit David los? Warum drängt er mich so? Ich denke ohnehin die ganze Zeit darüber nach, was das zwischen uns war oder sein könnte. Bin aber noch zu keinem Schluss gekommen.

»Das wäre eher ein Adrenalinmassaker. So ein Quatsch, David! Was gibt es denn da noch zu besprechen? Sie hat mich verlassen –«

»Ich korrigiere: das Unternehmen. Nicht dich.«

»Und wer ist deiner Meinung nach das Unternehmen?«

»Du.«

»Sag ich doch. Und wie immer habe ich recht, aber egal, sie ist weggegangen, und damit ist alles gesagt.«

»Darf ich anmerken: Sie ist doch nach wie vor deine einzige Freundin, mit der du über alles sprechen kannst.«

Leider seufze ich. »War sie. Nur umgekehrt war ich kein Vertrauter für sie. So kann man sich eben irren.«

»Du irrst dich doch nie.«

Scharf sehe ich David an. So nicht!

»Lass das, David. Sie war ein Fehler. Was ist übrigens mit meinem anderen?«

»Ann-Marie? Sie zieht nächstes Wochenende aus. Ich habe alles organisiert und sicherheitshalber nicht nur die Security angewiesen, sie am Sonntag um zwanzig Uhr hinauszuwerfen, sondern auch Bo gebeten, hinzufahren.«

»Um was zu tun? Mit ihr Händchen halten, während irgendwelche meiner Angestellten ihr Zeug aus dem Haus tragen?«

»So in der Art.«

»Okay. Ich will gar nicht mehr wissen.« Ich stehe auf und gehe einen Schritt auf ihn zu. »Und? Schon eine Idee?«

»Tatsächlich hätte ich eine: Wir fliegen nach Südamerika, und du machst einen Ayahuasca-Trip.«

»Drogen? Dein Ernst? Willst du gefeuert werden, David, oder was soll das?«

Mir fällt hier noch die Decke auf den Kopf. Diese Lodge ist zu klein, zu dunkel und nervig. Auch wenn alle bemüht sind, das Beste an Service zu geben. Aber dennoch. Es reicht. Die Tage im Schnee waren herrlich, mit so guten Bedingungen hatte ich gar nicht gerechnet. Aber jetzt muss ich raus. Weiterziehen.

»Das ist wie das Reinwaschen deiner Seele. Aber bitte, du kannst es auch lassen. Ansonsten schlage ich vor: Ich setze dich im Amazonas mit einem Kanu aus, und du zählst mit, wie viele Stunden du überlebst.«

Ich schicke ihm einen verdammt angepissten Blick. »David! Natürlich überlebe ich das nicht, es sei denn, ich schließe mich einem erfahrenen Team von Forschern an, die wissen, wo Kaimane oder unkontaktierte Stämme mit ihren Speeren lauern. Was soll der Quatsch? Habe ich dich nicht zu meinem Schutz eingestellt? Und jetzt willst du mich umbringen?«

»Keinesfalls, und ja, ich bin für deinen Schutz zuständig. Wir erinnern uns hoffentlich beide, dass du mich nicht als Animateur eingestellt hast. Und daher denke ich, wir sollten eine geruhsame Woche verbringen, denn ab Montag hast du einen vollen Terminkalender.«

Vielleicht hat er recht. Ich habe ohnehin bereits drei Tage beim Skifahren einen Adrenalinrausch erlebt. »Okay. Wir arbeiten von Saint Tropez. Da liegt doch die Jacht derzeit, oder? Wir nehmen ein Champagnerbad und ein paar Mädchen mit aufs Schiff.«

Jetzt strahlt er wieder. »Gute Idee, Boss.«

»Wunderbar. Wann werden wir abgeholt?«

»Der Helikopter sollte in den nächsten Minuten hier landen.«

»Danke, David.«

Mal sehen, ob sie etwas geschrieben hat.

Das Foto ist toll. Tia von hinten aufgenommen in einem zartgelben Tuch, das sie mit ausgebreiteten Armen über ihren Rücken spannt. ›Feels like a new life!‹, und im Beitrag steht noch: ›Every day I discover something new here. And I live at the best place ever!‹

Du bist also nach wie vor in Griechenland.

»David!«, rufe ich, und es dauert keine zehn Sekunden, schon ist er da.

»Ja?«

»Finde heraus, wo genau in Griechenland Tia ist. Bo sollte es doch wissen.«

Er grinst mich an und sagt: »Naxos.«

Jetzt bin ich aber echt verärgert. »Das weiß ich doch bereits. Ich meine: Welche Unterkunft?«

»Danach hattest du nicht gefragt.«

»Sehr witzig. Dann machen wir das so. Wir fliegen nach Saint Tropez und nächsten Sonntagabend nach Wien.«

Wieso wirkt er enttäuscht?

»Nicht nach Naxos?«

»Nein, was soll ich da?«

»Wie du meinst, du bist der Boss.«

»Bin ich, David. Ja, das bin ich.«

»Gut, dann starte ich mal los.«

Gute Idee, denn ich brauche einen Ortswechsel. Wir waren beinahe fünf Tage hier. Das reicht.

Die Rotoren des Helikopters und das Motorengeräusch werden immer lauter. Sehr gut. In ein paar Minuten sind wir am Weg zum Flughafen und zurück nach Frankreich. David dreht sich wortlos um und geht. Er wird gemeinsam mit dem Personal hier unser Gepäck verstauen.

Ist ja wirklich toll, dass Tia sich so gut fühlt, denn ich tue es nicht. Liegt bestimmt nicht an ihrem Abgang. Ann-Marie hat mir die Woche versaut. Doch mit ausreichend Ablenkung vergeht das. Wie konnte sie mir einreden, dass ausgerechnet wir beide das mit einer Beziehung schaffen? Nun zeigt sich, was ich ohnehin immer gewusst habe: Ich bin kein Beziehungsmensch. War nie einer und werde nie einer sein. Wie bekommen andere

Männer das hin? Immer diese ewigen Diskussionen. Wegen Kleinscheiß. Wozu bezahle ich Architekten, wenn Ann-Marie alles besser weiß? Jede Farbe samt RAL-Nummer ausdiskutieren will? Die neue Villa hat über zwanzig Zimmer und ein Gästehaus. Das ist doch sinnlos.

Allein die Erinnerung an unsere endlosen Streitereien bereitet mir Kopfschmerzen. Von ihren Wutanfällen und Drohungen mal ganz zu schweigen.

David erscheint in der Tür. »Wir sind startklar. Ich nehme dein Notebook.«

»Ich danke dir. Übrigens: Ruf den Architekten wegen der Villa in Wien an. Alle Änderungen, die Ann-Marie in Auftrag gegeben hat, sind storniert. Der von mir abgesegnete Plan soll umgesetzt werden.«

»Wird erledigt.«

»Ach, und bitte gib Alain Bescheid: Morgen feiern wir mit ihm.«

David grinst mich an. »Schmeißt du bei ihm eine Trennungsparty?«

»Etwas in der Art schwebt mir vor.«

»Ich bin dabei. Du hättest dich schon vor drei Jahren von ihr trennen sollen.«

Er hat recht. Spätestens nach der Nacht mit Tia.

»Warum hat mir nie einer gesagt, dass wir nicht zusammenpassen?«

David hat sich meinen Computer geschnappt und hält mitten in der Bewegung inne. »Im Ernst jetzt? Du weißt doch, dass dich alle anlügen.«

Ich nicke. »Zum Glück du nicht.«

»Richtig, aber wie oft hörst du auf mich?«

»Selten.«

»Siehst du. Dann beschwere dich nicht.«

Er grinst. Ich ebenfalls. »Weißt du, welches Glück du hast, dass Ehrlichkeit Teil unserer Vereinbarung ist?«

David kommt auf mich zu und legt mir einen Arm auf die Schulter. »Und weißt du, Bro, dass das der zweite triftige Grund ist, warum ich an deiner Seite bin?«

»Ja, weiß ich.« Aber im Moment will ich gar nicht über die Umstände nachdenken, die uns beide zusammengeführt haben. Davon weiß niemand. Auch nicht Ann-Marie oder Tia. Und so wird es bleiben. »Komm, lass uns gehen.«

Ich ziehe mir den dicken Mantel über und setze die Mütze auf.

»Habe ich schon mal erwähnt, wie sehr ich Kälte hasse?«, grummelt David vor sich hin, als wir zur Tür gehen. Auch das ist mir bewusst, er fühlt sich erst ab dreißig Grad wirklich wohl, doch er hält alles aus. Selbst die Antarktis. Noch etwas, wovon niemand weiß.

»Dann lass uns mal zurück in die Sonne fliegen. Doch du musst zugeben, Ende Juni ist die beste Zeit hier fürs Heli-Skiing.«

Er nickt und hält mir die Tür auf.

Bad Habit: Sich selbst belügen

Fünf Tage später, Freitagnachmittag

Tizia

O h Gott, ich bin geradezu verliebt in Chora. Naxos (Stadt) gibt echt etwas her. Diese engen Gassen, die sich bergauf und bergab winden, die vielen kleinen Läden und Farben der Kleider und Tücher, die überall ausgestellt sind. An einem kleinen Stand habe ich mir zwei Souvlakis, Hühner-Spießchen, gekauft. So gut. Und der neue Sonnenhut ist eine Wucht. Riesig und naturfarben. Sieht süß zu dem hellrosa Strandkleid mit den großen Blumen aus.

Schade ist nur, dass Nikos nie Zeit hat, mitzukommen. Oder will. Wir hätten ja auch etwas früher herkommen können, und ich hätte ihn direkt ins Restaurant gefahren. Aber er hat wieder einmal gemeint: ›Menschenmassen sind nichts für mich.‹

Stimmt schon. Es ist Anfang Juli und daher viel los. Aber nichts im Vergleich zu einem der ganz großen Konzerte. Nikos hätte mal bei einem Robbie-Williams- oder Taylor-Swift-Konzert dabei sein sollen. Das sind Menschenmassen.

Aber da ich nun schon allein hier bin, gönne ich mir jetzt einen Eiskaffee in dem kleinen Café mit Blick aufs Meer. Vielleicht sollte ich mir hier einen Job suchen? Nur über den Sommer?

Oh! Bo ruft an. Facetime!

»Hallo, du Abtrünnige! Erzähl mir nichts vom Meer, und schick mir ja keine Fotos mehr.«

Das ist ja mal ein Einstieg in ein gutes Gespräch. Ich muss lachen.

»Bitte, wie du willst, solange du mir mein Urlaubsoutfit verzeihst, ist alles gut.«

Sie fährt sich durch ihr schwarzes Haar, dabei sitzt bei ihr wie immer jede einzelne Strähne perfekt. Wie auch ihr Make-up und der gewagt geschnittene Blazer. Oder was immer dieses bunt gemusterte Oberteil mit dem riesigen V-Ausschnitt und den Löchern an den Oberarmen ist.

»Tu ich nicht. Ich schwitze mich hier nämlich zu Tode. Und zu allem Überfluss habe ich einen Wochenenddienst als Babysitter ausgefasst.«

Das ist überraschend. Ich kenne niemanden, der mit Bo eng befreundet ist und Kinder hätte.

»Ach ja? Und bei wem?«

»Du wirst es nicht glauben: Ann-Marie.«

»Blödsinn.«

»Kein Blödsinn. Ich muss sicherstellen, dass sie keine Zicken macht, und die Security dabei unterstützen, dass sie Sonntag um zwanzig Uhr die Villa mit ihren Sachen verlassen hat.«

Vincent hat sie hinausgeworfen? Mitsamt einem Ultimatum? Wow. Jetzt glaube auch ich es. Und ja, ich freue mich darüber.

»Gut, dass ich mich soeben in einen Korbsessel gesetzt habe.«

»Ich wusste, dass du nichts davon weißt.«

»Wie auch. Ich wohne derzeit in einem kleinen Haus an einem einsamen Strand. Wer soll mir da etwas über Ann-Marie und Vincent stecken?«

Sie schmunzelt. »Du kannst ja auch wieder zurückkommen. Aber Spaß beiseite: Und? Läuft da jetzt endlich was mit diesem Nikos? Und wann schickst du mir ein Foto von ihm?«

Mein Herz krampft. »Gar nicht, und hör auf damit! Wie oft habe ich dir gesagt, wir verstehen uns einfach toll und sind Freunde. Das ist alles.«

»Sicher. Du musst echt blind sein. Warte nur: Irgendwann komme ich auf diese Insel nach und schnapp mir den Leckerbissen. Dann wirst du dich ärgern und eifersüchtig sein.«

Ein wenig vielleicht. Zum Glück will eine Kellnerin meine Bestellung aufnehmen. So muss ich darauf nichts antworten.

»Eiskaffee? Seit wann trinkst du denn so etwas?«

»Wieso nicht? Ich habe Urlaub.«

»Falsch. Du bist arbeitslos. Und statt mit diesem unfassbar gut aussehenden Griechen mit dem sexy Bun abzuhängen, solltest du hier sein und Bewerbungen verschicken.«

Wie bitte? Woher kennt sie seine Frisur?

»Woher weißt du, wie Nikos genau aussieht?«

Bo lacht mich geradezu aus. »Doktor Google? Du wirst es nicht glauben, die haben eine Website.«

»Du hättest Journalistin werden sollen.«

»Profiler beim FBI entspräche mir eher«, antwortet sie trocken. »Das ist sexyer.«

»Stimmt auch wieder. Und würde zu dir passen. Aber mit Nikos läuft nichts.« Außer diesem einen Kuss.

Ihre Stirn runzelt sich. »Bist du da sicher? Also ich würde ihn mir schnappen, der Typ ist echt heiß. Und meine Güte: Ihr wohnt ja schon zusammen.«

»Also Bo! Das ist jetzt echt übertrieben. Er ist mein Vermieter.«

»Und?«

»Und was?«

»Ich sage noch einmal: Und?«

»Okay, okay. Wir haben uns geküsst.« Mitten in ihr hohes Kreischen sage ich: »Aber bitte: Behalte es für dich, und es war nur ein Kuss, und der ist über eine Woche her und war für seine Schwestern. Die hätten sonst keine Ruhe gegeben.«

»Und schon wieder hast du mir die interessantesten Details verschwiegen. Hör auf damit, und erzähl mir auf der Stelle alles. Ich habe noch zehn Minuten bis zum nächsten Meeting.«

Habe ich eine Wahl? Die Sache ist aber schnell berichtet. Viel war da ja nicht, außer der Tatsache, dass meine Sinne vom Alkohol umnebelt waren. Nüchtern wäre ich nie auf die Idee gekommen, dass Nikos bei mir irgendein anderes Gefühl als Freundschaft auslösen könnte. Obwohl ich zugebe, es fühlt sich verdammt vertraut an, mit ihm gemeinsam zu wohnen. Alles läuft perfekt.

Mein Eiskaffee wird serviert und sieht echt lecker aus. Ich koste einen Löffel, denn ich habe ohnehin alles gesagt, was zu dieser nebensächlichen Sache zu sagen war.

»Bist du verrückt? Das ist die Chance für dich, Vincent endlich zu vergessen. Schnapp ihn dir. Hab eine Affäre mit ihm. Und dann beweg deinen Allerwertesten wieder nach Hause. Hier ist es viel zu ruhig ohne dich.«

»Kümmere dich um dein eigenes Liebesleben, Bo. Ich finde es gut, dass ich mal völlig frei bin. Keine Affären, kein Vincent in meinem Kopf. Soll er zum Heli-Skiing in eine Luxus-Lodge nach Island oder zum Jetskifahren nach Monaco. Es ist mir egal!«

Wann kapiert sie das endlich?

»So viel zu: Ich habe Vincent gestrichen. Das Wenige, das man von der Lodge gesehen hat, war aber cool!«

Moment mal. Das hat er nur auf dem geheimen Account gepostet.

»Woher weißt du das?«

»Na von Doglover, natürlich. Denkst du, ich habe mir seinen Benutzernamen nicht gemerkt? Ich sage dir nur eines: Big Sister is watching you!«

Na großartig. Dann weiß sie ja alles, was wir einander über Instagram ausrichten oder nicht ausrichten.

»Ich hasse dich gerade.«

»Weil mir jetzt klar ist, dass ihr beide einander auf dem Laufenden haltet, ohne offiziell miteinander zu kommunizieren? Ja, dafür kannst du mich hassen. Oder aber damit aufhören, denn so wird das nichts mit deinem neuen Leben ohne Vince.«

»Das tun wir doch gar nicht. Und es läuft doch super ohne ihn.«

»Denk einfach über meine Worte nach. Und übrigens: Ich suche schon nach Schnäppchenflügen nach Mykonos. Also mach dich auf etwas gefasst.«

»Wie? Echt jetzt? Das ist ja toll!«

»Jap. Wird es. Ich muss bei David ein paar freie Tage herausschlagen, weil ich am Wochenende ja Ann-Marie beaufsichtigen muss.« Bo lacht auf. »Jetzt sind sie übrigens am Weg nach Saint Tropez. Oder schon angekommen. So genau hat David mir das auch nicht gesteckt. Aber ich muss jetzt.«

Und schon verschwindet ihr Bild von meinem Display.

Ich lehne mich zurück und starre aufs Meer. Vincent ist also tatsächlich wieder Single. Ganz offiziell. Die ganze Zeit über hatte ich Angst, dass er mir irgendwann seinen Hochzeitstermin nennt. Oder noch schlimmer: mich dazu einlädt. Und jetzt ist das alles vorbei. Eine arrogante Tussi war Ann-Marie von der ersten Sekunde an. Um nicht zu sagen, eine Narzisstin par excellence. Was hat sich geändert, und was ist an dem Montag wirklich zwischen ihnen passiert, dass er sich nicht mehr mit ihr versöhnt hat wie sonst auch immer?

Ich kann nicht anders und checke seinen Account.

Leider nichts Neues.

Nun, dann schieße ich mal schnell ein Bild von meinem Eiskaffee und dem Meer. ›Enjoying life!‹

Ich hoffe, du freust dich darüber, dass es mir gut geht, Vincent!

Der Ausflug in die Stadt war bis zu dem Zeitpunkt toll, als ich mit Bo gesprochen habe. Jetzt bin ich froh, allein mit einem Buch in der Hand den Strand anzustarren. Die Pflanzen habe ich alle gegossen, und weil ich nicht wusste, wohin mit mir, habe ich sogar im Haus gesaugt und den Esstisch wie auch den Couchtisch auf der Terrasse mit Blumen und ein paar Muscheln, die ich gesammelt habe, dekoriert. Sieht nett aus.

Ich hebe eine kleine Muschel aus dem Sand unter meinem Liegestuhl auf und werfe sie ins Meer.

Noch eine.

Eine geht noch.

Warum tust du mir das an, Vincent? Hättest du sie nicht einfach heiraten können? Dann würde alles Sinn machen. Aber so?

Noch immer keine neue Story. Auch kein Post. Bitte. Wie du willst, Vincent.

Ich schreibe in unsere Familiengruppe, dass ich heute noch eingeladen bin, was gelogen ist, und ich mich erst morgen Abend wieder bei ihnen melden werde.

Sofort schreibt meine Mama, dass ich die Party genießen und viel Spaß haben soll. Werde ich! Wird toll. Ich und eine Flasche Wein, die ich Nikos aus seinem Weinkühlschrank mopsen werde. Klingt doch echt super.

Nach fünf Minuten und zehn Muscheln, die ich ins Meer geworfen habe, ist mir klar: Das hier wird nichts. Ich brauche Menschen. Und eine Crème Brûlée von Nikos.

Mit dem Buch unterm Arm laufe ich ins Haus hinauf, ziehe mir das neue Blumenkleid an, das ich in Chora erstanden habe, schlüpfe in andere Flip-Flops und spaziere mit meinem kleinen weißen Rucksack am Rücken und einer großen, ebenfalls weiß gerahmten Sonnenbrille im Gesicht hinüber zum Restaurant. Wenigstens habe ich ein Ziel. Das tut schon mal gut. Wie auch meine Anmeldung zu einem Kurs in der Windsurf-Station. Nur hier zu sitzen und den ganzen Tag über darauf zu warten, abends mit Nikos zu quatschen, ist einfach zu wenig.

Mit »Kalispéra« und einer Riesenumarmung begrüßt mich Helena, seine ältere Schwester. Nikos winkt mir aus der Küche und deutet, dass er noch einen Moment braucht. Ich nicke, und über meinen langweiligen Tag quatschend gehen wir zu meinem kleinen Tisch. Ich habe das Gefühl, da steht jetzt schon irgendwo mein Name drauf, denn sie vergeben ihn nie an andere Gäste.

Aber genau das habe ich jetzt gebraucht. Mich willkommen und nicht ständig abgewiesen zu fühlen. Dankbar lächle ich Helena an.

»Das mit dem Surfkurs finde ich toll.«

»Ich auch. Keine Ahnung, ob ich Talent dazu habe, aber ich werde es probieren.«

»Das wird schon. Maria surft übrigens super.«

»Tut sie das? Toll. Nikos auch?« Sofort bemerke ich, wie ein Schatten über ihr Gesicht huscht.

»Früher einmal. Jetzt schon lange nicht mehr.«

»Warum denn nicht?«

»Ach, er hat einfach hier zu viel zu tun.« Das nehme ich ihr nicht ab. »Was willst du trinken?«, fragt sie sofort auf Englisch weiter. Okay. Sie will das Thema wechseln. Auch gut. Ich kann ihn ja selbst danach fragen.

»Erst mal nur Wasser, bitte.«

Die Bestellung hätte ich mir sparen können. Helena kommt mit einer Flasche Weißwein, entkorkt ihn und erklärt mir: »Das ist Nikos' Lieblingswein. Aber den kennst du ja schon. Er kommt dann später auf ein Glas zu dir.«

Auf das Wasser hat sie vergessen, aber wer bin ich, bei einem wirklich verdammt guten Weißwein nach Wasser zu schreien? Sicher nicht.

Nach dem ersten Glas schimmert der Sand golden und das Meer in einem tiefgründigen Silber, denn die Sonne steht bereits sehr tief. Malerisch. Geradezu friedlich. Wenn dieses Bild nur Wirkung auf meine Gedanken hätte, die sich andauernd um Vincent drehen. Zwischendurch leider auch um Nikos. Vielleicht sollte ich packen und woanders wohnen? Überhaupt auf eine andere Insel flüchten? Aber wozu? Vincent wird bleiben, und dann würde mir vermutlich auch zu allem Überfluss Nikos fehlen. Da kann ich genauso gut hierbleiben.

Plötzlich fahre ich herum, denn jemand hat mir von hinten seine Hände auf die Schultern gelegt. »Nikos!«

»Tita!« Mittlerweile verwendet auch er die Abkürzung. Wie selbstverständlich küsst Nikos mich einmal rechts, einmal links auf die Wange und hält dabei kurz meine Hand fest. »Ich dachte, du wolltest den ganzen Tag und Abend in der Stadt bleiben?«

»Wollte ich. Aber weißt du was: Mir waren da zu viele Menschen.«

Er grinst und setzt sich zu mir. »Das Gefühl kenne ich nur allzu gut.« Dann hebt er sein Glas, und wir stoßen an. »Worauf trinken wir?«

»Auf das richtige Maß an Menschen um einen herum. Also auf hier, denn in meinen Augen passt hier alles geradezu perfekt.«

»Ich bin ganz deiner Meinung. Dann cheers, auf hier.«

Nach dem ersten Schluck erzähle ich es ihm. »Tja, wir könnten auch auf meinen Surfkurs trinken. Morgen um zehn Uhr beginnt er.«

Er hebt das Glas. »Das wird dir gefallen.«

»Ich hoffe. Du könntest ja mal mitkommen. Helena hat mir erzählt, dass du früher auch windsurfen warst.«

»Stimmt. Ich surfe auch noch. Meine Bretter sind im kleinen Schuppen neben dem Haus.«

Oh. Jetzt bin ich verwirrt. »Und wieso hat sie gemeint, du hast aufgehört?«

Er winkt ab. »Ach das. Früher habe ich spaßeshalber drüben in Chora, wo du jetzt den Kurs machst, Stunden gegeben. Das mache ich schon lange nicht mehr.«

»Ach so.« Das erklärt alles. Dann war das wohl ein Missverständnis zwischen Helena und mir, die gerade an unseren Tisch kommt und uns eine längliche Holzplatte mit einer Vorspeisenvariation serviert. Diesmal sind es Oliven, gefüllte Weinblätter, Tsatsiki, Schinken und Feta. »Danke! Die ist ja riesig!«

»Wir schaffen das. Keine Sorge. Ausnahmsweise esse ich mal mit.«

Beruhigend.

Wenig später bin ich pappsatt. Die Hauptspeise habe ich heute verweigert. Ich kann nicht andauernd so viel essen.

Leider bin ich wieder allein am Tisch, weil er kocht. Kurz drehe ich mich um, nur um zu sehen, wie viel im Restaurant los ist.

Alles voll. Und Nikos sieht heute wieder extrem cool aus.

Auf die Gefahr hin, dass ich mich wiederhole, poste ich ein Foto der Abendstimmung mit dem Satz: ›Sometimes life treats you like a queen.‹ Und das tut es. Besser gesagt ist es Nikos, der mich wie eine Königin behandelt, und ja, ich genieße es. Alles daran. Den Tisch mit dem besten Ausblick zu haben, sein verschmitztes Lächeln, wenn unsere Blicke sich wie zufällig begegnen, und das Rauschen des Meeres in meinen Ohren gepaart mit dem wundervollen Duft von frischen Brot, Oregano und Olivenöl.

Entspannt lehne ich mich zurück. Vincent mag ja die Liebe meines Lebens sein, auf eine gewisse Weise zumindest, aber im Gegensatz zu ihm ist Nikos verfügbar und tut noch dazu alles, dass ich mich hier im Urlaub wohlfühle. Was ihm ganz wunderbar gelingt. Ich bin erst eine Woche hier und habe dennoch das Gefühl, dazuzugehören. Das hier ist nicht nur ein Urlaub, und gerade deshalb ist es so speziell.

Ich freue mich extrem aufs Surfen. Als Kind habe ich es mit meinen Eltern einige Male probiert, aber dann nie wirklich perfektioniert. Vielleicht ist dieser Urlaub ja die Chance für mich, endlich eine ordentliche Halse zu erlernen und als Draufgabe den Wasserstart? Jedenfalls haben mir die Leute heute extrem gut gefallen. Die Surfstation ist quasi direkt neben der Stadt in einer Bucht, und der Strand sah auch richtig nett aus. Und ich habe eine Österreicherin kennengelernt, die auch morgen beginnt. Laura oder Lara. Bin schon gespannt, wie das wird.

Mein Handy meldet sich.

Der Post gefällt dir? Vincent, Vincent, Vincent. Ist das dein Ernst?

Was daran gefällt dir? Dass du mich los bist und auf einer griechischen Insel weißt, weit weg von dir? Oder bist du froh, dass es mir gut geht und du dir keine weiteren Gedanken über uns zu machen brauchst? Vermutlich beides. Ich schalte mein Handy ab. Zu schlechte Vibes. Nein, ich lasse mir meine griechische Hippie-Stimmung nicht verderben. Nicht von einem dämlichen ›Gefällt mir‹. Noch dazu ohne weiteren Kommentar.

Wieder überrascht Nikos mich von hinten, indem er mich kurz an der Schulter berührt, mir eine Crème Brûlée serviert und sich zu mir setzt.

»Ich bin mit der Arbeit fertig. Bist du sicher, dass du die Hauptspeise auslassen willst?«

Strahlend antworte ich ihm: »Zu tausend Prozent! Sonst könnte ich diese himmlische Nachspeise nicht mehr in meinem Magen unterkriegen, und das wäre jammerschade.«

»Ja. Jammerschade.« Er schenkt sich noch ein Glas ein, und meines füllt er auf.

Es dauert keine drei Minuten, dann habe ich fast das gesamte Dessert verputzt. »Es war göttlich!« So sehr, dass ich noch die Reste mit dem Löffel zusammenkratze.

»Freut mich. Aber mich würde interessieren: Worauf hättest du noch Lust?«

Plötzlich kribbelt alles in mir. Vielleicht habe ich zu viel Sonne abbekommen? Denn in meine Gedanken schleicht sich eine Antwort: Sex mit dir?

Für einen kurzen Moment vergesse ich, den Löffel aus dem Mund zu nehmen, und starre ihn an. Habe ich das gerade wirklich gedacht?

Zusammenreißen. »Äh, keine Ahnung. Vielleicht gehen wir mal aus? Gibt es so etwas wie einen Club hier?«

Ohne Vorwarnung verzieht er seine Miene, tiefe Falten erscheinen zwischen den Brauen, und er räuspert sich. »Clubs? Die gibt es. Aber da gehe ich nicht hin.«

Keine Ahnung, in welches Fettnäpfchen ich getreten bin, aber vielleicht kennt er die Besitzer und hat sich mit ihnen zerkracht. Daher wiegle ich schnell ab. »Kein Problem, das war bloß so eine Idee. Worauf hast du denn Lust?«

Nikos neigt seinen Kopf und mustert mich. Nein, zieht mich mit seinem Blick aus, wenn ich ehrlich bin. Und wenn ich gnadenlos ehrlich bin: Mir gefällt es.

Plötzlich steht er auf und reicht mir seine Hand. »Komm. Ich habe da eine Idee.«

Ohne groß darüber nachzudenken, lege ich den Löffel ab, nehme meine Handtasche und gebe ihm meine rechte Hand. Er zieht mich quasi mit ins Haus, holt eine kühle Flasche Wein und zwei Gläser, die er mir reicht, und schnappt sich eine Decke. Am

Weg über die Holzstufen nach unten in den Sand ruft er seiner Schwester Maria und seiner Mutter noch etwas auf Griechisch zu. Sie winken uns zu und rufen: »Kalinichta!«

Ich erwidere das, denn mittlerweile weiß ich, dass es ›Gute Nacht!‹ bedeutet.

»Wohin gehen wir?«

»Wir fahren. Nur ein kleines Stück in die nächste Bucht.«

Natürlich meint er mit fahren seinen Roller. Den Wein packt er in eine Art Satteltasche, die Gläser muss ich halten. Normalerweise würde ich ihn fragen, ob er spinnt. Das ist doch gefährlich! Wo soll ich mich denn anhalten, und was, wenn wir stürzen?

Aber was tue ich? Ich strecke beide meiner Arme mit den Gläsern in der Hand zur Seite und singe laut ›Mamma mia‹, während er im Schneckentempo die staubige Straße entlangfährt. Das ist Lebensgefühl, denn so lebendig wie jetzt habe ich mich ewig nicht mehr gefühlt.

Ein paar Minuten später breitet er die Decke im Sand aus. Die Flasche steckt er nach dem Einschenken so in den Sand, dass Meerwasser sie umspült, und dann stoßen wir an und trinken einen Schluck. Hier ist niemand. Und es ist ziemlich finster. Ich kann bereits die ersten Sterne am Nachthimmel sehen. Ein Traum!

Ich stelle mein Glas im Sand ab, lege mich auf den Rücken und starre nach oben. Er tut es mir gleich.

»Magst du die Sterne?«

»Mögen? Ich liebe sie! Speziell Sternschnuppen. Denkst du, wir sehen welche?« Das wäre das Tüpfelchen auf dem i.

»Bestimmt. Es muss nur noch einen Tick dunkler werden.«

»Dann warten wir. Weißt du, ich habe schon als kleines Mädchen gerne den Himmel beobachtet. Zwar fühle ich mich dann immer so unbedeutend wie eine Ameise, aber irgendwie auch gut aufgehoben im großen Ganzen.« Ich kann seinen zweifelnden Blick spüren und drehe mich zu ihm. »Was? Findest du das blöd?«

»Nein, ganz im Gegenteil. Ich weiß genau, wovon du sprichst. Mir geht es ganz genauso.«

Nun muss ich mich auf meinen Ellbogen stützen und ihn betrachten. »Findest du nicht, dass wir auf ganz seltsame Weise ziemlich viele Gemeinsamkeiten haben?«

»Findest du?«

»Absolut! Wir sind beide quasi verlassen worden, wir mögen gutes Essen und die Sterne. Außerdem isst du immer erst eine Olive, falls eine am Teller ist, und ich auch.«

»Stimmt! Und wir beide lieben herbe Weißweine.«

»Tun wir! Aber eines unterscheidet uns beide ganz gewaltig!«

»Und das wäre?«

»Ich hasse es, zu kochen. Also Kleinigkeiten gehen ja, aber so wie du? Ich meine, das ist Kunst.«

Plötzlich streicht er mir über die Wange und kommt näher. Mein Herz beginnt, unartig schnell zu schlagen, und unsere Blicke verhaken sich ineinander. »Aber du genießt mein Essen, womit wir uns auch in diesem Punkt anscheinend wunderbar ergänzen.« Nikos sieht mich mit diesem umwerfenden Lächeln an, das auch seine dunklen Augen erfasst. Ich liebe es. »Und ich würde ungern mit jemandem meine Küche teilen.«

»Auch nicht zum Abwaschen?«

»Doch, dagegen habe ich nichts einzuwenden.«

»Sehr gut, dann wäre das ja mal geklärt. Du kochst, ich mache mich weiterhin wenigstens beim Abräumen und Abwaschen nützlich.«

Worüber reden wir da? Eingezogen bin ich ja schon bei ihm, und wir haben nicht vor, hier über eine Beziehung zu sprechen. Oder etwa doch?

»Okay.«

Und plötzlich finden unsere Lippen einander. Erst ganz zart. Wie eine sanfte Brise, die dich beinahe wie zufällig streift. Doch dann folgt ein Sturm, der die Nachtluft zum Glühen bringt. Meinen Körper ebenso. Er hält meinen Hinterkopf fest, und ich umschlinge seinen Nacken.

Wozu halte ich am Himmel Ausschau nach Sternschnuppen, wenn ich sie mit geschlossenen Augen sehen kann? Das hier ist anders als all meine Affären, wie die mit Arnando. Mehr als Lust. Ein tiefes Gefühl von Verbundenheit schnurrt in meinem Bauch wie ein Kätzchen am Ofen, und zugleich wallt weiter unten ein Vulkan auf.

Ich will dich. Den Gedanken denke ich immer wieder. Mich wundert es kein bisschen, als er ihn ausspricht und ich mit »Ich dich auch« antworte.

Mehr wollte er nicht hören, mehr muss er auch nicht fragen oder sagen, denn dass er nun am Reißverschluss meines Kleides am Rücken nestelt, ist genau das, was ich von ihm will.

Sekunden später liegt mein Kleid im Sand, und ich öffne die Knöpfe seines Hemdes.

Du meine Güte! Seine nackten Muskeln fühlen sich stahlhart und seine Haut zugleich weich und warm an. »Ich liebe dein Parfum«, höre ich mich selbst murmeln und atme es bewusst durch die Nase ein.

»Schließ die Augen«, raunt er mir ins Ohr.

Kein Problem. Ihn zu fühlen, ist berauschend genug. Seine warme Hand, wie sie über mein Schlüsselbein streicht. Seinen Oberschenkel, der meine fest gefangen hält.

Ich versinke im weichen Sand. Verliere mich irgendwo zwischen dem Rauschen der Wellen und dem, was seine Hände zwischen meinen Beinen anstellen.

Jegliches Gefühl für Zeit geht verloren, und ich genieße es, von ihm gestreichelt, geküsst und gehalten zu werden.

Dann legt er meine Hand auf sein bestes Stück, und plötzlich sehe ich Vincent vor mir. Lächle. Genieße es. Bis ich erschrocken hochfahre und meine Augen öffne. Nicht schon wieder er! Zum Glück habe ich diesmal nicht wie bei Arnando seinen Namen gestammelt.

Nein. Diesmal lasse ich mir von dir nicht wieder alles kaputtmachen, Vincent.

Nikos sieht mich erstaunt an. »Habe ich etwas falsch gemacht?«

»Nein, ganz im Gegenteil«, erkläre ich ihm lächelnd und zeichne die Kontur seines Kiefers mit dem Finger nach. »Aber ich möchte heute noch nicht mit dir schlafen.«

»Noch nicht?« Zum Glück lächeln seine Augen dabei.

»Ganz genau.« Einen Moment lang lasse ich mich davon ablenken, seine Brustmuskeln mit der Zunge zu erkunden. »Weil ich das hier viel zu sehr genieße. Ist egoistisch, ich weiß.«

»Egoistisch ist gut, denn mir gefällt es auch.«

Ach ja? Und was tut er jetzt?

Plötzlich hebt Nikos mich einfach hoch und läuft mit mir in den Armen auf das Wasser zu.

»Du wirfst mich da jetzt aber nicht hinein?«

»Nein, uns beide!«

Oh Gott! Er tut es.

Es wird eine Sekunde lang kühl, dann schlagen die Wellen über mir zusammen, bevor ich prustend wieder auftauche.

»Warte nur! Ich krieg dich!«

Und schon sind wir mitten in einem Wassergefecht und lachen wie die Kinder. Irgendwann schaffe ich es, Nikos unterzutauchen. Als er wieder hochkommt, packt er mich und ... oh ja, ich liebe es, mit ihm zu schmusen! Wie ein Äffchen hänge ich an ihm, und er hält mich fest umklammert. Ohne Vorwarnung lasse ich mich nach hinten ins Wasser fallen, und da er mich nach wie vor hält, kann ich Wasser spuckend die Sterne über uns betrachten. »Können wir hier übernachten?«, frage ich ihn übermütig.

»Wenn dich Sandflöhe nicht stören, dann ja.«

Was weiß ich, was mich später stört oder nicht?

»Wir werden einfach sehen, wonach uns ist. Was hältst du davon?«

Er umarmt mich. »Wunderbare Idee.«

In dem Moment sehe ich sie. »Eine Sternschnuppe. Da!« Verdammt. Mein erster Gedanke war Vincent!

»Tatsächlich.«

Egal. Ich sehe jetzt so lange in den Sternenhimmel, bis ich Nikos die nächsten fünf Sternschnuppen widmen kann. Wird ja wohl gelingen.

Bad Habit: Nicht wissen, wohin mit sich selbst

Sonntagabend

Vincent

»Ich hasse es, wieder in Wien zu sein.« Der Fahrer setzt David und mich vor der alten Villa ab. »Und du bist sicher, dass sie weg ist?«

»Zu hundert Prozent. Ich habe doch eben mit Bo telefoniert, und sie hat es bestätigt.«

»Gut. Dann wollen wir einmal.«

Nach einer Runde durch die unteren Räume bin ich mir sicher. All ihre Sachen sind verschwunden. Die beiden von ihr benutzten Ankleideräume sehen aus wie leer gefegt. Ebenso unser gemeinsames Badezimmer. Selbst die Bücher, die auf dem

Couchtisch lagen, mehr zur Deko, denn Ann-Marie hatte nie vor, sie zu lesen, sind weg. »Sehr gut.«

Immer wenn David die Augen zusammenkneift, hat er vor, mir eine für mich unangenehme Frage zu stellen. »Los, raus damit!«

Er grinst. »Fällt dir auf, dass dir die Trennung von Ann-Marie unnatürlich leichtfällt?«

Oh nein. In diese Falle tappe ich nicht. Er will einen Vergleich mit Tia ziehen. Und der ist Blödsinn. Nur, weil ich gekränkt bin, kann man das ja nicht mit der Aufkündigung einer Verlobung vergleichen! »Ich würde eher sagen, natürlich leicht. Es war doch abzusehen, dass wir beide inkompatibel sind.«

»Für mich ja, aber gut, dass du es nun auch so siehst.«

Dunja, eine der Angestellten, kommt in den Herrensalon und will wissen, ob wir etwas trinken wollen.

»Und ob. Bringen Sie uns Eis. Whisky haben wir hier. Danke.«

»Dann feiern wir dein neues Singleleben?«

»Ja, David. Das feiern wir jetzt. Wenn du willst, auch damit, dass ich dich beim Pool schlage.«

Er nimmt einen Queue. »Das denkst du bloß! Schon vergessen, dass ich dich die letzten fünf Male geschlagen habe?«

»Wie könnte ich? Deshalb werde ich heute gewinnen, denn falls du dich erinnerst, hat mich jedes Mal Ann-Marie mit irgendeinem brennend wichtigen Thema aus der Konzentration gebracht.« Ich lächle ihm siegessicher ins Gesicht und gehe um den Tisch herum. »Und das kann sie ab heute nicht mehr.«

»Nein, außer sie überlegt es sich anders und zieht morgen wieder ein.«

Ist er verrückt? »Das würde sie nie tun.«

Seelenruhig trägt David die Kreide auf die Queuespitze auf. »Da wäre ich mir nicht so sicher. Morgen ist übertrieben, aber ihr wird schnell klar werden, welcher Fang ihr vom Haken gesprungen ist. Und danach? Ich wette einen Euro, dass sie binnen der nächsten vier Wochen wieder hier ist. Nein, lass uns zwei Monate draus machen.«

»Den kannst du mir gleich geben, schließlich ist das mein Haus, und ich kann sie wieder hinauswerfen.«

»Könntest du«, meint David stoisch und stößt den weißen Ball auf die bunten.

»Werde ich auch. Darauf kannst du dich verlassen! Dieses Kapitel ist beendet.«

Er sieht mich an. »Wie gesagt, mein Euro steht. Zwei Monate.«

An seinen Augen kann ich ablesen, was er denkt. Nämlich, dass ich wieder schwach werde. Wie schon die unzähligen Male zuvor. Aber da irrt er sich gewaltig! Ich liebe sie nicht mehr.

Habe ich sie je geliebt? Oder war sie nur praktisch, weil so passend? Hübsch ist sie. Und ihre Beine sind lang. Sexy lang. Sie kennt meine Welt und ich ihren Vater. Jetzt bin ich eines Besseren belehrt worden: Passend kann auch gleichzeitig absolut falsch sein. Wie bin ich jemals auf die Idee gekommen, etwas Vernünftiges tun zu wollen?

»Du irrst dich, David. Ich habe mich nämlich wieder daran erinnert, dass ich nur durch Risiko Erfolg hatte. Vernunft ist nichts für mich. Also nicht der klassische Weg, den alle anderen gehen.«

Er lehnt am Queue. »Dann fliegen wir morgen nach Griechenland?«

Ich wusste, dass er auf Tia hinauswollte! Aber auch damit irrt er sich. Soll sie sich auf Naxos einen Sonnenbrand holen! »Sicher nicht.«

»Wie du meinst, du bist der Boss.«

»Bin ich, David. Das bin ich.«

»Nur nicht mehr ihrer.«

»Können wir uns jetzt auf das Spiel konzentrieren und endlich anstoßen, oder ist das deine Taktik, um mich aus der Ruhe zu bringen?« Dunja hat uns längst die beiden Whiskys hingestellt. Samt Eis.

»Mag sein. Aber auf jeden Fall: Auf deine neue Freiheit!«

»Cheers! Ja, darauf trinken wir! Keinen Stress und keine Schreiduelle mehr.«

»Auf das trinke ich nur zu gerne!«

»Ich auch.«

Es geht nichts über einen wirklich alten Whisky und ein Spiel mit David. Fühlt sich an wie früher. Vor Ann-Marie. Mit Tia wäre alles anders, weil sie anders ist. Und David mag sie. Sehr sogar.

Nein. Sie hat mich verlassen und Punkt. Sie will ein neues Leben? Dann soll sie es bekommen. Ich fliege ihr sicher nicht nach. Warum auch? Zwischen uns war nur diese eine Nacht.

Verdammt! Denn diese Nacht bekomme ich einfach nicht aus meinem Kopf. Ich habe mich damals falsch entschieden, weil ich zu meinem Wort gegenüber Ann-Marie stehen wollte. Und wohin hat es mich geführt? In eine unglückliche Beziehung, in der wir beide gelitten haben. Ich kann es Ann-Marie nicht verdenken, dass sie manchmal ausgetickt ist. Meine Gefühle für sie haben nach der Nacht mit Tia abgenommen. Rasend schnell und merkbar. Welche Frau spürt das nicht?

Oh! »Das war aber Pech!«

»Gib zu, dass du dich freust.« David grinst nämlich hämisch.

»Stimmt. Ich spiele die Sieben in die Drei.« Kurz konzentrieren, und »Ja!«. Ich habe die Volle versenkt!

»Das war reines Glück«, kommentiert David mit dem Glas in der Hand trocken.

»Irrtum! Jetzt die Zwei in die Sechs.« Um diese Tasche zu erreichen, muss ich über die Bande spielen, aber das sollte gelingen.

Geht doch. »Und? Was sagst du jetzt?«

David sieht mir schmunzelnd in die Augen. »Glück im Spiel, Pech in der Liebe.«

»Du bist ein Spielverderber.«

»Nein, sondern der Einzige in deinem Umfeld, den du dafür bezahlst, dir schonungslos offen die Wahrheit zu sagen.«

»Stimmt auch wieder.« Ich lehne mich über den Tisch. »Dann heraus mit der Sprache. Du willst mir doch schon die ganze Zeit über etwas zu Tia sagen.«

»Will ich.« Nun beugt David sich in meine Richtung, und wir starren einander an. »Du liebst sie, Vincent. Und sie liebt dich, soweit ich das beurteilen kann. Was denkst du denn, warum sie weggelaufen ist?«

Autsch. Ich mag nicht, wie sich dieses Gespräch entwickelt, auch wenn ich ihn selbst dazu aufgefordert habe.

»Wieso denkst du, dass ich sie liebe oder sie mich? Immerhin ist das schon zwei Jahre her.«

»Exakt. Zwei Jahre, in denen ihr euch beide wie Kleinkinder benommen habt und Tita sich mit irgendwelchen belanglosen Affären getröstet hat. Denkst du nicht, es reicht?«

»Bist du sicher, dass ehrlich sein in deinem Vertrag steht?«

David kommt um den Tisch herum und klopft mir auf die Schulter. »Ja, Bro. Da bin ich mir ganz sicher, selbst wenn es mit unsichtbarer Tinte geschrieben ist.«

»Unsichtbare Tinte, ja? Aber im Ernst: Selbst wenn du recht hättest, und ich sage nicht, dass du es hast, Tia hat sich entschieden: Sie will nichts mehr mit mir zu tun haben.«

»Denkst du? Und warum schreibt ihr euch dann beinahe täglich auf euren heimlichen Accounts?«

Moment einmal. Mir wird kurz heiß. »Woher weißt du davon?«

»Vincent! Ich sorge für deine Sicherheit. Auch virtuell. Natürlich weiß ich von den Accounts, Mister Doglover!«

Das ist jetzt unangenehm. Mist. »Du bist noch besser, als ich dachte.«

»Schön, wenn ich dich nach all den Jahren überraschen kann.«

»Tust du.«

»Wunderbar. Also: Wann fliegen wir nach Griechenland?«

Statt zu antworten, sage ich laut: »Ich spiele die Eins in die Acht.« Kreide, Konzentration und Stoß. »Mist! Daran bist du schuld!«

»Das nehme ich auf mich. Also noch einmal: Griechenland? Naxos? Morgen?«

»Ich habe Termine, David.«

»Und ich einen Flug für dich, Vince.«

Ich werfe den Queue auf den Tisch. »Mit dir macht das heute echt keinen Spaß.«

»Mit dir auch nicht, oder denkst du, dich zu deinem Glück zu zwingen, ist angenehm?«

»Du übertrittst die Grenze, David.«

Er sieht mich kampfbereit an. »Was Tita betrifft, ist deine Grenze eine Mauer. Wie soll ich die übertreten ohne Kletterausrüstung?«

»David!«

»Ich meine es ernst, Bro. Denk darüber nach.«

Verzieht er sich jetzt?

»Gute Nacht.«

Tut er.

Großartig!

Was erwartet David von mir? Dass ich Rosen aus einem Hubschrauber über einer griechischen Insel abwerfen lasse und dann rein zufällig bei ihr auftauche? Ich weiß noch nicht einmal, ob das zwischen uns wirklich Liebe ist. Ja, ich liebe ihre Nähe. Ihr Lachen. Ihre selbstironische Art. Selbst ihre seltsamen Interessen finde ich spannend, auch wenn sie von Kerzenziehen zu Archäologie wechseln. Aber Liebe? Vielleicht bin ich einfach nicht der Typ für eine Beziehung?

Und Tia? Wenn sie so große Gefühle für mich hätte, wie David vermutet, dann wäre sie nach wie vor an meiner Seite. Sie weiß, wie sehr ich die Gespräche mit ihr brauche und schätze.

Allein die Tatsache, dass sie gegangen ist, zeigt doch eindeutig, dass sie mich nicht liebt. Vielleicht nicht mehr liebt. Mag sein, dass es vor zwei Jahren anders war.

Besser, ich gehe auch ins Bett. Was soll ich noch länger aus dem Fenster auf meinen Pool starren? Antworten werde ich auf diese Art keine bekommen.

Irgendwo, ganz hinten in meinem Kopf, meint eine dumpfe Stimme: ›Aber möglicherweise in Griechenland.‹

Es ist zum Auszucken! Ann-Marie ist heute ausgezogen, und alles, woran ich denken kann, ist Tia! Schon den ganzen Tag über. Wie jeden Tag.

Mittwoch, drei Tage später …

Die Woche in diesem Büro zu verbringen, fühlt sich falsch an. Leer. Ich hätte auf der Jacht bleiben und von dort aus arbeiten sollen. Immer wieder sehe ich zur Tür und hoffe, sie kommt auf einen kurzen Besuch vorbei.

Justament in dem Moment klopft es.

»Herein.«

Ah. Da sind ja Bo und Alissa.

»Du wolltest mich sehen?«, fragt Bo.

Alissa führt sie zur Sitzgruppe.

»Ja. Danke, Alissa, und setz dich bitte, Bo.«

Meine Assistentin schließt die Tür hinter sich, und ich lasse mich in den Sessel gegenüber von Bo fallen.

Die Bilder und Sprüche, die Tia über die gesamte Woche gepostet hat, tun mir nach wie vor weh. Sie hat sichtlich Spaß.

Und ich habe das verdammte Gefühl, da gibt es jemanden auf dieser Insel. Ich kenne Tia und ihre Affären.

»Was kann ich für dich tun, Vince?«

»Zunächst einmal: Danke für deine Unterstützung letztes Wochenende mit Ann-Marie.«

Sie sieht mich erstaunt an. »Und deshalb holst du mich zu dir? Heute? Aber ja, natürlich gerne.«

»Tut mir leid, ich war voll mit Terminen, es ging nicht früher. Aber sie wollte nicht gehen, oder?«

»Natürlich nicht.« Bo lehnt sich in meine Richtung. »Ehrlich, ich habe noch nie so viele Schimpfwörter in so kurzer Zeit gehört. Aber das ist okay. Zwischendurch meinte sie, sie bleibt. Zum Glück konnte ich sie an ihren Stolz erinnern, dann war sie selbst der Ansicht, dass sie es keine Sekunde länger in dem fucking house, ihre Worte, aushält.«

»Gut so. So soll es auch bleiben.«

Bo reißt ihre großen mandelförmigen Augen auf. »Zweifelst du daran? Du denkst doch nicht etwa, dass sie zurückkommt, oder?«

Ich zucke mit den Schultern. »Bei Ann-Marie weiß man nie, was ihr als Nächstes einfällt.«

»Da hast du auch wieder recht.«

»Ja, leider.« Nun muss ich so unauffällig wie möglich die Kurve zu Tia nehmen. »Lassen wir das leidliche Thema. Wie geht es denn Tia im Urlaub? Wann tritt sie denn ihren neuen Job bei Schlossluft an?«

Wieso schmunzelt Bo?

»Gar nicht.«

Wow. Das sind gute News. »Was soll das heißen? Sie hat mir doch erklärt, welche tollen Möglichkeiten ihr die Agentur geboten hat.«

»Mag sein, aber sie hat sich entschieden, es mal als Arbeitslose zu versuchen, wie es aussieht.«

Jetzt bin ich sprachlos. Hat David recht, und es ging ihr nie um einen anderen Job, sondern lediglich darum, von mir loszukommen? Kann das sein?

»Hm, aber sie wird doch irgendeine Arbeit brauchen?«

»Siehst du, genau das habe ich ihr auch gesagt, aber da ist sie stur. Sie will nachdenken.« Bo mustert mich, und ich fühle mich unwohl dabei.

»Nun, nachdenken kann nie schaden.«

Plötzlich springt sie auf. »Weißt du was, Vince. Lassen wir dieses Geplänkel. Wir kennen einander viel zu gut dafür!«

Auch ich erhebe mich. »Wie meinst du das, Bo?«

»Du weißt ganz genau, warum sie gekündigt hat, und das hat nichts mit einem anderen Job zu tun.«

»Nicht?« Ich kann mich auch blöd stellen, wenn es sein muss. Und das muss es, denn ich werde nicht mit Bo über meine verwirrenden Gefühle für Tia sprechen.

»Lass es, Vince. Verdammt noch einmal: Du weißt, dass sie dich liebt und es nicht mehr ertragen hat, dich jeden Tag zu sehen! Oder Ann-Marie über den Weg zu laufen. Und sag mir nicht, dass du nichts davon weißt!«

Was ist denn auf einmal los? Warum haben sie alle das Gefühl, mir plötzlich ihre Wahrheit auftischen zu müssen?

»Bo, ich denke nicht, dass wir dieses Gespräch führen sollten.«

»Bitte, wie du willst. Steck den Kopf weiter in den Sand. Du bist der Boss. Aber ich sage dir, wenn du nicht bald etwas unternimmst, könnte es passieren, dass sie sich, sagen wir einmal: umorientiert.« Bo läuft zur Tür und hat bereits die Schnalle in der Hand. »Wenn du mich fragst, aus purer Verzweiflung.«

Mein Herz krampft kurz. Ich muss wissen, was sie damit meint!

»Einen Moment noch, Bo. Was soll das mit dem Umorientieren?«

»Vince, mehr kann ich dir nicht sagen, ohne Titas Vertrauen zu missbrauchen. Ich denke, es wäre klug, wenn du das selbst herausfindest. Und zwar schnell.«

Noch bevor ich etwas sagen kann, ist Bo verschwunden. Das ist ja alles haarsträubend! Was erlauben sich denn alle?

David erscheint nach einem kurzen Klopfen.

»Was?«, frage ich etwas unwirsch.

»Nichts Besonderes, ich wollte dir nur sagen, dass der Jet jederzeit bereitsteht.«

»Lass es, David«, fahre ich ihn an. »Denkt ihr denn alle, ihr seid meine Beziehungscoaches? Und raus jetzt, ich habe ein Unternehmen zu leiten.«

»Wie du meinst.«

Auch er trollt sich, und ich bleibe allein zurück.

Schluss jetzt mit dem Quatsch. Meine Unterschriftenmappe liegt auf dem Schreibtisch, und ich sollte die Unterlagen durchgehen. Also dann: an die Arbeit.

Kurz überfliege ich die ersten paar Seiten und unterschreibe überall dort, wo Alissa mir ein gelbes Post-it hingeklebt hat. Aber ich kann mich nicht konzentrieren. Griechenland, ein sonniger Sandstrand, kitschige Musik und Tia eng umschlungen mit irgendeinem Gigolo kommen mir immer wieder in den Sinn.

Entnervt klappe ich die Mappe zu.

Gut. Dann beende ich das. Endgültig. Ich drücke auf meine Watch.

»David!«

»Ja, Boss?«

»Wir fliegen. In einer Stunde.«

Sein Glück, dass er draußen ist und ich ihm für sein Grinsen nichts tun kann.

»Ich bin bereit. Und Vince: Gute Entscheidung.«

»Du irrst dich: Nicht nach Griechenland, sondern nach Berlin. Ich muss mit John sprechen. Und wir konzentrieren uns jetzt alle mal wieder auf den Grund, warum wir hier sind.«

»Wie du meinst.«

»Ja, das meine ich, David. Wir sehen uns gleich.«

Hier halte ich es nicht aus, also werde ich die Auswärtstermine absolvieren, die ohnehin anstehen. Und in Berlin aufräumen. Ist längst überfällig, und mir ist gerade danach.

Bad Habit: Falsche Bilder im Kopf haben

Tizia

Das hier mit Nikos fühlt sich fremd und gleichzeitig unheimlich vertraut an. Sogar ein wenig verwegen. Viel mehr aber falsch. Dennoch muss ich herausfinden, wo es mich hinführt, denn die Alternative lautet: Stillstand. Katzenjammer. Ein Urlaub, der keiner werden würde, weil ich an Vincents Nachrichten hänge wie eine Süchtige. Und damit soll Schluss sein. Muss es, denn das ist kein Leben.

Kaum liege ich in Nikos' Armen und versuche, die Zärtlichkeiten zu genießen, nistet sich Vincent in meinem Kopf ein. Ich habe keine Ahnung, wie lange Nikos das noch durchhält mit meinem Wunsch, noch nicht mit ihm zu schlafen. Es kann ja nicht ewig so weitergehen. Wir sind ja keine Teenager mehr.

Allerdings habe ich längst meine neue Routine auf der Insel auf irgendeine Weise umarmt. Nach dieser Woche habe ich das Gefühl, die Tage sind ausgefüllt und alles ergibt Sinn. Außerdem liebe ich Windsurfen! Der Surfkurs macht richtig Spaß. Ich hatte Glück, dass sie mich letzten Samstag noch in eine Gruppe aufnehmen konnten, und ab heute bin ich gemeinsam mit Laura schon in einer neuen Gruppe mit Fortgeschrittenen. Diese Frau kennengelernt zu haben, ist ein wahrer Gewinn. Mit ihr gemeinsam machen meine Tage einfach viel mehr Spaß. Und Nikos mag sie auch sehr.

Schade, dass er mich nie begleitet. Allein die Aussicht hier in der Bucht auf Naxos (Stadt) ist ein Hammer. Und die anderen Touristen echt nett.

Laura ist Österreicherin und quasi Anfängerin wie ich. Wir haben uns super angefreundet. Sie bleibt noch für die nächsten drei Wochen und wohnt in einer Pension ganz in der Nähe der Surfstation. Es tut gut, jemanden zum Quatschen und hin und wieder zum Shoppen zu haben. Oder so wie jetzt, um gemeinsam eine Pause unter der Pergola in der Surfstation einzulegen.

Etwas erschöpft lassen wir uns in die Outdoorsäcke plumpsen.

»Du warst heute echt gut.«

»Danke, Laura. Du auch. Dass wir so schnell die Halse schaffen, habe ich gar nicht erwartet.« Zwar bei idealen Bedingungen und nicht allzu viel Wind, aber immerhin.

»Ich auch nicht. Aber darauf trinken wir jetzt einen Aperol Spritz!«

»Super Idee. Ich hole uns die Getränke.«

Kurz darauf bin ich mit zwei großen Gläsern zurück, in denen jeweils ein Strohhalm und ein Stück Zitrone stecken.

»Auf uns!«

»Ja, auf uns!« Ich nehme einen Schluck und checke währenddessen kurz meinen Insta-Account. Vincent! Was soll denn das wieder? Die ganze Woche hat er sich bis auf zwei lapidare Posts ausgeschwiegen, und jetzt diese blöde Meldung?

›Für mich muss ein Film nicht unbedingt ein Happy End haben. Er muss nur ein Ende haben, das man versteht. Kevin Kostner‹. Dazu ein Sonnenuntergang?

Laut räuspere ich mich, denn der Frosch im Hals nervt. Bitte, dein Ende hast du schon längst, falls dir das entgangen sein sollte, und happy ist es ganz bestimmt nicht, Vincent.

Schnell fotografiere ich die Bucht mit den Surfern, die noch draußen sind. So. Ab in die Story. Jetzt brauche ich nur noch ein passendes Zitat.

Und da ist es schon. Danke, Google. ›Cinderella-Quote: Es ist nie zu spät für ein Happy End!‹

Dann überleg dir mal, was das bedeuten könnte, Vincent. Du kannst dein Ende ja versauen, aber ich werde meines neu erfinden. Mit Nikos! Denn im Gegensatz zu dir hat er täglich Zeit für mich, bekocht mich, ist lustig und tut alles, damit es mir gut geht.

Ich übrigens umgekehrt auch. Mittlerweile habe ich mich zur wahren Putzfee entwickelt, und der Garten wird täglich perfekt gegossen und sogar gezupft. Die wahre Idylle.

Das Einzige, das noch vor uns liegt, ist richtiger Sex. Aber der wird passieren. Irgendwann wird es für uns beide passen. Außerdem liebe ich unsere Kuschel- und Schmuseeinheiten.

»Was machst du heute Abend?«, will Laura wissen.

»Das Übliche. Ich fahre erst ins Haus, dann rüber ins Restaurant, wie jeden Abend.«

»Falls du Lust auf ein anderes Programm hast: Ein paar aus unserer Gruppe treffen sich zum Abendessen in einem der Strandlokale.«

»Danke, aber ich habe Nikos versprochen, noch etwas Gemüse mitzubringen. Vielleicht ein anderes Mal.«

Sie sieht mich aus ihren blitzblauen Augen belustigt an. »Wird das mehr als ein Urlaubsflirt zwischen euch beiden?« Laura war bereits zwei Mal mit im Lokal und findet ihn superheiß. »Ich könnte dich verstehen, er sieht göttlich aus.«

»Und er ist lieb. Aber wir werden sehen.«

»Dann zweifelst du noch?«

»Na ja, keine Ahnung. Ich will es einfach nur langsam angehen.«

»Verstehe ich, er ist etwas Besonderes. Das spürt man. Aber für meine Begriffe ist Nikos beinahe schon zu nett. Fragst du dich nicht auch, wo sein Fehler liegt?« Laura grinst übers ganze Gesicht.

»Selbst wenn er einen hat, schlimmer als mit Vincent –« Ups. Jetzt habe ich mich verplappert.

Laura sieht mich mit großen Augen an. »Sieh mal an. Who the f* is Vincent? Den hast du mir bisher verschwiegen.«

»Weil er gar nicht wichtig ist«, wiegle ich ab. »Wir hatten mal was, aber das ist lange her.« Ich hoffe, damit ist die Diskussion beendet. Wie blöd, dass mir das rausgerutscht ist.

»Ich will mich ja nicht einmischen, aber wenn du Nikos mit ihm vergleichst, dann scheint er immer noch eine Rolle zu spielen.«

Funkelnd starre ich sie an. »Weißt du, was ich an dir hasse?«

»Los, sags mir«, lacht Laura.

»Deine Beobachtungsgabe und deine Analysen.«

»Ich bin Psychologin, Tita.«

»Ja, genau. Den Beruf hasse ich auch an dir.« Cool, dass sie darüber lachen kann. »Aber ansonsten mag ich dich. Vor allem deinen Humor.«

»Gott sei Dank! Ich dachte schon, du willst mit mir Schluss machen.«

»Lässt du das mit dem Analysieren sein?«

»Niemals. Das liegt mir im Blut.«

Kurz sauge ich am Strohhalm. »Dann muss ich es mir noch mal gut mit dir überlegen.«

Laura steht auf und tanzt plötzlich zur Musik aus den Lautsprechern. »Kannst du, aber vorher zeigst du mir ein Foto von diesem Vincent.« Sie dreht sich im Kreis, ihr buntes Tuch mit den Papageien und Palmenblättern flattert, und ihr blondes Haar glänzt wie Gold in der Sonne.

»Bitte leiser, und nein, niemals«, erwidere ich.

Sie streckt mir beide Hände entgegen und deutet mir, mit ihr zu tanzen. Okay. Besser als reden.

Hand in Hand shaken wir ein wenig zu den Reggae-Klängen. »Entspann dich, Tita. Das Coole ist doch: Wir sind hier, wir sind im Urlaub, und wir können uns nie mehr wiedersehen, wenn wir nicht wollen. Die beste Basis für verdammt ehrliche Gespräche, oder?«

Das ist ein guter Punkt. Sie hat mir ja auch ihr Herz ausgeschüttet. Ich weiß nicht, wie dämlich der Typ sein muss, aber ihr langjähriger Freund, ein Chirurg, hat sie wegen einer Krankenschwester sitzen lassen. Klingt wie ein schlechter Witz, ist aber wahr.

Nach ein paar Drehungen und zwei Nummern später habe ich mich entschieden. Ich zeig ihr ein Foto.

Wir hocken wieder im Schatten. »Und du schwörst, dass alles zwischen uns bleibt?«

Theatralisch legt sie zwei Finger aufs Herz. »Bei meiner Psychologenehre.«

»Okay. Hier ist ein Foto von ihm.«

Sie sieht auf das Bild, das ich ihr vor die Nase halte, dann klappt ihr Kinn nach unten, und Laura fixiert mich. »Nicht dein Ernst jetzt! Vincent Dante?«

»Pst! Nicht so laut. Aber ja. Genau der.«

»Scheiße, der sieht ja noch besser als Nikos aus. Wie machst du das?«

»Was?«

»Na, dass du solche Typen findest. Hier, ich zeige dir ein Bild von Klaus.«

Na ja. Er ist größer als sie und hat leider aber etwas Schmieriges an sich. Zumindest in dem dunkelblauen Blazer und der weißen Jeans dazu. Soll ich ehrlich sein?

Was solls. »Du hast etwas Besseres verdient.«

»Siehst du. Sag ich doch. Du musst mir helfen.«

Jetzt muss ich lachen. »Du bist doch die Psychologin.«

»Ja, aber privat unfähig. Das habe ich dir doch erzählt. Also: Hilfst du mir jetzt, mal einen anderen Typ Mann kennenzulernen, oder nicht?«

»Laura, du bist echt lustig! Ich würde ja gerne, aber bitte wie? Ich kenne hier bloß unsere Gruppe an Surfern und Nikos' Familie.«

»Stimmt auch wieder«, meint sie etwas enttäuscht. »Aber egal. Pfeif auf das Essen mit der Gruppe. Da ist ohnehin keiner dabei, der mich interessiert.«

»Ach nein?«

Energisch schüttelt sie den Kopf. »Sicher nicht. Weißt du was? Ich komme heute mit ins Restaurant, und du fragst Nikos mal bezüglich seiner Freunde aus. Der muss ja welche haben. Vielleicht ist da einer dabei, der wenigstens für eine Urlaubsaffäre taugt?«

»Das hast du doch gar nicht nötig. Sieh dich doch mal an. Du bist hübsch, intelligent und –«

»Verletzt!«, fällt sie mir ins Wort. »Um nicht das unschöne Wort notgeil zu verwenden. Aber ich muss meinen Selbstwert aufpolieren. So viel steht fest.«

»Na gut. Dann machen wir das. Du kannst gleich mit mir mitfahren, wenn du magst. Am Weg bleiben wir bei deiner Pension stehen, du ziehst dich schnell um, und wir holen das Gemüse.«

Sie umarmt mich. »Klingt nach einem perfekten Plan für mich. So, aber erst erzählst du mir mehr von deinem Mister V.«

»Mister V?«

»Ist doch ein Spitzendeckname für ihn.«

»Auch wahr. Hier, ich zeige dir noch meine ganze Runde. Das ist ein Bild von Bo Chang, meiner besten Freundin.« Wieder halte ich ihr das Handy vor die Sonnenbrille.

»Du meine Güte. Die ist ja auch eine Schönheit.«

»Gut erkannt. Bei ihr ist nie etwas zerknautscht. Keine Ahnung, wie Bo das hinbekommt. Ach, und hier habe ich noch ein Foto von David Xaba.«

»Holy Moly! Ein afroamerikanisches Model.«

Ist er. David würde am Laufsteg durchaus eine gute Figur abgeben.

»Jap. Ex-Marine und Mister Vs Schatten. Ich liebe ihn, aber keiner weiß, warum er sich den Job mit V antut oder wie die beiden überhaupt zusammengekommen sind.«

Sie strahlt mich an. »Den muss ich kennenlernen.«

»Das wird schwierig, denn er ist nie weit von Mister V entfernt, und den wiederum möchte ich am liebsten nie mehr wiedersehen.«

»Verstehe. Aber egal, wir haben ja Zeit und können einen Plan schmieden. Fürs Erste hole ich uns noch Wasser, und du erzählst mir alles von dir und Mister V.«

Für die Kurzfassung haben wir auf jeden Fall noch Zeit. Den Rest kann ich ihr bei der Autofahrt erzählen, falls ich Lust dazu verspüre. Mal sehen, vielleicht zeige ich ihr unsere geheimen Accounts. Ich würde zu gerne wissen, was sie als Psychologin zu unseren dämlichen Storys und Posts sagt.

Als wir das Restaurant erreichen, ist Laura völlig aufgedreht und perfekt gestylt. Sie hat ihr blondes Haar zu einem langen Zopf geflochten und am Hinterkopf mit einer Klammer aufgesteckt. Und das türkise bodenlange Trägerkleid steht ihr wahnsinnig gut. Selbst Nikos hat ihr sofort ein Kompliment gemacht. Mir ebenso, denn nachdem ich gesehen habe, wie

Laura angezogen ist, habe ich mich für ein bodenlanges Kleid in sanften Orange- und Pinktönen entschieden. Flip-Flops tragen wir beide, das ist hier das einzig sinnvolle Schuhwerk, sonst bist du nur mehr damit beschäftigt, den Sand aus deinen Schuhen zu bekommen.

»Ihr habt den Tisch vorne mit Meerblick, wie immer«, meint Nikos und deutet uns beiden, ihm zu folgen.

Erst rückt er mir den Sessel zurecht, dann Laura. Ich liebe diese Gentleman-Seite an ihm. Karte händigt er uns keine aus. Wozu auch. Er überrascht mich lieber, und ich werde von ihm gerne überrascht.

»Heute mache ich Fava Schinoussa mit karamellisierten Zwiebelringen als Vorspeise und dann einen gegrillten Oktopus mit Gemüse und einem frischen Blattsalat mit Feigen und Schafskäse. Wie klingt das?«

Laura strahlt ihn geradezu an. »Mehr als perfekt. Mir rinnt bereits das Wasser im Mund zusammen, weil ich den ganzen Tag noch nichts gegessen habe.«

»Geht mir genauso!«

»Dann mache ich mich mal an die Arbeit. Helena bringt euch Wasser und Wein.«

Die Getränke stehen mittlerweile ebenfalls außer Frage. Es gibt immer Weißwein und Wasser.

Ich lehne mich zurück. »Gerade fühle ich mich wie im Himmel.«

»Ich auch. Und? Was spricht Bo?«

Ich habe zuhause kurz mit ihr telefoniert, während Laura auf der Terrasse auf mich gewartet hat.

»Dass sie uns beneidet und langsam genug von meinen Fotos hat«, erzähle ich ihr ungefiltert. »Außerdem hat Mister V verdammt schlechte Laune, obwohl er ohnehin nur von Montag bis Mittwoch im Büro war.«

153

»Aber du hast doch gesagt, er hat seine Verlobte letztes Wochenende hinausgeworfen? Vielleicht nervt sie ihn mit irgendetwas?«

Schulterzuckend antworte ich ihr: »Keine Ahnung. Bo meint, David hat ihr erzählt, dass V gar nicht mehr über Ann-Marie nachdenkt. Aber vielleicht stimmt das ja nicht. Auf jeden Fall hat sie über Instagram noch kein Wort zu ihrer Trennung bekannt gegeben.«

»Vielleicht braucht sie dafür etwas Zeit. Aber findest du das nicht seltsam? Du kündigst, und plötzlich trennt er sich von seiner langjährigen Verlobten?«

Ja. Finde ich. »Nein, vermutlich nur ein blöder Zufall.«

Laura runzelt die Stirn. »Blödsinn. Und das weißt du.«

Ich beuge mich zu ihr, um nicht allzu laut über Vincent zu sprechen. »Erwischt, aber ehrlich, Laura: Ich will einfach nicht mehr an ihn denken, denn immer, wenn mir das gelingt, fühle ich mich nämlich pudelwohl in meiner Haut.«

Sie lehnt sich wieder zurück. »Schon verstanden. Und wahrscheinlich auch besser so. Er hätte ja die Mittel, hierherzukommen, wenn er wollte.«

Im ersten Impuls wollte ich schon sagen, dass er ja gar nicht weiß, wo ich bin, aber das ist sicher nicht so. Entweder hat er Bo bereits ausgefragt, oder David hat mir nachspioniert. Mich würde es nicht einmal wundern, wenn er bereits die Koordinaten von Nikos' Haus kennt.

Was solls? Ich bin seit über zwei Wochen hier, und Vincent hat mich nicht einmal angerufen. Also bin ich ihm ohnehin egal. Ganz im Gegensatz zu diesem Adonis, der mit zwei Schieferplatten mit den Vorspeisen gerade an unseren Tisch kommt. Das mit Nikos muss ich hinbekommen. Alles andere zählt nicht mehr. Vielleicht schaffe ich es, ihn zu überreden, morgen Vormittag mit mir einen Kaffee in Plaka oder Chora trinken zu gehen. Das wäre mal eine Abwechslung zum Haus und dem Restaurant.

»Fava Schinoussa für die beiden Damen. Bitte, lasst es euch schmecken.«

Er serviert uns die Platten, auf denen neben dem Püree der Hülsenfrüchte auch noch herrlich aussehende Zwiebelringe und Kapern drapiert sind. Dazu bringt Helena uns einen Korb mit frischem Weißbrot, das so gut riecht, dass mir schon das Brot reichen würde.

»Danke!« Ich strahle ihn an und ernte einen der seltenen Küsse direkt auf den Mund bei vollem Lokal.

Der Abend vergeht wie im Flug. Ich erfahre mehr über Klaus und wie anstrengend er in der Beziehung mit Laura war. Mein Schluss ist eindeutig: Sie kann froh sein, dass sie ihn los ist. Außerdem quatschen wir ein wenig über Megalith-Bauten in Südamerika, und ich wundere mich, aber es scheint sie zu interessieren.

Da wir das Dessert auslassen wollten, macht uns Nikos zum Abschluss noch ein Zitronensorbet, das er uns in Sektgläsern serviert, und setzt sich dann zu uns. Aus vollem Herzen loben wir sein Essen, denn es war köstlich wie immer, was ihn zum Strahlen bringt.

»Das freut mich. Danke.«

Mir fällt gerade ein, dass ich mit ihm ja mal etwas anderes unternehmen wollte. »Wie sieht es aus? Hast du Lust, dass wir morgen vielleicht vor dem Surfkurs in Plaka oder in Naxos (Stadt) einen Kaffee trinken gehen? Einfach, um mal rauszukommen?«

Er sieht mich an, und sein Blick verdunkelt sich zusehends. Mir wird ganz mulmig. Was habe ich denn falsch gemacht?

»Das wäre schön, Tita, aber ich kann nicht.«

Zum Glück! Ich entspanne mich wieder. Er hat sicher bloß etwas anderes vor. »Kein Problem, dann erledigst du, was du zu erledigen hast. Wir können das ja auch übermorgen oder irgendwann anders machen. War nur so eine Idee.«

Wieder sieht er mich ganz komisch an.

»Wisst ihr was? Ich werde mich verabschieden. Das Surfen und die Sonne haben mich ausgepowert.«

Wie erwartet nimmt Nikos kein Geld von Laura an, und sie bedankt sich herzlich bei ihm für die Einladung und umarmt erst ihn, dann mich.

»Danke. Und habt noch einen schönen Abend, ihr zwei.« Dann checkt ihr Helena noch spontan eine Mitfahrgelegenheit mit Gästen, die ohnehin gerade zurück nach Naxos fahren.

Wir beide bleiben allein am Tisch zurück.

»Ich muss dir etwas sagen«, beginnt Nikos, und wieder verknotet sich mein Magen. Das klingt nicht gut, und seine Augen sehen dunkel und traurig aus.

»Sags einfach.«

»Nun, ich kann dich deshalb nicht auf einen Kaffee nach Plaka oder sonst wohin begleiten, weil mein Haus, das Restaurant und die Buchten hier der einzige Bereich sind, in dem ich mich aufhalte.« Er seufzt. Und ich runzle die Stirn. Wie meint er das? Ich verstehe das nicht. »Was meine Trennung betrifft, habe ich dir nicht die ganze Wahrheit erzählt.«

»Nein?«

»Nein. Iris hat auch deshalb keine Zukunft für uns gesehen, weil ich eine Angststörung habe. Seit ein paar Jahren. Und aus diesem Grund gehe ich nirgendwohin.«

Ich glaube, in mir ist gerade etwas zusammengefallen. Kurz brauche ich, um das zu verarbeiten. Eine Angststörung? Was bedeutet das denn genau? Mir fallen sofort alle möglichen Ängste ein wie Klaustrophobie oder Höhenangst. Flugangst. Also wovor fürchtet er sich genau? Schnell nehme ich seine Hand.

»Das ist ja furchtbar, Nikos. Und es tut mir so leid.«

»Muss es nicht. Wie du siehst, geht es schon besser. Das erste Jahr konnte ich nicht einmal ins Restaurant, aber wie du siehst, die Umgebung hier klappt schon ganz gut.«

»Dann hast du bereits Fortschritte gemacht, oder? Es tut mir leid, aber ich weiß gerade gar nicht, wie ich damit umgehen soll oder wie ich mir das vorstellen muss.«

Tausend Fragen schwirren mir durch den Kopf. Wie kann so etwas passieren? Was war der Auslöser? Und warum strengt er sich nicht mehr an? Er könnte ja jeden Tag ein Stückchen weiter gehen, oder? Irgendwann ist das sicher weg. Oder etwa nicht? Und überhaupt. Was bedeutet das? Heißt das, er ist an diesen Ort gefesselt? Wieso wollte er dann das Haus verkaufen?

Nikos nimmt meine Hände in seine. »Ich wollte nur, dass du es weißt. Du musst gar nichts machen. Außer vielleicht akzeptieren, dass mein Aktionsradius sehr eingeschränkt ist und Reisen für mich ganz außer Frage stehen.«

Verstehe. Wien ist damit ausgeschlossen.

»Das ist schon okay.« Ist es nicht, daher trinke ich den Rest vom Weißwein auf einen Sitz leer.

Das habe ich jetzt gebraucht.

Mir schwirrt der Kopf. Für uns bedeutet das nämlich, dass das hier nie mehr als eine Affäre sein kann. Dabei habe ich mir schon überlegt, ob ich ihn zu mir einladen soll.

Sein Blick ruht auf mir. Das kann ich spüren. Daher sehe ich ihn an.

»Tut mir leid, damit habe ich dich überrumpelt.«

»Ein bisschen«, gestehe ich. »Aber danke, dass du es mir gesagt hast.« Ich schlucke. »Eines verstehe ich jetzt aber nicht: Wieso wolltest du das Haus verkaufen?« Das Schild hat er allerdings sofort nach meinem Einzug abmontiert.

»Vielleicht weil ich mich zu einer Veränderung zwingen wollte? Aber als du aufgetaucht bist, wusste ich sofort, ich kann es nicht verkaufen. Niemals.« Dann setzt er nach: »Du warst übrigens die erste und einzige Interessentin. Ich habe das Schild an dem Morgen an der Straße aufgestellt.«

»Tatsächlich? Und dabei war ich nicht einmal eine echte Interessentin. Also für den Kauf.«

»Das war auch besser so. Komm. Lass uns nach Hause gehen und dort in aller Ruhe weitersprechen.«

Nach Hause? Sein Zuhause, meint er. Seine Burg, seinen Kerker, wie immer man es auslegen will. Aber: »Ja. Klar. Ich bin mit dem Auto hier.«

»Dann fahre ich mit dir mit hinüber.«

Mir fällt es wie Schuppen von den Augen. Mit einem Auto habe ich ihn noch nie fahren sehen. Obwohl er etwas abseits vom Haus ein Carport hat, das aber leer steht. Also, wenn nicht ich mit meinem Mietwagen darunter parke.

»Nur eine Frage: Hast du einen Führerschein?«

Nikos grinst. »Ja, den habe ich.«

Keine Ahnung, warum, aber mir fällt gerade ein Stein vom Herzen. Und ich will es wissen. »Kannst du fahren? Ich habe ja schon drei, vier Gläser getrunken.«

Wieder verfinstert sich seine Miene. »Sorry, aber wir können auch zu Fuß gehen, oder ich fahre dich mit dem Roller.«

Ich habe es geahnt. Er fährt also auch nicht mehr mit einem Wagen. Aber ich kann ja fahren. Also unwichtig. War ohnehin nur eine Testfrage. »Kein Problem. Die paar Meter schaffe ich schon.« Dann beuge ich mich zu ihm und drücke ihm einen Kuss auf den Mund. »Und noch einmal danke, dass du es mir gesagt hast.« Obwohl ich noch nicht weiß, was das für uns beide bedeuten wird. Aber er spielt mit offenen Karten. Dass er es mir nicht sofort auf die Nase gebunden hat, kann ich nachvollziehen. Hätte ich auch nicht.

Er lächelt mich mit diesem unverkennbar verschmitzten und gleichzeitig sexy Gesichtsausdruck an, bei dem meine Knie immer weich werden. »Gerne. Und wie lautet das Aber?«

»Äh, kein Aber.«

»Doch. Ich habe es genau gehört.«

Erwischt. »Okay. Ich habe da noch in etwa tausend Fragen.«

Nikos nimmt meine Hand und ich meine Handtasche. »Dann werde ich versuchen, sie in aller Ruhe zu beantworten. Bei einem Glas auf der Terrasse.«

»Einverstanden.«

Er winkt seiner Familie und einigen Gästen zu. Ich ebenfalls. Und natürlich fahre ich die paar Meter rüber zu seinem kleinen Häuschen, in das ich mich vom ersten Moment an verliebt habe. Das wird eine lange Nacht werden. Aber ich will alles wissen. Ich muss alles wissen, denn dass er hier an diesen Ort gefesselt ist, ändert doch alles. Oder etwa nicht?

Bad Habit:
Krisensitzungen

Montagvormittag

Bo

*W*enn ich eines hasse, dann sind das Krisensitzungen am Montag um neun Uhr!

»Guten Morgen, David! Oh, und Martin! Hallo!« Mit ihm habe ich nicht gerechnet.

»Auch guten Morgen«, sagt David und küsst mich zur Begrüßung auf beide Wangen. Von Martin brauche ich das in der Firma nicht, daher winke ich ihm zu.

»Bleib sitzen. Ihr wisst, ich hatte bloß einen Kaffee. Also macht es nicht zu dramatisch. Was ist passiert?«

»Noch nichts«, mein Martin ungewohnt ernst. Wieder einmal sieht er mit dem eng geschnittenen hellgrauen Anzug wie ein Banker aus. Muss an seiner Frisur liegen. Gestriegelt und aalglatt. Auf so was stehe ich überhaupt nicht.

»Gut. Dann nehme ich mir erst mal einen Kaffee.« Die sündteure Maschine wurde nur leider noch nicht eingeschaltet. »Mist, das wird wieder ewig dauern.«

»Keine Sorge, Alissa bringt uns gleich zwei Espresso und für dich einen Cappuccino mit fettarmer Milch.«

»Du bist ein Schatz!« David kann anscheinend Gedanken lesen, oder er kennt mich schon zu gut.

Wir setzen uns an das Ende des langen Besprechungstisches, ich nehme den Drehstuhl am Tischhaupt zwischen den beiden Männern. »Schießt los. Jetzt sitze ich ja.«

»Du hast also noch nichts von den personellen Veränderungen gehört, die Vincent am Freitag in Berlin vorgenommen hat?«

Wann denn? Ich bin ja eben erst im Büro angekommen. Allerdings hätte mich einer von ihnen anrufen können. »Nein. Mir sagt ja anscheinend niemand etwas.«

Martin wiegelt mit der Hand ab. »Wie auch, das wird erst bekannt gegeben. Aber am Freitag hat Vincent vier der fünf leitenden Manager in Deutschland gekündigt.«

Nein! Nicht wahr. »John auch?«

»Nein, aber alle außer ihm.«

Uff. Jetzt bin ich beruhigt. »Gut so, die anderen mag ich ohnehin nicht.« Also noch sehe ich kein Drama, sondern eine gute Entscheidung von Vincent. Endlich tut er mal was. Mit denen zu arbeiten, war ohnehin nur eine Qual. »Und wo ist das Problem?«

»Dass er auch hier einige rauswerfen will. Möglicherweise zwei deiner Mitarbeiterinnen, dann noch Sue, die eigentlich Titas Job hätte übernehmen sollen, unseren Finanzchef –«

»Er kündigt Dieter? Und meine Mädels? Ist er verrückt?«

»Genau darauf will ich hinaus«, meint Martin.

161

»Aber es kommt noch schlimmer«, ergänzt nun David. »Am Wochenende waren wir in Saint Tropez, und er hat sich so volllaufen lassen wie in alten Zeiten. Ich musste ihn quasi aus dem Club hinaustragen.«

Meine Gedanken rasen. Warum tickt Vince plötzlich dermaßen aus?

Alissa hat den perfekten Moment erwischt. Mitten in die Stille serviert sie uns den Kaffee.

Ich kann nur »Danke, du rettest mich gerade« sagen. Dann stellt sie den Männern ebenfalls noch die kleinen Glastassen hin und meint: »Ihr wisst ja, wo ihr mich findet, falls ihr noch etwas braucht.«

Wir bedanken uns, dann nehme ich einen Schluck und schließe die Augen. »Sie macht den besten Kaffee hier.« Obwohl das im Moment überhaupt nicht wichtig ist.

»Stimmt. Aber verstehst du auch, dass Vincent aus dem Ruder läuft?« Martin kann echt ungeduldig sein.

»Ja. Verstehe ich. Aber warum besprecht ihr das mit mir und nicht mit einem Therapeuten?« Sonst werde ich auch nie in wirklich wichtige Sachen eingeweiht. Ich bin ja bloß die Marketingtussi. Und wegen meiner Mitarbeiterinnen werde ich ihn mir persönlich vorknöpfen!

Die beiden sehen einander verschwörerisch an, dann mich. »Und? Könnte einer von euch dann mal damit rausrücken?«

»Ist das nicht offensichtlich? Er braucht Tita.«

David tut ja gerade so, als hätte Vince mit ihr die Verlobung gelöst. So geht es aber auch nicht.

»Das ist nicht euer Ernst, oder? Bloß weil seine Ober-Eventmanagerin gekündigt hat, könnt ihr doch nicht Tita diese Kündigungen und seine Sauftour in die Schuhe schieben!«

Also wirklich. Was zu weit geht, geht zu weit.

»Hier.« Plötzlich knallt mir David ein Kuvert, das er aus dem Inneren seines Sakkos gezogen hat, auf den Tisch. »Sieh es dir selbst an.«

»Gerne.« Ich öffne den braunen Umschlag und ziehe den Packen an Papier heraus. »Du meine Güte!« Es sind auf Hochglanzpapier ausgedruckte Fotos. Tita und Nikos im Restaurant. Tita und Laura beim Surfen, dann wieder Tita und Nikos, wie sie einander küssen. Ich muss mal tief durchatmen. Am liebsten würde ich damit zu Vince rüberlaufen und ihn fragen, ob er bescheuert ist. Nachdem ich ihn geschlagen habe.

»Okay. Er ist durchgeknallt. Was soll denn der Scheiß mit dem Privatdetektiv?« Wieder dieser Blick! »Und könnt ihr bitte damit aufhören? Ich will Klartext hören.«

»Nicht Vincent, ich habe die Fotos in Auftrag gegeben«, erklärt mir David.

Spontan nehme ich die Fotos, springe auf und schlage ihm damit auf den Oberarm. »Du spionierst meiner besten Freundin im Urlaub nach? Ja, gehts noch, David? Das ist ja das Allerletzte!« Ich könnte ihm echt was tun! Was erlaubt er sich? Spioniert Tita hinterher. Oh Gott, ich habe einen Puls jenseits von hundert.

Mit beiden Armen vorm Gesicht erwidert er: »Dafür gibt es einen Grund. Lass uns doch mal ausreden.«

Drohend halte ich die Fotos in die Luft. »Der sollte dann besser mal gut sein, sonst organisiere ich für Tita gleich noch einen Anwalt. Das ist ja Stalking!«

Martin, der auch aufgesprungen ist, legt mir eine Hand auf die Schulter. »Du hast ja recht, sauer zu sein. David wollte doch nur wissen, ob er Vincent weiter drängen sollte, zu ihr nach Griechenland zu fliegen.«

Ich kann nur mehr den Kopf schütteln. »Sorry, aber ihr habt sie nicht mehr alle. Wenn, dann muss Vince schon selbst auf die Idee kommen! Die ganze Übung hättest du dir sparen können, David.« Ich funkle ihn böse an. »Wehe, du lässt noch ein einziges Foto von Tita schießen. Dann zeige ich dich höchstpersönlich an!«

»Reg dich bitte nicht so auf. Ich schwöre, es gibt keine weiteren. Und ich wollte Vince die Fotos auch gar nicht zeigen, sondern bloß wissen, was sie tut. Wie es ihr geht.«

Macht er das mit allen? Spioniert David auch mir hinterher?

»Du hättest mich ausfragen können, wie du es sonst auch immer tust. Und außerdem dachte ich, wir wären irgendwie Freunde. Aber das ist wohl ein Irrtum.«

»Nein, ist es nicht, Bo. Aber mein Job ist, ihn zu beschützen. Das weißt du. Und im Moment vor ihm selbst. Das Dumme war, dass er die Bilder zufällig in meinem Zimmer gesehen hat und ausgetickt ist.«

Klar. Das kann ich mir vorstellen. Irgendwie freue ich mich für Tita darüber. Vermutlich kommt Vince zu spät drauf, welch tolle Frau er sich hat entgehen lassen, aber besser spät als nie. »Geschieht ihm recht. Er hat sich eben für die Falsche entschieden und bekommt nun die Rechnung dafür präsentiert.«

Nun sieht mich Martin irritiert an. »Du wusstest also die ganze Zeit über von den beiden?«

Fordere mich nicht heraus. Nicht jetzt! »Natürlich«, lüge ich. »Du etwa nicht? Obwohl, viel gibt es da nicht zu wissen.«

Zu meinem Erstaunen bleibt Martin ausnahmsweise mal bei der Wahrheit und übertreibt nicht, wie sonst immer. »Also ich wusste es bis Freitag nicht. Erst als Vince auch mit mir sinnlos am Telefon herumgeschrien hat und zum Schluss meinte, ich könnte es ja wie Tita machen und ihn verlassen, ist mir ein Licht aufgegangen, und ich habe David angerufen.«

Was soll ich mit den beiden hier tun? Augen auskratzen ist keine gute Idee.

»Okay, ihr Helden. Tita geht es endlich wieder besser. Sie blüht auf, sie geht windsurfen, und wie es aussieht, hat sie sich in Nikos verliebt. Also: Lasst sie einfach in Ruhe, ja?« Wie ich sehe, befriedigt sie meine Ansage nicht. »Ihr sagt mir jetzt sofort, was ihr vorhabt!«

»Das wollten wir von dir wissen«, meint David ungewohnt kleinlaut. »Ich weiß auch nicht, was ich ihm sagen oder raten soll.«

Spreche ich Japanisch, oder warum verstehen sie mich nicht? Plötzlich piepst seine Uhr. Er drückt auf den Screen. »Ja, Vince?«

»Mach den Flieger klar. Naxos. In einer Stunde.«

»Wird erledigt«, antwortet David knapp und zieht die Schultern hoch.

Er will ihr nachfliegen? Auf die Insel? Mit einem Knall fällt mir die Tasse aus der Hand, und ich springe zur Seite. »So ein Mist! Mein Kostüm ist im Eimer!«

David legt auf, und Martin blafft mich an: »Unwichtig.«

»Na, du hast ja auch kein Cappuccino-Flecken auf einem cremefarbenen Kostüm. Und es ist noch dazu neu!«

»Dann besorge dir ein neues, und gib mir die Rechnung.«

»Ich nehme dich beim Wort«, erkläre ich ihm, während ich noch mit Davids Hilfe die größten der Scherben vom Boden aufsammle.

»Bo, du musst hinübergehen und ihm das ausreden. Oder es endet im Desaster!«

»Das wird es, Martin.«

»Aber er wird fliegen«, ergänzt David sinnloserweise. Das haben wir ohnehin alle kapiert.

»Ist schon klar. Lasst mich mal kurz laut nachdenken.« Dazu setze ich mich auf Davids sauberen Stuhl, weshalb er mir gegenüber neben Martin Platz nimmt. »Was könnte passieren, wenn Vincent auf die Insel fliegt? Es gibt nur zwei Möglichkeiten: Sie spricht mit ihm, oder sie tut es nicht.«

»Du denkst, sie könnte ihm einen Korb geben?«, fragt David nach.

Oh ja. Das denke ich und halte es sogar für sehr wahrscheinlich.

Hm. Andererseits schreibt sie immer noch diese Nachrichten und Storys auf ihrem geheimen Account. Und sie schläft nicht mit Nikos, auch wenn ich ihr beinahe täglich dazu rate, es endlich zu tun!

Wenn ich nur wüsste, was Tita wirklich will. Vielleicht ist ein Showdown ganz gut? Dann können die zwei die Sache zwischen ihnen endlich ein für alle Mal klären.

»David! Die beiden sind doch keine Kleinkinder. Egal, wie es ausgeht, das müssen sie schon selbst durchstehen, wie normale Menschen auch.«

»Vince ist aber nicht wie ein normaler Mensch«, wendet Martin ein.

Ich krieg mit den beiden die Krise!

»Ach? Er ist also kein normaler Mensch, weil er reich ist? Da irrt ihr euch. Wenn es zwischen Tita und Vince um Liebe gehen sollte, dann ist er auch nur ein Mann, der alles daransetzen sollte, die Fehler aus der Vergangenheit wiedergutzumachen, und dann wird ihm die Frau seines Herzens sagen, ob sie ihm verzeiht oder nicht. Ob sie noch etwas für ihn empfindet oder nicht. Und es wäre besser, wenn er das vorher auch für sich geklärt hätte.« Sie hängen an meinen Lippen.

Ja gibts das? Noch nie von einer normalen Beziehung gehört? Aber es ist ja Martin. Also kein Wunder. Und David kennt bloß One-Night-Stands.

»Das kannst du ihm verklickern, David. Der Rest ist ziemlich normal, würde ich sagen. Aber Vince wird sich halt anstrengen müssen. Tita einfach zu überfallen und zu denken, alles ist in Butter, wird nicht passieren. Dann muss er vermutlich akzeptieren, dass er möglicherweise zu spät dran ist. Und zwar ohne Drama. So ist das Leben eben. Für uns alle. Auch für Reiche!«

Nun ja, außer sie kaufen sich eine Frau. Aber wir sprechen hier ja von Liebe. Und Tita lässt sich nicht kaufen.

Warum starren sie mich an, als hätten sie einen Geist gesehen? David zeigt verstohlen mit dem Finger in meine Richtung.

»Ich bin ganz deiner Meinung, Bo.«

»Vince!« Wie der Blitz fahre ich herum. So ein Mist! Er steht mitten im Türrahmen. Verdammt. Wie viel von dem, was ich gesagt habe, hat Vincent mitgehört?

Er legt seine Hände auf die Lehne des Sessels gleich neben mir. »Ihr drei habt also eine Krisensitzung. Wegen mir?« Ist er jetzt sauer, oder beginnt er gleich, zu lachen?

Schnell fummle ich mit einer Serviette an den Flecken herum. Die sind ja echt peinlich!

»Also Krisensitzung würde ich das nicht nennen«, lügt ihm Martin wie gedruckt ins Gesicht. Der ist so ein Ja-Sager.

Ich kann nicht anders. »Doch, genau das ist es. Und ich kann dir nur eines dazu sagen, Vince: Wenn du Tita einfach so auf Naxos überfällst, könnte es sein, dass sie nie mehr wieder etwas mit dir zu tun haben will.«

Er hebt eine Braue. »Was rätst du mir stattdessen?«

»Gar nichts. Sei einfach du! Und lass dir etwas einfallen, denn dir ist doch hoffentlich klar, dass du sie erst zurückgewinnen musst.«

»Das ist ein guter Punkt«, meint er, und die beiden pflichten ihm natürlich sofort bei. »Trotzdem muss ich mir überlegen, ob ihr drei mich nicht gerade hintergeht.«

Was die beiden ihm erklären, interessiert mich gar nicht. Wenn er jetzt auch noch uns alle kündigen will, dann soll er.

In dem Moment schießt mir durch den Kopf, wie absurd diese Situation hier ist. Reden wir tatsächlich am grünen Tisch über die Liebe oder vielleicht auch Nicht-mehr-Liebe zwischen Tita und Vincent? Wann genau ist das zur Staatsaffäre geworden, und wieso bin ich da mittendrin? Keine Ahnung, was ich Tita darüber erzählen soll.

Mir ist schlecht.

Ich bin eine ganz schreckliche beste Freundin!

Wenn ich nur sicher wüsste, wie Tita auf einen Überraschungsbesuch von ihm reagieren wird. Ganz ist sie nicht über

Vincent hinweg. Bei jedem Telefonat poppt sein Name mindestens einmal auf. Aber andererseits scheint ihr Nikos gutzutun. Verdammt. Ich weiß ja auch nicht, was ich ihm raten soll.

Während Vince sich setzt, stehe ich auf. »Äh, ich denke, wir haben alles besprochen. Ich wünsche dir viel Glück, Vince.«

Er sieht mich durchdringend an. »Hinsetzen. Ihr wolltet diese Sondersitzung, also reden wir darüber.« Ups. David und Martin hatten recht. Im Moment ist er nicht er selbst. »Wirst du ihr hiervon erzählen, Bo?«

»Und meiner besten Freundin sagen, dass ich an einer Verschwörung gegen sie teilgenommen habe? Nur über meine Leiche.« Dann hebe ich den Finger und zeige direkt auf ihn und anschließend die beiden anderen. »Nur, damit das klar ist. Ich war nie hier und weiß von nichts. Mehr habe ich nicht mehr beizutragen.«

Noch einmal stehe ich auf. Da fällt mir ein: »Noch etwas, Vince. Meine Mitarbeiterinnen bleiben, sonst kündige ich nämlich auch.«

»Du willst mir drohen?«

»Absolut nicht. Ich sage dir nur, welche Konsequenzen ich ziehen würde. Natürlich ist es dein Unternehmen und deine Entscheidung.«

»Verstehe.« Er spielt mit einem Kugelschreiber, der in der Mitte des Tisches lag.

Und? Kommt dann noch etwas?

Gut. Es reicht. Da keiner etwas sagt, rausche ich ab.

»Entschuldigt mich, aber ich habe noch zu arbeiten.«

Sollen sie selbst ausknobeln, ob er fliegt oder nicht. Das ist ja wie in einem schlechten Film. Und so arg drauf, wie Martin und David es beschrieben haben, schien mir Vince auch wieder nicht zu sein. Er hätte komplett ausflippen können, aber stattdessen war er beinahe stoisch, was auch nicht gut ist, wenn ich es mir genau überlege. Immerhin geht es um Liebe und nicht darum, ob er wieder ein neues Produkt launcht, eine Immobilie oder eine Firma kauft. Aber eines weiß ich: Wenn ich es Tita erzähle, könnte ich alles kaputtmachen. Vielleicht will sie ihn ja doch noch?

Die Tür von meinem Büro schließt sich sanft wie von selbst. Zum Glück muss ich heute die Entwürfe einer Agentur für MORe Coconut Summer durchsehen. Diese Kampagne wird super. Vielleicht drehen wir diesen Winter in der Karibik. Diesmal bin ich nicht so blöd und schicke eine Mitarbeiterin, sondern fliege selbst.

Bad Habit: Nachfliegen

Montagnachmittag

Tizia

»Ich liebe dieses Beachlokal!« Laura sieht sich um, lässt ihr Bag auf eines der Sofas fallen und setzt sich hin. Ich ihr gegenüber.

»Ich auch. Was trinken wir?«

»Mir ist nach Kaffee.«

»Mir auch.«

Ein junger Kellner schießt auf uns zu, und wir entscheiden uns beide spontan für Eiskaffee. Heute brauche ich Zucker, sonst überstehe ich den Tag nicht, bei dem wenigen Schlaf, den ich heute hatte.

Ich lehne mich zurück. Die Aussicht auf das antike Tor drüben am Hügel von Chora ist ein Hammer. Mittlerweile habe ich mir schon so einiges an historischen Überbleibseln auf der Insel angesehen. Ich liebe diese alten Steine. Und das Treiben hier am Strand zu beobachten, mag ich auch. Wie die Kinder Sandburgen bauen oder sich in die hohen Wellen werfen. Ich könnte ewig hierbleiben. Und ich bin froh, hier mit Laura zu sitzen.

»Weißt du eigentlich, was für ein Glück es für mich ist, dich getroffen zu haben, Laura?«

»Wieso? Weil ich so nett bin?« Wie immer ist ihr Lächeln ansteckend.

»Das, und weil ich dir dankbar bin, dass du mir seine Angststörung heute Morgen so gut erklärt hast.« Sie nannte es generalisierte Angststörung. Wie wahrscheinlich ist es, dass meine neue beste Freundin auf der Insel ausgerechnet Psychologin ist und mir deshalb verdeutlichen konnte, wie er das erlebt und was es bedeutet?

Nikos hat mir gestern in der Nacht noch selbst geschildert, wie sich seine Panikattacken anfühlen. Offensichtlich war er schon als Kind hypersensibel, und alles Mögliche hat ihm Angst bereitet. Selbst Feuerwerke oder Lärm, wie er mir erzählt hat.

»Dafür sind Freundinnen doch da. Die Frage ist jetzt nur, wie du damit umgehen willst.«

So weit sind wir vor dem Surfkurs nicht mehr gekommen.

»Das ist die Frage, die mich seit gestern quält. Ich weiß es auch nicht.« Der Eiskaffee kommt und sieht herrlich aus. Ich trinke einen Schluck aus dem Strohhalm. »Das Schlimme ist, er wird nie nach Österreich kommen.«

»Nicht in der nächsten Zeit. Nein. Und ob er sich jemals wieder aus seiner vertrauten Zone hinauswagt, liegt einzig und allein an ihm und wie viel Kraft er dafür aufzubringen imstande ist.«

»Danke, Laura, dass du so ehrlich bist.«

»Natürlich! Was denn sonst? Alles andere wäre doch Schwachsinn und würde dir nicht weiterhelfen.«

Plötzlich deutet sie auf den Himmel. »Schau mal, da kommt ein Privatjet.«

Stimmt. In einer lang gezogenen Kurve nähert sich das Flugzeug der Bucht und wird hinter uns am Flughafen landen. Keine Ahnung, warum, aber das Einzige, was mir dazu einfällt, ist: »Mister V hat auch zwei.«

»Davon bin ich ausgegangen. Vielleicht solltest du dir auch Gedanken über ihn machen?«

»Wozu? Weißt du, was er heute gepostet hat?«

»Keine Ahnung, sags mir.«

Ich öffne Insta und lese es ihr vor. »Wenn es um dein Herz geht, hast du zwei Möglichkeiten: ein Risiko einzugehen und es dir schlimmstenfalls brechen zu lassen oder kein Risiko einzugehen und noch am Sterbebett darüber nachzudenken, was wohl gewesen wäre, wenn du dich anders entschieden hättest. Doglover.«

Laura sieht mich mit weit aufgerissenen Augen an. »Ich dachte, ihr beide zitiert immer nur berühmte Persönlichkeiten oder Sprüche aus Filmen.«

»Jap, meistens. Aber nicht immer.« Als ich es nach dem Surfkurs das erste Mal gelesen habe, ist mir mein Herz in die Shorts gerutscht. Was will er mir damit wieder sagen? »Ich habe aber keine Ahnung, ob es dabei um uns geht oder um eine neue Frau.« Es ist ja möglich, dass seine Trennung von Ann-Marie rein gar nichts mit mir zu tun hatte. Auch wenn das die schlimmste aller Möglichkeiten ist, wenn ich ehrlich bin.

»Tita! Natürlich geht es um euch beide. Das hat er doch auf dem Account gepostet, von dem er weiß, dass das euer geheimer Kommunikationskanal ist. Hast du eine Idee, was er mit dem Risiko andeuten wollte?«

Ob sie recht hat?

»Denkst du das wirklich? Also, dass das eine Botschaft an mich ist?«

Sie schüttelt den Kopf. »Echt jetzt? An wen denn sonst?«

Und dann bricht es aus mir heraus. »Und genau deshalb habe ich gekündigt und bin hier. Verstehst du? Ich habe jetzt Jahre damit zugebracht, seine Botschaften zu deuten, und zu lange gehofft, dass er einen Schritt in meine Richtung unternimmt. Und was hat er getan? Rein gar nichts.«

Noch einmal lese ich seinen Post.

Plötzlich ist mir sonnenklar, was ich zu tun habe. »So. Und jetzt lösche ich meinen Account. Das hier führt zu nichts und muss endlich aufhören.«

»Stopp!« Laura springt auf und reißt mir das Handy aus der Hand.

»Wieso tust du das?«, maule ich sie an. »Solltest du mir nicht sagen, dass das eine gute und vernünftige Entscheidung ist?«

Sie steckt mein Handy in ihr Bag und sieht mich an. »Sollte ich. Und du kannst es auch tun, aber mein Vorschlag ist: Du machst ein Ritual daraus und entscheidest dich ganz bewusst gegen ihn. Denn wenn du deinen Account löschst, dann kappst du eure letzte Verbindung zueinander, und das sollte nicht im Affekt, sondern ganz bewusst geschehen.«

Leider hat sie recht. Seine Nachricht hat mich beschäftigt, seit ich sie gelesen habe. Und ich schaue, wann immer ich kann, auf dem Account nach.

»Was soll ich denn tun? Einerseits brauche ich diese Nachrichten, andererseits hasse ich mich selbst dafür, sie überhaupt zu öffnen. Und jedes Mal fühle ich mich Nikos gegenüber schäbig. So, als würde ich ihn betrügen.«

»Genau das ist es, Tita. Selbst wenn du mit Nikos zusammen bist, siehst du dir an, was Mister V eventuell zu sagen hat. Und umgekehrt denkst du an Nikos, wenn du über V sprichst.«

»Ja, das ist mir klar.«

»Wunderbar. Du hast dich zwischen zwei Stühle gesetzt und kannst dich nicht entscheiden. Mein Vorschlag lautet daher: Überlege dir zwei weitere Optionen.«

Oh ja. Darin bin ich gut! Ich sehe mich direkt zwischen zwei Sesseln am Boden sitzen und immer wieder von einem zum anderen hochblicken. Was bin ich für ein Loser! Aber vielleicht hat sie ja tatsächlich eine Lösung für meine bescheidene Gesamtsituation?

»Die da wären?«

»Keiner von beiden oder beide.«

Das überfordert mich. »Was soll denn das bringen?«

Laura nimmt meine Hand. »Vertraust du mir?«

»Natürlich tue ich das.«

»Gut. Dann machen wir jetzt ein Experiment.« Dann dreht sie sich um und ruft den Kellner.

»Müssen wir dafür woanders hin?«

Lächelnd nickt sie. »Ja. Hier sind zu viele Menschen. Wir fahren ein Stück und suchen uns eine Bucht, in der wir allein sind.«

»Dafür müssen wir aber ein Weilchen fahren.«

»Und? Ist das ein Problem?«

Der Kellner kommt mit der Rechnung. Schnell antworte ich ihr: »Leider schon. Ich habe Nikos versprochen, gegen vier Uhr zuhause zu sein. Können wir das auch morgen oder übermorgen versuchen?«

»Ja klar. Sag mir einfach, wann du dazu bereit bist.«

»Danke, dass du das für mich tust.«

»Sehr gerne sogar.«

Laura überreicht mir mit einem Schmunzeln mein Handy. Ich übernehme unsere Eiskaffees, und wir machen uns quer über den Strand auf den Weg zu meinem Auto, das ich direkt hinter der Surfstation geparkt habe. Zu blöd, dass wir das Experiment, was immer es ist, nicht sofort versuchen können.

An der Surfstation verabschieden wir uns voneinander, denn sie will heute doch mit vier Leuten aus der Gruppe essen gehen. Ich wäre ja auch gerne mitgekommen, aber das geht eben nicht.

Leider ist Nikos schon weg, als ich um halb fünf am Nachmittag ins Haus komme. Nach dem Duschen und Umziehen spaziere ich zu Fuß rüber ins Lokal und hänge meinen Gedanken nach. Echt schwierig, herauszufinden, was das Richtige ist. Wer der Richtige für mich ist und ob es den überhaupt gibt? Mittlerweile ist mir jeder Stein vertraut, die Büsche und die großen Bäume neben dem Restaurant.

Ich gehe die Stufen auf die Terrasse hinauf, und Helena kommt mit entgegen. Wir umarmen einander. Inzwischen kenne ich sie alle und habe die ganze Familie ins Herz geschlossen.

»Und? Wie war das Surfen heute?«

»So toll! Ein paar Tage noch, und dann schaffe ich auch den Wasserstart.«

»Klingt großartig.«

Ich sehe mich um. Schade. Mein Tisch ist besetzt. Und Nikos ist auch nirgendwo zu sehen.

»Ja, sorry. Leider hat sich Iris einfach an den Tisch gesetzt.«

Iris? Meine Alarmglocken läuten. Sie hat blondes langes Haar und heißt Iris?

»Ist das Nikos' Ex-Freundin?«

Wieso bin ich gerade so verdammt eifersüchtig? Das ist ja lächerlich. Sie hat ihn verlassen, also wird es einen anderen Grund für ihren Besuch hier geben.

»Ja. Ist sie. Keine Ahnung, was sie hier will.«

»Und wo ist er?«

»Er ist drinnen und bespricht mit dem Personal gerade die Karte für heute.«

Soll ich hierbleiben? Das wäre vermutlich gescheiter, denn dann könnte ich diese Iris im Auge behalten. Aber will ich das?

Nein. Das ist kindisch. Und es gibt mir mal eine Auszeit von meinem Trott hier.

»Weißt du was, Helena? Sag ihm, dass ich hier war. Aber ich werde die beiden allein lassen. Vielleicht haben sie etwas zu klären oder zu besprechen. Meine Surfgruppe will ohnehin gemeinsam in Chora essen gehen. Da fahre ich jetzt hin.«

Nikos' Schwester sieht mich verdutzt an. »Bist du sicher? Ich denke, er wird wollen, dass du hierbleibst.«

»Das mag schon sein, aber wir sind erwachsen. Er soll in Ruhe mit ihr sprechen können.«

»Ist gut. Dann sage ich ihm das.«

»Ja, bitte.« Wir umarmen einander kurz. »Und sag Nikos, wir sehen uns dann nach Mitternacht im Haus.«

»Mache ich.«

Natürlich mustere ich Iris im Gehen.

Sie ist verdammt hübsch. Schlank. Plötzlich sieht sie zu mir und ich auf den Boden. Jetzt weiß ich allerdings, dass sie ihr Haar färbt, denn ihre Brauen sind viel zu dunkel.

Nichts wie weg. Diese Frau brauche ich heute nicht auch noch. Mir reicht schon mein Gefühlswirrwarr wegen Nikos und Vincent.

Im Auto kommt mir dann ein anderer Gedanke: Würde ich erleichtert sein, wenn er sie zurückhaben will und umgekehrt? Natürlich nicht. Denn das würde mich verletzen. Aber gleichzeitig wäre es eine Entscheidung. Zwar hätte ich sie nicht getroffen, aber trotzdem.

Ich rufe Laura an. »Du! Ich komme doch mit euch mit.«

»Echt jetzt? Das ist ja super. Aber wieso?«

»Nikos' Ex-Freundin ist aufgetaucht und sitzt an meinem Tisch.«

»Und du gehst einfach?«

»Ja. Das tue ich. Ist das nicht eine ganz tolle und supererwachsene Reaktion von mir?«

»Schon, aber sie verwundert mich.«

»Mich auch, und bitte, rede sie mir nicht aus!«

»Werde ich nicht. Kommst du zu mir, und wir bummeln erst noch durch die Stadt?«

»Das war mein Plan.« Und wie aus dem Nichts habe ich eine weitere Idee. »Noch etwas: Könnte ich heute bei dir schlafen?«

»Klar. Ich habe ohnehin ein zweites Bett im anderen Zimmer.«

Wunderbar. Ich brauche eine Auszeit. Von allem! »Perfekt. Ich habe nämlich Lust auf Alkohol. Das texte ich dann noch Nikos.«

»Dann machen wir heute so richtig einen drauf?«

»Und wie, Laura! Ich will einmal für ein paar Stunden beide vergessen und diese Iris gleich dazu.«

»Das wirst du! Dafür werde ich sorgen.«

Wir legen auf, denn in zehn Minuten bin ich ohnehin bei ihr.

Eingehakt mit Laura durch die Altstadt zu schlendern, ist genau das, was ich mir vorgestellt habe. Wir kommen kaum weiter, weil wir andauernd einen Hut, ein Kleid oder irgendein Tuch probieren müssen. Jetzt bleiben wir bei einem Geschäft mit recht ausgefallenem Schmuck stehen. Es ist keiner der Billigläden, sondern ein echter Juwelier. Die Ringe sind eine Wucht. Manche opulent und bunt, andere reduziert in auffälligen und ungewöhnlichen Farben.

»Die Kette ist ja süß«, meint Laura, während wir unsere Nasen beinahe auf die Scheiben der Auslage drücken, und zeigt auf eine goldene Kette mit einem opulent gefassten türkisen Stein.

»Ist sie. Und siehst du den großen Ring da links? Den blauen, den muss ich probieren. Der ist toll.« Wie ein 360-Grad-Fächer, wo sich die Enden überlappen und das eine, gerade Teil des Fächers mit Diamanten besetzt ist. Titan. Wirklich sehr ausgefallen.

»Dann rein mit uns.«

Die Frau, die uns bedient, ist äußerst freundlich, aber das macht die Preise nicht wett. Der Ring, der an meiner Hand mega aussieht, kostet 750 Euro. Dazu gibt es noch Ohrringe und ein Armband. Leider muss ich passen. Wie Laura. Der blütenbesetzte Stein an der Kette ist auch Teil einer Serie, die mir ebenso wie die schlichten, aber bunten Titansachen, die sie uns zeigt, extrem gut gefällt. Aber zu teuer bleibt zu teuer.

Wir bedanken uns bei der Mittfünfzigerin und ziehen weiter. Doch: »Irgendwie ist mir die Lust am Shoppen vergangen. Was hältst du von einem Drink, Laura?«

»Gute Idee. Mir nämlich auch. Ach, ich hätte mir das Halsband so gerne gekauft.«

»Wir können das ja bei einem Aperol Spritz besprechen.«

»Machen wir. Suchen wir uns oben am Hügel, wo das Tor steht, etwas oder gleich vorne am Hafen?«

»Den Hafen finde ich super.« Er ist näher, und ich liebe es, mir das Treiben auf den Booten anzusehen.

Wir schlendern Richtung Meer und finden natürlich noch schnell ein paar billige, aber herzige Armbänder am Weg, wie auch das perfekte Lokal.

Laura stöhnt, nachdem wir uns einen Platz gesucht haben. »Eine Hitze hat das wieder.«

»Also ich bin froh. Sommer ist eindeutig meine Lieblingsjahreszeit.«

»Kein Wunder, du hast ohnehin diesen olivbraunen Teint und schwarzes Haar. Aber sieh mich an. Ich bin eindeutig die joghurtfarbene Nordländerin, die ständig Angst vor einem Sonnenbrand haben muss.«

»Und trotzdem machst du hier Urlaub und nicht in Schweden.«

Sie grinst. »Stimmt. Ich liebe den Sommer ja auch. Und? Bestellen wir zwei Aperol Spritz?«

Ein typischer Grieche, etwa in seinen Vierzigern, kommt an unseren Tisch und nimmt die Bestellung auf.

»Wir müssen das öfter machen.«

»Was genau?«, fragt Laura nach.

»Das mit dem Bummeln. Mit dir macht das echt Spaß, und mir schadet es nicht, wenn ich hin und wieder mal rauskomme. Dann kann sich Nikos auch besser auf seine Arbeit konzentrieren, statt sich permanent um mich zu kümmern.« Oder um Iris. Ob er sie heute auch so liebevoll bekocht wie mich immer?

»Wobei das ziemlich süß von ihm ist.«

»Ist es.« Etwas ungeduldig sehe ich mich um. »Ich hoffe, die Getränke kommen bald. Ich bin am Verdursten.«

»Dito.«

Wir quatschen noch mal über die Sachen beim Juwelier, dann erscheint unser Kellner endlich wieder. Doch statt den Aperol Spritz bringt er einen Sektkübel und ein weiterer Mann eine Flasche und zwei Gläser.

»Äh, das haben wir aber nicht bestellt«, wende ich sofort ein.

»Ich weiß«, erwidert er mit einem verschmitzten Lächeln. »Aber das wurde schon bezahlt und ist ein Geschenk für Sie.«

Er entkorkt die Flasche. Eindeutig Champagner. Laura schüttelt bloß den Kopf und sieht ihm beim Einschenken zu. »Auf Ihr Wohl!«

Dann geht er an einen anderen Tisch.

»Da muss ein Irrtum vorliegen«, flüstert sie mir zu.

»Ganz bestimmt sogar. Aber ich würde sagen, wir trinken das gute Zeug und hauen dann ab.«

Kichernd stoßen wir an.

Das Lachen vergeht mir nach den ersten paar Schlucken allerdings wieder, als der jüngere Kellner uns ein Tablett mit einer Schale serviert. Es sind nicht die hier üblichen Oliven.

»Was ist das?«

»Sisis kandierte Veilchen«, antworte ich, immer noch geschockt.

Sie kneift ihre Brauen zusammen, und zwei tiefe Falten bilden sich auf der Stirn. »Dann ist das kein Missverständnis?«

»Nein. Das war Vincent.«

»Kann der hellsehen? Ich meine, wir haben doch erst vor zehn Minuten entschieden, in welches Lokal wir überhaupt gehen. Also ich finde das gruselig.«

»Das oder supersüß von ihm.« Jedenfalls schwebe ich gerade auf einer rosaroten Wolke. Er wird nicht selbst hier sein, aber irgendwie hat er das organisiert und hinbekommen. Verdammt, ich fühle mich geradezu berauscht!

»Diese Veilchen bedeuten dir etwas?«

»Ja. Er weiß, dass ich sie liebe, und hat sie mir in unregelmäßigen Abständen entweder nach Hause schicken lassen oder ins Büro mitgebracht.«

Laura nickt. »Okay. Aber woher weiß er, wo wir sind?«

Ich halte mein Handy hoch. »Vermutlich darüber. Das ist noch das Firmenhandy. Würde mich nicht wundern, wenn David mich darüber tracken kann.«

Kurz macht Laura ihrem Ärger darüber Luft, aber sie kriegt sich wieder ein.

»Schreibst du ihm jetzt etwas?«

Auf die Idee bin ich noch gar nicht gekommen. »Gute Idee.«

Die Geste bedeutet sicher, dass er über den Schock meiner Kündigung hinweg ist. Es wäre schön, wenn wir Freunde bleiben könnten.

Ich habe echt eine Gabe, mir wieder und wieder die gleiche Lüge selbst aufzutischen! Es ist doch nicht zu überhören, wie mein Inneres seinen Namen und ›Bist du hier‹ schreit? Ebenso wenig wie das Pochen meines Herzens. Trotzdem muss ich auf cool machen, alles andere wäre blöd und könnte in einer Riesenenttäuschung für mich enden.

Daher fotografiere ich die beiden Gläser samt der Schale und schicke ihm auf Insta eine Direktnachricht. ›Was für eine Überraschung! Danke!‹ Die üblichen Herzchen, die ich wirklich jedem schicke, lasse ich diesmal aus. Mal sehen, ob er zurückschreibt. Vermutlich nicht. Er hat den Auftrag sicher an David delegiert, der mich gerade zufällig beim Stadtbummel erwischt hat.

»Ich habe kurz darüber nachgedacht. Das mit dem Champagner verstehe ich ja noch, aber wie kommen die Veilchen von Wien nach Naxos? Und dann noch in dieses Lokal?«

Ein heißer Schauer durchfährt mich. »Mist! Du hast recht!« Er ist hier. Er muss hier sein. Er oder David. Anders geht das gar nicht. Beinahe schon hektisch sehe ich mich nach allen Seiten um. Aber ich kann weder ihn noch sonst ein bekanntes Gesicht entdecken.

»Also ist er auf der Insel«, konstatiert Laura nüchtern. »Und was jetzt?«

Es dauert einen Moment, aber ich spüre es genau: Die Freude, dass er mir nachgeflogen zu sein scheint, überwiegt meinen Ärger, dass David mir nachspioniert.

»Wir machen jetzt gar nichts, außer den Champagner und die Aussicht auf den Hafen zu genießen.« Die Veilchen auch. Daher stecke ich mir eines in den Mund.

Sie sind immer wieder himmlisch! Und ehrlich: Im Moment fühle ich mich wie eine Prinzessin. Denn wenn er hier ist, kann das nur eines bedeuten: Er ist wegen mir hier. Und damit wegen uns beiden.

»Hast du Nikos schon geschrieben, dass du heute bei mir bleibst?«

»Oh, Mist. Das habe ich komplett vergessen.« Schnell texte ich ihm das.

Es dauert nur kurz, dann meldet sich mein Handy. ›Kein Problem, wir sehen uns dann morgen gegen Mittag! Grüß Laura von mir, und habt einen netten Abend mit der Surfrunde.‹

Ich zeige Laura seine Nachricht. »Ist das nicht ein bisschen zu verständnisvoll?«

»Warst du das nicht auch, als du gegangen bist, obwohl seine Ex im Restaurant saß?«

Auch wahr.

»Gut, dann sind wir eben ziemlich vernünftige Menschen.«

»Sieht so aus.« Sie verzieht ihren Mund und rümpft die Nase.

»Was?«

»Nichts.«

»Doch. Ich kenne dich mittlerweile. Wenn du so schaust, heißt das, du hast noch einen Kommentar auf Lager. Also: Raus damit.«

Sie winkt lachend ab. »Okay, okay. Mein Oder wäre: Oder ihr seid nicht so verliebt ineinander, wie ihr beide vielleicht denkt.«

»Das wollte ich jetzt aber nicht hören.«

»Dann vergiss es wieder. Spazieren wir später noch zur Portara hinauf?«

In der Sonnenuntergangsstimmung ist es oben sicher toll. Allein der Blick rundum aufs Meer. Außerdem wollte ich schon die ganze Zeit über hinauf, denn das Tor zum unvollendeten Apollo-Tempel muss ich natürlich aus der Nähe sehen, aber nicht heute. Meine Gedanken kreisen viel zu sehr um Nikos und Vincent.

»Ein anderes Mal gerne. Aber im Moment will ich lieber hier sitzen und den Leuten auf den Booten zusehen.«

»Damit kann ich leben.« Laura zieht einen E-Reader aus der Tasche und lehnt sich gemütlich zurück.

Ich hätte meinen auch mitbringen sollen, aber der liegt in meinem Zimmer in Nikos' Haus.

Also mache ich es mir gemütlich und betrachte mit dem Handy in der Hand das Treiben auf dem Segelboot direkt vor uns, denn die Familie mit den beiden kleinen Kindern schickt sich gerade an, das Boot für einen Stadtbummel zu verlassen.

»Hör auf damit!«, schimpft Laura plötzlich.

»Womit?«

»Du kannst nicht alle zwanzig Sekunden auf dein Handy starren.«

»Tue ich nicht.«

Sie grinst. »Tust du doch. Aber ehrlich: Lass es. Überleg dir besser, was du ihm antwortest, falls er dich treffen will.«

»Das ist nicht schwierig. Die Antwort ist Nein, danke.«

Nun legt sie ihren Reader mit der türkisen Hülle zur Seite. »Dein Ernst?«

»Klar. Ich bin doch mit Nikos zusammen. Da kann ich nicht hinter seinem Rücken ein Date mit Vincent ausmachen.«

Nun rückt sie ihre Sonnenbrille zurecht. »Dann bin ich mal gespannt, ob es dir gelingt, bei dieser Meinung zu bleiben.« Dann deutet sie direkt vor uns in Richtung Mole, und mein Herz setzt kurz aus.

Bad Habit: Stalken

Kurz darauf …

*D*avid!

Er steigt von einem Motorboot und kommt direkt auf uns zu.

»Und was jetzt?«, flüstert Laura.

»Ich weiß es noch nicht«, antworte ich ehrlich. Denn das Problem ist: Mein Herz flattert, und mein Magen schlägt Salti. Freude wäre eine untertriebene Beschreibung von dem, was ich fühle. Auf jeden Fall sind meine Wangen rot. Zumindest fühlen sie sich heiß an. Wo David ist, kann Vincent auch nicht weit sein.

Um meine Nervosität in den Griff zu bekommen, esse ich ein paar der Veilchen.

Nun erreicht er unseren Tisch.

»Schön, dich zu sehen, Tita.«

»Ebenso.« Dann umarmt David mich und küsst mich zur Begrüßung auf beide Wangen. »Aber wir beide haben noch etwas zu klären. Doch vorher möchte ich dir Laura vorstellen. Laura, das ist David.« Das mit dem Tracking meines Handys habe ich nicht vergessen.

Laura lächelt ihn an, als gäbe es bloß noch David auf der Welt. Du meine Güte! Und klar setzt er sich neben sie.

»Was wolltest du klären?«

»Dass du mir nicht mehr über das Handy nachspionierst.« Ich halte es ihm hin. »Lösche sofort die App, die du da heimlich installiert hast.«

David sieht mich belustigt an. »Du denkst, ich tracke dein Handy?«

»Ja. Denn wieso weißt du sonst in der Sekunde, in welchem Lokal ich bin?«

David deutet in den Himmel hinauf. »Spionagesatellit?«

»Hör auf damit.«

»Okay. In dem Fall war es Schicksal oder ein glücklicher Zufall, nenne es, wie du willst.«

Ich glaube ihm kein Wort. »Ach ja? Dann lass mal hören.«

Natürlich bietet ihm Laura Champagner an, und der Kellner bringt auch schon ein drittes Glas.

»Ich war gerade hier im Hafen mit dem Motorboot da drüben.« Ja, das moderne Boot ist uns beiden aufgefallen. »Und da seid ihr da unten um die Ecke gebogen. Dann habe ich euch beobachtet und das Lokal angerufen.«

»Dann hat Vincent das gar nicht bestellt?«

»Doch, natürlich. Er war ja an meiner Seite.«

Ich wusste, dass er mir ein Märchen erzählt. »Ist ja toll. Und wo ist er jetzt, und wie sind die Veilchen zu uns gekommen?«

»Ich habe Vince schnell auf die Jacht gebracht, die wir gechartert haben, und anschließend ein kleines Kind bestochen, damit es die Veilchen in einer braunen Tüte ins Lokal bringt.«

Ich weiß nicht, ob ich ihm die Geschichte glauben soll.

»Das stimmt, da war ein kleiner Bub, der an uns beiden vorbeigehuscht ist«, wirft Laura ein.

»Großartig. Was für ein Zufall!« Auch wenn das alles logisch klingt, kann das nicht sein. Vincent überlässt nie etwas dem Zufall und David noch weniger.

»Da wir schon bei Zufällen sind: Ich habe rein zufällig eine Nachricht von Vincent für dich mit.«

»Und rein zufällig seid ihr nach Naxos geflogen, oder?«, ätze ich.

Unbeeindruckt zieht David ein Kuvert aus der Tasche seiner weißen Shorts und überreicht es mir. Beide starren mich erwartungsvoll an.

Meine Hände zittern, ich hoffe, das bemerken sie nicht.

»Seid ihr so nett und könnt mal kurz über das Wetter reden?«

»Klar«, antwortet Laura sofort und fragt ihn: »Wie hat es dich denn nach Österreich verschlagen?« Würde mich im Detail auch interessieren, aber in meinen Ohren rauscht es, denn auf der Karte sind zwei Herzen drauf. Völlig untypisch für Vincent.

›Bitte verzeih mir! Love, Vincent‹

Das ist alles? Verzeih mir? Was denn? Die zwei Jahre Hölle oder die Nacht, mit der ich in sie geschlittert bin?

»Und?«

Ich sehe Laura an. »Er will, dass ich ihm verzeihe.«

»Das ist doch schon mal ein guter Anfang.«

Vielleicht. Auf jeden Fall hat er es geschafft, dass meine Gedanken wieder ausschließlich um ihn kreisen. Warum kommt er nicht her? Er weiß ja, wo ich bin.

David steht auf. »Danke für das Glas. Soll ich ihm etwas ausrichten?«

Ich schüttle den Kopf. »Nein. Ich muss erst darüber nachdenken.«

»Nachdenken ist gut«, erwidert David und küsst uns beide zum Abschied.

»Habt einen schönen Abend, und ich hoffe, wir sehen uns wieder.«

Natürlich werden wir das. Vincent wird nicht lockerlassen.

Wir beobachten David dabei, wie er schnurstracks auf das Boot zumarschiert, das samt zwei Mann Besatzung an der Mole auf ihn wartet. Sicher ein Beiboot zu einer großen Jacht.

Laura setzt sich an die Sofakante. »Und? Was geht dir jetzt durch den Kopf?«

»Keine Ahnung! Findest du nicht auch, er hätte selbst herkommen können, statt David zu schicken?«

Sie denkt kurz nach. »Nein, denn wir wären hier zu dritt oder zu viert gesessen, und die ganze Situation wäre einfach nur schräg gewesen. Ich denke, wenn, dann müsst ihr beide allein sein und reden können.«

Ich hasse es mittlerweile, aber was immer sie sagt, fühlt sich richtig an. »Mag sein, aber so hänge ich irgendwie in der Luft. Ich weiß ja nicht einmal, was er genau will. Will er mich bloß dazu überreden, meinen alten Job wieder zu machen, oder geht es um uns beide als – keine Ahnung – Liebespaar?«

Theatralisch rollt Laura mit den Augen. »Du denkst doch nicht wirklich, dass dein Mister V wegen deiner Arbeit hier ist, oder? Also das streichen wir mal ganz schnell wieder. Mein Vorschlag ist: Wir trinken aus, dann gehen wir in die Taverne, und du versuchst, so gut es geht, dich abzulenken. Vielleicht siehst du morgen klarer. Und mein Angebot, das gemeinsam mit dir zu erkunden, steht ja auch noch immer.«

Laut seufzend greife ich zum Glas. »Danke! Du hast recht. Ich lehne mich mal zurück und lasse alles auf mich zukommen.« Auch das mit Nikos und Iris. »Und morgen versuchen wir dein Experiment.«

»Auf den Plan stoßen wir an.«

Das tun wir. Falls ich gestern gedacht habe, ich habe ein Problem, dann ist das gar nichts gegen das, wie ich mich heute fühle. Abwechselnd schreit mein Herz nach Vincent und Nikos. Oder nach einem Zeichen. Nach irgendetwas, das mir sagt, wie ich mich entscheiden soll.

Vincent hat anscheinend beschlossen, abzuwarten. Vielleicht will er mir Zeit geben. Aber das hieße, er weiß von Nikos. Der wiederum hat keine Ahnung, dass Vincent hier aufgetaucht ist.

Ich stehe auf. »Komm, lass uns gehen. Ich halte mich gerade selbst nicht mehr aus.«

Laura hakt sich bei mir unter. »Aber ich dich. Und die anderen freuen sich schon, dass du beim Essen dabei bist. Gerd wird uns sicher wieder die Ohren von seiner Powerhalse, die keine war, vollquatschen.«

Wir lachen beide. Er ist superlieb und Anwalt. Vielleicht ein wenig chaotisch, und er redet sich seine Surfkünste ununterbrochen schön.

»Das wird er.« Wir biegen nach hinten in eine der engen Gassen mit den vielen Geschäftslokalen ein. »Und? Wie findest du David?«

»Hammer. Der sieht ja in natura noch besser aus als auf deinem Foto.«

»Dann würdest du ihn gerne wiedersehen?«

Sie tippt etwas auf ihrem Handy und hält es mir vor die Nase.

»Nicht wahr? David hat dir seine Nummer gegeben?« Wann ist das denn passiert?

»Ja, da warst du gerade mit dir selbst beschäftigt.«

Und der Karte.

Du meine Güte! Auf der einen Seite freue ich mich für Laura, auf der anderen Seite könnte das alles verkomplizieren.

»Okay. Können wir etwas vereinbaren?«

»Gerne.«

»Heute Abend sprechen wir weder über Vincent noch über Nikos oder David. Abgemacht?«

Wir besiegeln das sogar mit einem Händedruck.

»Was hältst du von einer absolut lustigen, crazy Sonnenbrille?«

Das ist es, was ich brauche. Sofort probieren wir eine nach der anderen vom Ständer an und haben richtig Spaß dabei. Am Ende erstehe ich eine viereckige in Pink und Laura eine, die beige und lila ist und nach oben gebogen. Eine echte Diva-Brille.

Das Gute an der neuen Brille ist, jetzt ist alles rund um mich rosa. Und unwirklich. So kann es bleiben.

Bad Habit: Keine Entscheidung treffen können

Dienstag

D er gestrige Abend war zu meiner Überraschung wirklich lustig. Zu sechst haben wir alles Mögliche diskutiert, und Henrik, ein Musiker, hat uns mit seinem trockenen Humor die Tränen in die Augen getrieben. Für einige Stunden habe ich bei griechischer Musik und einigen Gläsern Retsina tatsächlich nur ab und zu an Vincent und Nikos gedacht. Aber ich habe nicht gut geschlafen. Ganz im Gegensatz zu Laura, die noch immer abgedeckt auf ihrem Bett liegt und nicht einmal mitbekommen hat, dass ich neben ihr geduscht habe.

Ich werde ihr später eine WhatsApp schreiben. Jetzt verdrücke ich mich mal und schließe leise die Tür von ihrem Studio.

Morgenstimmungen liebe ich. Die Luft ist noch klar und angenehm warm, und die paar Menschen, denen ich am Weg zum Parkplatz hinter dem Haus begegne, lächeln mich freundlich an, und wir wünschen einander einen guten Tag. Wie jetzt einer alten Frau mit einem dunklen langen Kleid und Kopftuch. »Kaliméra!«

Sie erwidert den Gruß und gießt die Blumen hinter der weiß gekalkten Steinmauer.

Plötzlich piept mein Handy. Neue WhatsApp.

Von Vincent? Wieso freue ich mich dermaßen?

Ich öffne den Text.

›Guten Morgen! Leider konnte ich nicht mehr schlafen, daher habe ich für dich ein Frühstück in Plaka bestellt. Es steht für dich bereit, wann immer du Lust dazu hast. Unter einem alten Olivenbaum mit Blick aufs Meer. Hier ist die Adresse. Ich hoffe, es gefällt dir. V‹

In Plaka? Da fahre ich am Weg zu Nikos ohnehin vorbei. Und ich bin Stunden zu früh dran. Nikos schläft am liebsten bis Mittag, und jetzt ist es kurz nach sieben Uhr morgens.

Soll ich?

So wie es klingt, wird er ohnehin nicht dort sein, und ich brauche mindestens einen starken Kaffee.

Die Fahrt aus der Stadt heraus und entlang der Küstenstraße dauert ungewöhnlich lange. Ich wusste gar nicht, dass hier in der Früh so viel Verkehr ist. Ganz langsam fahre ich in Plaka am Lokal vorbei, in das mich Vincent eingeladen hat. Es ist unheimlich idyllisch. Direkt am hellbeigen Sandstrand stehen unter einem riesigen Olivenbaum und einem kleineren einige Tische mit grau-weiß karierten Tischdecken und jeweils vier Stühle, die in Türkis gestrichen sind. Aber es ist noch nichts los. Ich sehe einen Mann am Strand joggen, das war es auch schon. Soll ich, oder soll ich nicht?

Nein. Ich fahre erst mal ins Haus. Dort gibt es auch eine Kaffeemaschine.

Nach noch einer Dusche und in einem frischen Kleid samt Bikini fühle ich mich eindeutig wohler. Nikos' Kräuter und

Blumen habe ich auch schon gegossen, nun sitze ich auf der Terrasse und sehe aufs Meer. Die Blautöne sind unglaublich faszinierend. Die Luft ist klar, und das Meer schimmert in Türkis und Azurblau. Ganz sanft laufen die Wellen an den Strand. Ich liebe dieses Geräusch.

Hier kann man schon leben. Die Frage ist nur, womit ich hier Geld verdienen soll und ob Nikos überhaupt will, dass ich hierbleibe.

Wie crazy ist das alles? Ich bin doch auf diese Insel gekommen, um Abstand zu gewinnen und darüber nachzudenken, was ich als Nächstes tun werde. Beruflich und nicht privat! Wie hätte ich mit Nikos rechnen sollen? Aber nun ist es einmal so, dass ich mich irgendwie in ihn verliebt habe.

Aber Vincent liebe ich auch noch immer. Das ist mir klar geworden.

Es ist zum Haareraufen! Ich fühle mich hier zuhause und gleichzeitig verloren. Beinahe wie ein Eindringling.

Nikos schläft noch. Die Tür zu seinem Schlafzimmer ist geschlossen, trotzdem war ich sehr leise, um ihn nicht zu wecken. Ich muss unbedingt mit ihm sprechen. Mal sehen, was der Besuch seiner Ex-Freundin zu bedeuten hat. Und ich werde ihm erzählen, dass Vincent überraschend hier aufgetaucht ist. Geheimnisse brauche ich nicht mehr. Darunter habe ich lange genug gelitten.

Da ich Zeit im Überfluss habe, beantworte ich erst einmal die Nachrichten von meiner Mama, dann die meiner Schwester und zum Schluss jene von Bo. ›Und übrigens: Vincent ist hier und hat mir Champagner und kandierte Veilchen in ein Lokal schicken lassen, in dem ich mit Laura war.‹

Es dauert keine zwei Sekunden, schon läutet mein Handy.

»Echt jetzt?«, brüllt sie ins Telefon. »Was tust du denn jetzt? Hast du schon mit ihm gesprochen?«

»Nein, und weiß ich nicht«, antworte ich ihr ehrlich. »Und bitte sei leiser, Nikos schläft noch.«

Und dann erzähle ich Bo alles bis in kleinste Detail.

»Geh bloß nicht zu diesem Frühstück, Tita! Du musst ihn zappeln lassen, sonst wird er nur ein weiteres Mal darin bestärkt, dass er alles und das sofort bekommen kann.«

Diesen Rat hätte sie sich sparen können. »Ich gehe ohnehin nicht hin, aber so, wie du Vincent darstellst, ist er doch gar nicht.« Im Gegenteil. Er hat sich immer um uns gekümmert, auch um Bo. Uns die Jobs gegeben, uns auf Urlaube und Events eingeladen, was nicht notwendig gewesen wäre, und die Gespräche zwischen uns waren auch immer auf Augenhöhe. Also was will sie?

Sie lacht auf. »Stimmt! Für dich war er immer schon ein Engel, der im Hintergrund über dich wacht. Was er in irgendeiner Form auch tut. Aber ganz so harmlos ist Vince auch wieder nicht, Tita. Sonst wäre er wohl kaum megaerfolgreich.« Kurz schweigen wir beide. Da ist was dran. Vincent kann schon verdammt hart sein, wenn es ums Geschäft geht. »Und noch etwas: Du musst ihn ja nicht zappeln lassen. Aber dann überlege dir, was du von ihm willst. Überlege dir, wie es ausgehen könnte und wie es ausgehen soll.«

Das ist exakt mein Problem. Ich weiß nicht, was Vincent tun könnte, um alles richtig zu machen. »Leider weiß ich das nicht.«

»Bitte. Hab ich es doch gewusst. Dann triff ihn nicht, und konzentriere dich auf Nikos. Sorry, ich muss jetzt los. Der Typ von der Agentur ist da.«

»Okay. Bis später.«

Hm.

Aufs Meer zu starren, bringt auch keine Antworten.

Plötzlich schrecke ich zusammen. Nikos umarmt mich von hinten. Wie immer riecht er herrlich. Und sieht zum Anbeißen gut in den Jeans und dem ärmellosen T-Shirt aus. »Guten Morgen!« Mit einer Espressotasse in der Hand setzt er sich neben mich. Barfuß, wie immer.

»Du bist schon wach? Habe ich dich aufgeweckt?«

»Nein, nein. Ich muss heute früher ins Restaurant, weil so viel zu tun ist. Und? Wie war es gestern mit Laura und den Surfern?«

»Extrem lustig. Wie lange hast du denn Zeit?« Wenn er sofort losmuss, kann ich ihn nicht mit der Tatsache überrumpeln, dass Vincent hier ist. Dafür brauchen wir ein wenig Zeit. Vielleicht sogar viel Zeit.

»Wieso? Die nächsten zwei Schlucke, dann muss ich los.«

»Schade. Aber wir sehen uns dann einfach am Nachmittag, oder?«

Nikos lächelt mich an und schüttelt den Kopf. Wieso?

»Leider nein.«

»Bleibst du den ganzen Tag drüben im Restaurant?«

»Ja, muss ich«, erklärt er mir ernst. »Heute richten wir ein Fest zum siebzigsten Geburtstag eines Freundes meiner Eltern aus. Da kommt die ganze Umgebung, und wir haben viel vorzubereiten. Außerdem wird es am Abend erfahrungsgemäß dauern.« Kurz hält er inne und trinkt noch einen Schluck Kaffee. »Dabei kann ich solche Feste nicht ausstehen. Ich weiß nie, was ich mit den Leuten reden soll.« Mit einem Schlag lächelt er. »Aber es wäre toll, wenn du mich dann am Abend retten kommst. Du bist ohnehin herzlich von Ambrosios eingeladen.«

Oh. »Er ist das Geburtstagskind?«

»Ist er. Und natürlich hat meine Familie ihm von uns erzählt.«

Großartig. Genau das, was ich in meiner Verwirrtheit brauche. Aber Nein sagen kann ich wohl auch schlecht. »Dann komme ich gerne. Soll ich vortäuschen, dass ich Kopfweh habe oder mir schlecht vom Alkohol ist, damit wir dann abhauen können?«

»Gute Idee. Ich sage dir, wann. Aber jetzt muss ich los.«

Er drückt mir einen Kuss auf die Stirn und geht zurück ins Haus.

Super. Das war nicht das Gespräch, das ich mir vorgestellt habe. Jetzt bin ich um kein Stück weiter. Ich weiß nicht, was Iris von ihm wollte, und noch weniger, was ich von ihm will.

Ob Laura schon munter ist? Ich versuche es mal und rufe sie an.

Tatsächlich! Sie nimmt den Anruf entgegen.

»Guten Morgen!«, rufe ich fröhlich in den Hörer. »Kurze Frage: Steht dein Angebot von gestern mit dem Experiment noch?«

»Auch guten Morgen. Leidest du an Altersbettflucht, oder warum bist du so früh weg? Ich dachte, wir trinken noch einen Kaffee am Strand. Aber ja, mein Angebot steht noch.«

»Ich konnte einfach nicht mehr schlafen. Pass auf, ich mache das wieder gut. Wir frühstücken in Plaka beim Lokal mit dem alten Olivenbaum, und anschließend suchen wir uns einen ruhigen Strand.« So viel zu ich bin konsequent und stehe zu dem, was ich mir noch vor einer halben Stunde vorgenommen habe.

»Klingt nach einem Plan. Ich kann in einer halben Stunde dort sein.«

»Ich auch. Und danke.«

Wir verabschieden uns, und ich lege das Handy auf den Tisch.

Wie schaffe ich es nur immer, mich in solch idiotische Situationen zu bringen? Erst flüchte ich, weil ich den Mann, den ich liebe, nicht bekommen kann, und jetzt würde ich am liebsten weglaufen, weil ich nicht weiß, bei wem von den beiden ich bleiben soll. Ob die Idee, Vincents Frühstücksangebot anzunehmen, gut ist? Keine Ahnung, aber ich werde es einfach tun. Mal sehen, ob er auftaucht. Aber ich denke nicht, dass er das tun wird. So gesehen geht es lediglich um ein Frühstück. Daran kann nichts falsch sein. Das hoffe ich zumindest.

Zwei Stunden später weiß ich, dass ich recht hatte. Er ist nicht aufgetaucht. Dafür hatten Laura und ich einen wunderbaren Brunch mit frischem Weißbrot, Schinken, Käse und Oliven, Joghurt, Melone und Trauben und nach zwei Tassen Kaffee auch noch ein Glas Retsina zu den Spießchen mit Tsatsiki.

Wir packen zusammen und lassen noch Trinkgeld da. Die Rechnung, auch nicht für Lauras Essen, gibt uns der Wirt nicht. Er meint, es sei alles schon bezahlt.

Daher verlassen wir das idyllische Plätzchen unter dem Olivenbaum und gehen über den mittlerweile bereits warm gewordenen Sand barfuß mit den Flip-Flops in der Hand zu unseren Autos zurück. Wir werden mit einem weiterfahren und das andere hier stehen lassen.

»Bist du enttäuscht, dass Mister V nicht aufgetaucht ist?«

Ich hebe die Achseln. »Keine Ahnung. Ja und nein. Vermutlich ist es besser so, denn jetzt kann ich mich relativ unbeeinflusst auf deine Übung konzentrieren.«

»Sehe ich ganz genauso. Komm. Ich fahre, da kannst du in Ruhe denken«, erklärt sie mir grinsend und öffnet den beigen Toyota.

In der Sekunde erhalte ich eine WhatsApp-Nachricht von Vincent. Dass er mir über diese App schreibt, ist neu.

›Badeausflug? Ich würde mich freuen und warte auf dich. Ab drei Uhr. Love, Vincent‹

Sehr verwirrend, denn darunter stehen zwei Koordinaten.

Uff. »Wo soll denn das sein?«, spreche ich laut aus, was ich denke, während Laura umdreht und auf die Hauptstraße zurückfährt. Dann lese ich es ihr vor.

»Keine Ahnung, aber das finden wir schon heraus.«

»Ja. Ist im Moment aber ohnehin nicht wichtig. Erst mal bin ich auf deine Wundermethode gespannt.« Und hoffe inständig, dass sie mir mehr Klarheit verschafft.

»Und ich bin gespannt, ob du dich darauf einlassen kannst.«

»Ich schwöre, das werde ich. Sonst bin ich nämlich verloren.«

»Das werden wir verhindern.«

»Hoffentlich!«

Ich sehe aus dem offenen Fenster und strecke die Hand hinaus. Herrlich. Es ist so schön hier. Entspannt und friedlich. Als ob die Uhren anders gingen. So lang fühlen sich Vormittage für mich normalerweise nicht an. Es muss am leisen Rauschen des Meeres liegen. In Chora ist ja mehr los. Da ist es auch lauter, aber der Rest der Insel liegt in einer Art Dornröschenschlaf. Aber für immer und ewig? Drei, vier Monate halte ich es sicher aus, aber irgendwann würde mir der Trubel in einem Job, sogar der Stress und Wien fehlen. Ich beherrsche ja auch gerade einmal ein paar Worte Griechisch.

Laura stupst mich. »Du machst ein Gesicht, als käme demnächst Regenwetter.« Dann zeigt sie auf die rechte Seite. »Sieh dir doch mal die Kiter an. Ist das nicht megacool? Im nächsten Urlaub wage ich mich an einen Kurs. Fürs Erste reicht es mir, ein Segel zu beherrschen.«

Ich schlage mir auf die Stirn. »Mist! Ich habe völlig auf unseren Surfkurs vergessen, der beginnt doch heute um zwei Uhr!« Damit geht sich das mit Vincent ohnehin nicht aus.

»Mach dir keinen Kopf. Erst bringen wir mal etwas Ordnung in dein Liebesleben, und dann sehen wir weiter. Wir können ja in der Surfstation anrufen, dass es sich heute nicht ausgeht.«

Etwas entspannter mustere ich sie. Laura ist ein Sonnenschein. Die Fröhlichkeit in Person. Ihr blondes Haar hat sie schlampig am Hinterkopf zusammengebunden, und heute trägt sie ein bunt gemustertes Kleid mit großen weißen Palmblättern, das ihr extrem gut steht. »Wieso genau bist du eigentlich immer so tiefenentspannt? Dein Job muss ja verdammt anstrengend sein. Ich stelle mir vor, du hörst doch immer nur traurige oder dramatische Geschichten.«

»Weißt du, ich habe gelernt, in Babyschritten zu denken und den Moment zu genießen. Meine Patientinnen haben mich auch gelehrt, wie dankbar ich sein muss, dass es mir so gut geht.«

»Kann ich mir vorstellen. Das sage ich mir auch immer, wenn ich einen Durchhänger habe.«

»Siehst du! Das geht. Außerdem nehme ich mich einfach nicht so wichtig«, ergänzt sie lachend. »Wobei? Ganz so stimmt das gar nicht, denn ich kann super unentspannt werden, wenn ich zu spät für einen Termin dran bin. Da kenne ich nämlich keinen Spaß.« Dann setzt sie nach: »Und auch nicht, wenn es um Klaus und seine neue Flamme geht. Ich könnte ihr was antun. Ehrlich!«

Jetzt muss ich grinsen. »Ja, das verstehe ich. Außerdem hasse ich es auch abgrundtief, zu spät zu sein oder selbst zu spät zu kommen. Bei Auswärtsterminen musste ich deshalb oft eine halbe Stunde mit Telefonaten überbrücken, weil ich zu früh dran war. Aber der Verkehr ist halt manchmal unberechenbar.«

Sie sieht mich an und deutet dann nach rechts. »Oh, da müssen wir runter.« Und schon biegt sie ab und fährt eine sehr schmale, staubige Straße entlang, die zum Meer hinunterführt.

Die kleine Bucht ist einfach perfekt. Kein Mensch in Sicht. Wir breiten unsere Handtücher aus und stellen die Badetaschen darauf. Weil es ziemlich heiß ist, beschließen wir, erst eine kleine Runde zu schwimmen. Danach cremen wir uns ein.

»Bist du bereit?«

»Ja, bin ich. Obwohl ich keine Ahnung habe, wie das jetzt geht, was du vorhast.«

Laura ist der Profi. Von daher werde ich mich einfach überraschen lassen.

»Keine Sorge, ich werde dich führen, indem ich dir sage, woran du denken sollst.« Sie sieht sich um und holt weiter hinten ein Stöckchen aus den Büschen.

Ich glaubs ja nicht. Da stehen wir in unseren Bikinis, und sie hat mit dem abgebrochenen Ast Nikos, Vincent, Keiner von beiden und Alle beide in den Sand geschrieben. Kreuzförmig.

Mit einem Stein in der Hand meint sie: »So. Und jetzt stellst du dich auf Nikos' Namen und legst den Stein vor deine Füße. Dann schließt du die Augen und spürst einfach nach, wie es wäre, wenn du mit ihm zusammenbleibst.«

Ich nehme ihr den weißen Stein ab, der gar nicht so klein ist. »Denke ich das nur, oder soll ich was sagen?«

»Wie du willst, Tita. Oder nein, anders: was dir leichter fällt.«

Ich stelle mich auf Nikos' Namen und schließe die Augen.

War ja klar. Es passiert gar nichts.

Wie soll mir das helfen? Daher blinzle ich.

»Lass dich ein, Tita. Sonst funktioniert es nicht. Und gib dir Zeit. Wir können bis zum Abend hier stehen und warten.«

Ich muss grinsen. »Bitte nicht! Aber okay, ich versuche es noch einmal.«

Wieder schließe ich die Augen und genieße die warme Sonne auf meiner Haut.

Doch plötzlich fühle ich mich schwer. Mein Gewicht verlagert sich auf meine Füße, und Gedanken jagen durch meinen Kopf. Wenn ich bei Nikos bleibe, werden wir nie von hier wegkommen. Ich muss alles in Wien aufgeben und mir überlegen, wie ich auf der Insel einen Job finden kann. Mein bisheriges Leben, meine Familie und Freunde, speziell auch Bo, sie alle werden mir fehlen. Natürlich kann ich sie besuchen oder sie uns. Ich kann nach Hause fliegen, aber immer ohne Nikos.

In der Sekunde fühle ich mich traurig. Für ihn und für mich.

Doch dann sehe ich sein Lächeln vor mir. Wie er mir liebevoll ein Gericht serviert und noch Kräuter zwischen den Fingern zerreibt und sie darüber streut. Wie er mit einer Espressotasse in der Hand auf der Terrasse sitzt und mir erzählt, wie viel Arbeit, Zeit und Liebe er in dieses Haus und den Garten gesteckt hat. Oder sein verschmitztes Lächeln, wenn er in seiner für hiesige Verhältnisse untypisch modernen Schauküche kocht und mich dabei beobachtet, wie ich ihm dabei zusehe. Und alles wird leicht. Hell. Und irgendwie gut.

Doch dann fällt mir ein, wie anders der Morgen heute war. Zwar liebevoll, wie sonst auch, aber er war etwas distanzierter. Vermutlich stresst ihn die Feier heute. Oder ich. Wir haben ja noch nie darüber gesprochen, wie es zwischen uns weitergehen soll. Vielleicht sieht er mich ohnehin nur als Affäre? Oder zweifelt an uns, weil wir keinen echten Sex miteinander haben?

Eine ganze Weile hänge ich diesen so widersprüchlichen Empfindungen für Nikos nach, bis Lauras Stimme mich aus der Trance holt.

Die Sonne blendet, und ich schüttle mich.

»Wunderbar. Bitte nimm den Stein, und komm doch bitte wieder zu mir.« Sie steht hinter einer geraden Linie, die sie im Sand gezogen hat.

Zu meiner Verblüffung fasst sie mich an den Schultern an und dreht mich im Kreis. Dreimal in die eine Richtung. »Jetzt noch die andere.« Dann wiederholt sie das nach links. Mir ist ganz schwummrig.

»Wozu war das gut?«

»Das tue ich nur, damit du aus deinen Bildern und Gefühlen wieder rauskommst. Jetzt machst du dasselbe mit Vincent.«

»Okay, verstehe.«

Wieder dauert es, aber mit einem Mal fühle ich mich mit Vincent verbunden. Weder schwer noch leicht. Das Gefühl hat eher etwas von Tiefe. Klitzekleine Momente zwischen uns tauchen auf. Und immer sehen wir uns dabei tief in die Augen. Strahlen einander an. Lachen miteinander. Nicken uns unmerklich zu. Weil wir uns verstehen. Auch ohne Worte. Seine Gesten fallen mir ein. Natürlich auch Sisis Veilchen, die er mir schickt. All die Dinge, in denen er sich hinter den Kulissen darum bemüht hat, mir etwas Gutes zu tun. Um mir zu zeigen, dass ich ihm wichtig bin. Und umgekehrt.

Mein letztes Geburtstagsgeschenk für ihn war einfach nur ein Picknick im Wald. Was hätte ich ihm denn schenken sollen, das er sich nicht besser, teurer oder schöner selbst kaufen kann?

Aber Vincent hat es genossen. Dabei waren wir einfach nur auf einer Wiese im Wiener Wald. Ich habe eine Decke ausgebreitet und den Korb daraufgestellt. Dann haben wir Tramezzini und Trauben gegessen und einen Wein dazu getrunken.

Was haben wir gelacht. Und uns ein paar Mal zusammenreißen müssen, um nicht übereinander herzufallen. Das waren dann eher die peinlichen Momente, die wir mit einem Themenwechsel zu übertünchen versucht haben.

Ich weiß, Vincent zieht mich an. Wie ein Magnet. Und dieses Gefühl ist stark. Aber zugleich kräfteraubend, weil ich es nicht zulassen durfte.

»Stell dir vor, wie es mit ihm ist, wenn ihr beide wirklich zusammen seid.«

Ich öffne kurz die Augen. »Kannst du Gedanken lesen?«

»Nur manchmal«, erklärt sie mir kichernd. »Schließ bitte wieder die Augen.«

Okay. Das ist viel schwieriger. Wie wäre es, wenn wir tatsächlich ein Paar sind?

Schwer vorzustellen, dass all unsere Momente plötzlich sein dürften. Vielleicht will ich ihn deshalb gar nicht sehen? Es hat sich etwas geändert zwischen uns, und das macht mir irgendwie Angst.

Wir beide zusammen? Ich versuche, mir vorzustellen, Hand in Hand mit ihm durch Wien zu schlendern, aber alles in mir sperrt sich. Fühlt sich leer an. Und dann wird mir klar: Ich habe meine Liebe für ihn so lange eingesperrt, dass es eine Weile dauern würde, sie wieder zu fühlen. Aber sie ist da. Wie eine Naturmacht. Tief in mir verborgen, und ich weiß es. Kaum denke ich an Vincent, schlägt mein Herz höher. Ich liebe ihn. Noch immer. Und ihn hier zu wissen und nicht zu sehen, macht mich fertig. Genauso fertig wie der Gedanke, ihn zu treffen. Was, wenn er erkennt, dass er mich gar nicht wirklich liebt? Oder zu wenig? Oder etwas an mir falsch findet oder ich an ihm?

Es könnte an den Sonnenstrahlen liegen oder an meiner Einbildungskraft: Plötzlich ergießt sich ein weißer, warmer Schauer über mich. Mit ihm an einem Strand zu sitzen, mich an ihn zu lehnen und aufs Meer zu blicken. Das ist es, was ich mir wünsche. Und es fühlt sich gut an. Alles wird leicht, und ich fühle mich frei.

Wir schlendern hier aus Naxos durch die Stadt, probieren Sachen an und schießen dämliche Fotos. Dann wieder sitze ich auf seinem Schoß im Büro in Wien, und wir diskutieren, was wir am Abend gemeinsam anstellen. Ich entscheide mich für einen Fernsehabend, und er überrascht mich am Abend mit einer Leinwand im Garten und einem ›Sissi‹-Film.

Ich lächle und spüre es bis in mein Herz. Mit Vincent fühlt sich jeder Ort wie Zuhause an, weil es da dieses Band gibt, das uns unsichtbar verbindet.

Einen Moment lang genieße ich noch die prickelnde Wärme auf meiner Haut und den liebevollen Blick aus seinen grünen Augen. Dann öffne ich meine wieder, was ein paar Sekunden lang geradezu unangenehm ist.

»Ich denke, ich habe eine Idee, wie es sich anfühlen könnte, Laura.«

»Sehr gut. Mehr brauchen wir gar nicht.«

Wieso schmunzelt sie so? Egal.

Wieder dreht sie mich im Kreis und wechselt dann die Richtung. Diesmal lasse ich es unkommentiert.

»So, Tita. Und jetzt stellst du dir vor, dass du dich gegen beide entschieden hast. Überleg dir, wie das sein könnte. Wo bist du dann, und wie fühlt es sich an?«

Ich stelle mich auf ›Keiner von beiden‹ und lege den Stein vor meine Zehen.

Okay. Kein Nikos, kein Vincent. Wo bin ich dann? Keine Ahnung.

Da ist erst einmal gar nichts. Kein Gefühl. Vielleicht, weil mir die Vorstellung dafür fehlt? Klar ist aber, dass ich sowohl von hier als auch aus Wien wegmüsste. Gut. Das kann ich mir vorstellen. Eine andere Stadt und kein Kontakt. Weder zu Vincent noch zu Nikos. Ich müsste mich auf mich selbst konzentrieren und auf einen neuen Job.

Ich sehe mich in einem fremden Gebäude mit ziemlich vielen Menschen unterschiedlicher Herkunft. Doch, das fühlt sich gar nicht so schlecht an. Könnte spannend sein. Ich würde sie alle kennenlernen. Neue Freunde finden und andere Routinen entwickeln als in Wien.

Was sich kurz wie Freiheit und verdammt spannend und leicht anfühlt, wird mit einem Schlag bleischwer.

Nicht, dass es so toll war mit meinen One-Night-Stands, aber wenn ich in Wien ausgehe, treffe ich Menschen, die ich kenne, und die meisten von ihnen mag ich auch. Das hat etwas von Geborgenheit. In der Sekunde fehlen mir Bo, meine anderen Freunde, meine Familie, ja, die Stadt und dummerweise die Nachrichten von Vincent.

Eine Zeit lang bleibe ich noch stehen. Doch alles, was kommt, ist verschwommen, indifferent und schwer. Ich könnte glücklich werden oder noch einsamer, als ich mich in manchen Momenten in den letzten Monaten gefühlt habe. So genau kann ich das nicht nachempfinden. Aber es fühlt sich definitiv weder leicht noch unbeschwert an.

Das reicht. Ich muss ehrlich zu mir sein: Ich habe endlich die Chance auf eine echte Beziehung. Warum sollte ich mich selbst und mein Leben neu erfinden? Noch dazu schon wieder als Single?

Schlagartig öffne ich die Augen und reibe sie. »Ich denke, damit bin ich fertig.«

»Perfekt. Dann drehe ich dich ein vorletztes Mal.« Nachdem wir dieses Ritual beendet haben, sagt Laura: »Und jetzt stellst du dir vor, wie es ist, wenn du beide Männer in deinem Leben behältst. Wenn es ein Sowohl-als-auch gibt. Wie könnte das aussehen, und wie fühlst du dich dabei?«

Schnell stelle ich mich auf das vierte Feld, platziere den Stein vor meinen Zehen und gehe wieder in mich. Aber das ist einfach. Es ist ähnlich, wie es jetzt ist. Bei Nikos hole ich mir Kuscheleinheiten und Zärtlichkeiten, lasse mich bekochen und lausche dem Meer. Mit Vincent umrunde ich die Insel auf einer Jacht, schwimme nackt in einer Bucht und habe wilden Sex auf dem Boot mit ihm. Spaß.

Je länger ich mich darauf einlasse, desto schwerer werden meine Beine. Zwischen Nikos und Vincent hin und her zu jonglieren ist anstrengend. Es ist wie Stillstand mit einer tonnenschweren Last auf den Schultern, denn mir wird klar: Ich nütze sie aus. Und zwar beide. Denn was bekommen sie von mir? Jeder die halbe Liebe, zu der ich fähig bin?

Nein. Das geht gar nicht. Dieser Zustand ist von allen der schlimmste. Er zerfrisst mich. Fühlt sich an wie die letzten beiden Jahre zum Quadrat. In diesem Szenario macht nicht einmal mehr meine Kündigung Sinn. Denn Vincent und ich bleiben verbunden, und das mit sehr viel mehr Schmerz und weniger intimen, schönen Momenten.

Ich trete einen Schritt zur Seite. Nein, das brauche ich echt nicht auf Dauer.

»Fertig?«

»Ja.«

Laura dreht mich wie gehabt in die eine Richtung, dann in die andere.

»Hier.« Sie drückt mir den Stein wieder in die Hand. »Der Stein symbolisiert dein Ich. Leg ihn bitte irgendwo zu einem der vier Felder oder dazwischen so hin, dass er ausdrückt, wo du dich in Summe am besten fühlst. Am leichtesten.«

Ohne nachzudenken, lege ich den Stein zu Vincents Namen.

»Toll. Komm jetzt bitte wieder aus dem Kreuz raus.«

Ich stelle mich neben sie hinter die Linie.

»Nun sieh dir das noch einmal an. Wenn es sich richtig anfühlt, wo der Stein liegt, dann hast du deine Entscheidung. Aber das musst du für dich selbst wissen.«

Bleischwer fährt so etwas wie Erkenntnis in meine Glieder.

Ich habe Nikos bloß ausgenutzt und wollte deshalb nicht mit ihm schlafen, weil ich genau weiß, dass ich letzten Endes Sex mit Vincent gehabt hätte. Wie ich es immer getan habe. Mit jedem einzelnen Mann, mit dem ich in den letzten beiden Jahren im Bett war. Und wenn ich schonungslos ehrlich bin, auch schon davor, denn dieser Ausbruch an Leidenschaft zwischen uns beiden kam ja nicht aus dem Nichts. Uns hat von Anfang an etwas verbunden, nur wussten wir vermutlich beide nicht so genau, was es war. Doch es war immer Liebe. Vom ersten Moment an.

Aber Nikos gegenüber fühlt sich das jetzt wie schwerer Verrat an. Er soll doch bloß nicht denken, ich verlasse ihn wieder, weil er diese Ängste hat. Ich weiß doch, wie sehr Iris ihn damit getroffen hat, und bin drauf und dran, das zu wiederholen? Wie schrecklich bin ich eigentlich?

Ich sehe Laura an, und Tränen sammeln sich in meinen Augen. »Ich kann das Nikos doch nicht antun, und bevor du etwas sagst: Ich weiß, dass ich ein hoffnungsloser Fall bin, aber ich werde ihm eine Chance geben.«

Verdutzt sieht Laura mich an, schüttelt den Kopf und umarmt mich. »Nein. Bist du nicht. Es ist dein Leben, und es ist deine Entscheidung. Du weißt jetzt, was dein Herz will. Vielleicht musst du bloß deinem Kopf ein wenig Zeit geben, mit ihm mitzukommen.«

Fest drücke ich Laura an mich. »Ich danke dir so sehr. Aber jetzt brauche ich eine Abkühlung.«

Laura lässt mich wieder los. »Ich auch. Komm, wir springen nackt rein. Hier ist ohnehin keine Menschenseele!«

»Gute Idee.«

Sie schlüpft aus ihrem Kleid und dann aus dem Bikini. Ich ebenfalls.

»Ich bin Erste«, ruft sie und läuft auf die kleinen Wellen zu.

»Na warte!«

Ein paar Sekunden später laufe auch ich kreischend und mit erhobenen Armen ins Meer. Mit einem Kopfsprung tauche ich unter. Das Salzwasser vermischt sich mit meinen letzten Tränen. Es ist Vincent. Er war es die letzten Jahre immer!

Auf einmal fühle ich mich wie in eine goldene Wolke aus Liebe gehüllt. Ich tauche auf, drehe mich auf den Rücken und schließe die Augen. Schwebe einfach im Meer. Dieses Gefühl, das sich mir vorhin ein paar Momente lang verschlossen hat, ist wieder da. Und es ist alles gleichzeitig. Tief, liebevoll, aber auch leidenschaftlich. Verdammt anturnend und sexy. Und dabei habe ich immer nur sein Bild vor Augen. Wie er mich anlächelt. Mir sanft über die Wange streicht. Die Tür, wie sie damals im Hotel hinter uns zugefallen ist, und wir übereinander herfallen, weil wir nicht anders können. Weil wir in Flammen standen.

All das will ich haben.

Und weg ist das Gefühl der Leichtigkeit und Liebe.

Und wenn nicht? Wenn ich tatsächlich bei Nikos bleibe? Du meine Güte, wieso bin ich so kompliziert, wieso ist plötzlich alles noch komplizierter als vorher? Ich hätte mir definitiv eine andere Insel aussuchen sollen und nicht diese hier. Nicht eine, auf der ein Mann wohnt, der wie ein griechischer Gott aussieht und zu allem Überfluss einfach nur umwerfend nett und liebevoll ist. Solche Männer gibts ja gar nicht.

Auch nicht solche wie Vincent.

Verdammt, vielleicht sollte ich meine Sachen packen und woanders hinfahren. Nach Paros, Santorin oder Mykonos. Alles nicht weit von hier.

Das ist die Lösung! Gleich morgen checke ich mir ein Ticket für eine Fähre.

Plötzlich spritzt Laura mich an. »Ist das ein Traum hier?«

»Ja, das ist es«

Ich stehe auf, und das Wasser erreicht gerade mal meine Brust. »Aber lange werde ich nicht mehr hier sein, Laura. Ich muss weg. Das ist die einzige Lösung, die Sinn macht.«

Sie schwimmt auf mich zu. »Schade! Dann muss ich ja den Surfkurs allein zu Ende bringen, was mir echt nicht gefällt. Aber wir werden uns in Wien wiedersehen.« Sie sieht mich mit großen Augen an. »Oder etwa nicht?«

»Und ob wir das werden! Du musst ja noch Bo kennenlernen.«

»Stimmt. Und David wiedersehen, falls das möglich ist.«

»Möglich schon, aber ich weiß nicht, ob du dir das antun solltest. David hat nie längere Beziehungen. Geht ja auch nicht, weil er Vincent auf Schritt und Tritt begleitet.«

»Egal. Wir müssen vielleicht beide mal etwas Risiko nehmen.« Und schon springt sie kopfüber nach hinten weg und taucht vor mir wieder auf.

»Wow! Rolle rückwärts?«

»Ja, die kann ich ganz gut. Komm, wir schwimmen den Strand entlang bis ans Ende der Bucht und versuchen mal, bloß daran zu denken, wie schön es hier ist.«

Gute Idee. »Machen wir.«

Mit jedem Schwimmzug wird mir jedoch noch mulmiger ums Herz. Ich muss mit Nikos sprechen. Aber wie erkläre ich ihm, dass ich abreisen will? Und zwar so, dass er weiß, dass es rein gar nichts mit seiner Angststörung, sondern bloß mit mir zu tun hat? So ein Mist aber auch. Wenn er mir das gestern nicht gesagt hätte, wäre alles einfacher. Ich will ihn nicht verletzen. Mir muss irgendetwas einfallen.

Vielleicht ist es keine so gute Idee, völlig überstürzt abzureisen.

»Denk an die Sonne, das Salz in der Luft und das Meer!«, sagt Laura neben mir.

»Wenn ich nur könnte!«

Ups, jetzt hab ich auch noch Wasser geschluckt und muss husten.

»Alles wieder gut?«

»Ja, geht wieder.«

»Wunderbar. Ich sage nur: Sonne, Salz und Meer!«

Wenn das so einfach wäre. Ich sollte einen Meditationskurs belegen, um meine dämlichen Gedanken kontrollieren zu lernen.

Wir kommen am Ende der Bucht an, wo es sehr felsig ist. Obwohl sie nicht groß aussieht, sind wir doch einige Zeit bis hierher geschwommen. Hm. Wenn ich mir das Ufer so ansehe, dann gibt es hier vermutlich Seeigeln. An Land gehen ist daher keine Option.

Laura schwimmt ein paar Meter von mir entfernt und ruft: »Siehst du die Jacht? Die will ja hoffentlich nicht hier ankern.«

Ich drehe mich im Wasser um. Tatsächlich. »Offensichtlich doch.« Das riesige weiße Boot schiebt sich von links in unser Sichtfeld und wird immer größer. Mein Herz beginnt, zu rasen. Er wird doch nicht?

An der Bordwand ist der Schiffsname groß und gut lesbar in goldenen Lettern angebracht: Aglaia. Zum Glück hat die Jacht die griechische Fahne gehisst. Nein, das ist sicher nicht das Schiff, auf dem Vincent ist. Dafür ist es trotz seiner zwei Decks zu klein.

»Lass uns zurückschwimmen. Ich will ihnen nicht unbedingt nackt begegnen, falls sie hier einen Badestopp einlegen.«

»Nicht? Also bei mir käme es darauf an, wer da an Bord ist«, erklärt mir Laura kichernd und sieht interessiert beim Ankermanöver zu.

»Also ich schwimme jetzt zurück.«

»Na gut. Spielverderberin. Von hier sehen wir doch besser.«

Das Heck dreht sich in unsere Richtung, und plötzlich erscheint ein Mann.

Und ich saufe beinahe ab.

Bad Habit: Sich verstecken wollen

Kurz darauf

*W*ie viele Buchten hat diese Insel? Und er muss sich justament unsere für einen Badestopp aussuchen?

»Das ist Vincent«, raune ich Laura zu.

»Nicht wahr jetzt?«

»Doch. Aber er hat mich nicht erkannt, wie es aussieht.«

Ich beobachte ihn weiter dabei, wie er mit einem anderen Mann in weißen Shorts gestikuliert. Mein Herz schlägt wild. Am liebsten würde ich winken und laut ›Hallo, Vincent! Hier bin ich!‹ rufen. Aber ich muss doch erst mit Nikos sprechen. Und außerdem wollte ich es doch mit Nikos versuchen, bevor ich auf die Idee gekommen bin, morgen auf eine andere Insel zu flüchten.

Himmel! Was tue ich nur?

Plötzlich taucht David auf und richtet ein Fernglas auf uns.

Mist!

»Abtauchen, Laura! Sofort!«

So lange ich kann, halte ich den Atem an. Aber irgendwann geht es nicht mehr, und ich muss den Kopf wieder aus dem Wasser strecken. Beinahe gleichzeitig taucht Laura neben mir auf.

Sie wischt sich übers Gesicht. »Haben sie dich erkannt?«

»Keine Ahnung, aber jetzt sind sie weg. Komm, wir schwimmen ganz schnell zurück.«

Nach ein paar Zügen meint Laura hinter mir: »Er ist ins Beiboot gesprungen. David ebenfalls.«

Ich drehe mich um. Der Mann von vorhin wirft die Leine ins Boot, der Motor heult auf, und Vincent fährt los. Zum Glück sehr langsam. Aber er kommt direkt auf mich zu. Und David winkt in unsere Richtung.

In meinem Gehirn überschlagen sich die Gedanken.

Er ist nicht einmal hundert Meter weg. Schätze ich. Vielleicht sind es dreihundert. In so was bin ich extrem schlecht. Fest steht, wir brauchen sicher noch zehn Minuten zurück an den Strand, wo unsere Sachen liegen. Das geht sich nie aus. Und dummerweise will ich ihn ja auch sehen.

Ich lasse es mit dem Schwimmen. Laura schließt zu mir auf. »Und jetzt?«

»Keine Ahnung. Ich werde wohl mit ihm sprechen.« Aber ich bin nackt!

Vincent schaltet den Motor ab, und das Boot treibt direkt auf uns zu. David übernimmt das Steuer, und er steht auf.

»Tia! Was für eine Überraschung!«

»Ja, kann man wohl sagen.«

Oh. Er springt kopfüber ins Wasser und taucht direkt vor mir auf. Jetzt weiß er wohl, dass ich keinen Bikini trage.

Laura schwimmt aufs Boot zu. Lässt sie mich hier mit ihm allein?

In meinem Kopf surrt es.

Vincent sieht mir tief in die Augen. »Ich habe dich vermisst.«

Und bevor ich es mir anders überlegen kann, antworte ich ihm ehrlich: »Ich dich auch.«

Plötzlich zieht er mich an sich und küsst mich. Mitten auf den Mund. Dann sieht er mich an, und wir paddeln beide mit den Händen im Wasser. Und jetzt? Mir fällt nichts Besseres ein als: »Ich bin leider nackt.«

Vincent grinst und sieht dabei zum Anbeißen sexy aus mit dem nassen Haar. »Besser hätte ich es wohl nicht treffen können.« Dann umschlingt er mich mit beiden Armen, und reflexartig lege ich meine um seinen Hals. Alles in mir beginnt, zu brennen und zu kribbeln. Ich will ihn. Wollte ihn schon immer.

»Sollten wir nicht ein wenig weiter an Land schwimmen?«

Wieso fällt mir bloß etwas Vernünftiges in einem Moment wie diesem ein?

Doch seine Antwort lautet: »Später. Küss mich.«

Bevor ich das tue, muss ich ihm alles über Nikos erzählen. Sonst ist das nicht okay.

Vincent legt mir zwei Finger auf den Mund. »Nicht, Tia. Reden wird überbewertet, und du musst mir nichts erklären.«

Meine Augen weiten sich, das kann ich spüren. Er streicht mir sanft über die Wange und sieht mir dabei mitten ins Herz. Ich bin hier. Im Meer. In seinen Armen. Was bitte will ich noch?

Ihn spüren. An seinen Hals kuscheln. Mit geschlossenen Augen.

Je länger er mich hält, desto ruhiger werde ich, auch wenn es anstrengend ist, mich durch ständiges Paddeln mit den Beinen zu stabilisieren. Aber ich will nirgendwohin. Diese Innigkeit, die durch mich hindurchströmt und mich mehr und mehr erfüllt, ist genau das, wonach ich mich all die Jahre gesehnt habe. Sie war immer da, aber wir haben sie nie ausgelebt. Nicht ausleben dürfen. Aber jetzt ist alles anders.

Ich küsse seinen Hals, sein Kinn und finde den Weg zu seinen Lippen. Zwischen meinen Beinen, mit denen ich mich um seine Hüften geschlungen habe, kribbelt es immer stärker.

Ich versinke. In diesem Kuss, der immer tiefer, immer leidenschaftlicher wird. Mein Herz hämmert, und ich kann nicht genug davon bekommen, ihn zu berühren. Seine Schultern zu streicheln. Doch plötzlich zieht er sich von mir zurück.

»Komm.« Er nimmt meine Hand, und wir schwimmen los. Direkt an das Stückchen Strand neben uns.

»Aber da sind Felsen und vielleicht Seeigeln.«

»Mir egal«, antwortet Vincent grinsend.

Nach nur ein paar Metern scheint er festen Boden unter sich zu haben, denn er steht auf. »Nur eine Sekunde.«

Vincent taucht ab und kurz darauf wieder auf. »Alles safe. Steine und Sand. Sonst nichts.«

Ich sehe mich um. David hilft Laura in der Mitte der Bucht gerade ins Boot. Dort, wo wir uns ausgezogen haben. Laura dürfte jedoch ihre Sachen am Strand eingesammelt haben, denn nun trägt sie wieder ihren türkisen Bikini.

»Keine Sorge, David bringt sie auf die Jacht.«

»Okay.«

Dann schlüpft er vor mir aus seinen Shorts und wirft sie einfach ins Wasser. Sie schwimmt auf. »Nun sind alle Ungleichheiten beseitigt«, meint er verschmitzt und zieht mich wieder an sich, und diesmal umschlinge ich seine Hüften mit den Beinen.

Wir schmusen und küssen uns zwischendurch auf die Nase, die Wange, jetzt sein Ohr.

Heiliger Bimbam! Ich spüre ihn zwischen meinen Beinen, und alles in mir brennt, kribbelt und schreit: ›Nimm mich!‹

Oh Gott! »Alle von dieser Jacht können uns zusehen!«

Er sieht mich überrascht an. »Das werden sie nicht. Dafür sorgt sicher David, und Handys haben sie auch keine.«

»Bist du da ganz sicher?«

Er sieht zum weißen Boot hinüber. »Ja. Ganz sicher.« Dann lehnt er sich an mich und flüstert mir ins Ohr: »Was ich mir schon alles ausgedacht habe, und dann treffen wir uns bei einem simplen Badestopp, den David wollte.«

»Ist das Schicksal?«

»Sieht so aus.«

Ja, das tut es. Denn alles ist leicht und klar.

»Ich bin so heiß auf dich, Tia. Ich weiß, vielleicht sollten wir erst reden –«

»Nein, ich will dich einfach nur spüren. Spüren, dass das alles kein Traum ist.«

»Das ist es nicht. Ich werde es dir beweisen.«

Und schon fühle ich seine Hand, die mich zwischen meinen Beinen streichelt, während er sich mit seiner ganzen Erregung an mich drückt.

»Du machst mich wahnsinnig.« Ich lasse meinen Kopf nach hinten ins Wasser fallen und schließe die Augen. Sonnenstrahlen streicheln mein Gesicht. Meine Schultern. Meine Brust. Und Vincent mich mit zwei Fingern dort, wo ich es am schönsten finde.

Als er auch noch an meinen wasserumspülten Brustwarzen zu saugen beginnt, ist es endgültig um mich geschehen. Ich kann nur mehr stöhnen und mich ihm entgegenbäumen.

Seine Hände umfassen meinen Po, und er dirigiert meinen Körper langsam auf und ab. Hart spüre ich ihn an der Innenseite meiner Schenkel. Nie hätte ich gedacht, dass ich im Wasser so feucht werden könnte.

In Wellen strömt Lust von unten nach oben in meinem Körper, die kaum auszuhalten ist. Arrhythmisch dazu bewegt sich das Meer, und dass ich eine Ladung Wasser abbekomme, ist egal.

Ihn so zu spüren, bringt mich beinahe zum Heulen. Genau davon habe ich geträumt. Nie hätte ich gedacht, dass diese Mauer zwischen uns innerhalb einer Sekunde einfach fällt und wir dort weitermachen, wo wir vor zwei Jahren aufgehört haben. Aber das hier ist noch intensiver und besser, als ich es mir jemals ausgemalt habe.

Fest drücke ich meine Schenkel zusammen. Ich will ihn in mir spüren. Ganz. Nicht nur angedeutet, neckend, denn das bringt mich um den Verstand.

Ich packe ihn an den Schultern und seufze nur: »Bitte! Ich brauche dich. Ganz!«

Seine hellgrünen Augen leuchten auf. Das ist das Letzte, das ich tatsächlich sehe, denn ich gehe unter in einem Rausch der Leidenschaft, bei dem alles verschwimmt und sich miteinander verwebt: das Meer, die Sonne, sein Haar, in dem ich mich verkraule, und der Rhythmus, der mich Sterne sehen lässt. Mein hastiger Atem füllt die Pausen von seinem. Gemeinsam stöhnen wir, und ich tauche mit dem Hinterkopf ins Wasser.

Meine Augen muss ich nicht öffnen, um Vincents Bild vor mir zu sehen. Aus den züngelnden Flammen meiner Lust entsprang es immer. Vincents kantiges Kinn und die ausgeprägten Wangenknochen, umspielt von den dunkelbraunen angedeuteten Locken seines Haars. Seit der Nacht damals habe ich mich danach gesehnt, ja, innerlich danach geschrien, dass es seine Hände sind, in denen ich schmelze wie Eis. Bei ihm brauche ich kein Gefühl der Kontrolle. Damals nicht und heute ebenso wenig.

Auch wenn es kaum auszuhalten ist, wünsche ich mir, dass das hier niemals wieder aufhört. Dennoch ist es heute anders. Befreiender. Noch tiefer. Inniger. Zärtlich und zugleich wild.

»Ich lasse dich nie mehr wieder gehen«, raunt er mit heiserer Stimme und streicht mir zärtlich mit einer Hand über den Busen. Kneift mich, bis ich schreie: »Komm! Bitte!« Mehr bringe ich nicht heraus.

Und dann ergießt sich eine Woge aus goldenem Licht und unendlichem Glücksgefühl über mich. Wir schreien, stöhnen, und ich will ihn noch tiefer, noch erfüllender spüren.

Ich will dieses Brennen, das Gefühl, ihn aussaugen zu wollen und von ihm zur Gänze erfüllt zu sein.

Plötzlich raunt er: »Tia! Gott!«, und kommt. Ich öffne die Augen und schmuse mit ihm. Halte ihn fest, sauge an seiner Zunge und will ihn nie wieder loslassen. Obwohl wir beide beinahe untergehen.

Vincent muss seine Hände von mir nehmen und etwas paddeln, damit wir es nicht tun. Eine satte Ruhe macht sich in mir breit, in die ich mich fallen lasse, ohne loszulassen. Er soll ewig in mir bleiben.

Leider schlucke ich auf einmal Wasser und muss kurz husten und spucken. Ich löse mich von ihm, und Vincent klopft mir auf den Rücken. »Gehts wieder?«

»Ja.« Noch einmal huste ich, aber dann ist es auch okay.

Er zieht mich an sich. »Du warst es schon immer, Tia. Ich war bloß zu dämlich, es zuzulassen.«

Ich kuschle mich an seinen Nacken. »Ja, das warst du.« Und jäh wird mir klar, dass es da noch jemanden gibt! Nikos. »Mist!«

»Was habe ich Falsches gesagt?«

»Gar nichts, entschuldige. Lass mich diesen Moment einfach genießen, ja?«

Ineinander verschlungen stehen oder treiben wir im warmen Meer. Jedenfalls hänge ich auf ihm und schwelge in diesem Gefühl der Erfülltheit.

Nur nicht denken.

Er ist hier. Ich bin hier. Und plötzlich gibt es uns.

Niemals habe ich angenommen, dass dieser Tag Wirklichkeit wird. Aber so ist es. Und genau so muss sich der Himmel anfühlen.

Nach einer Weile lösen wir uns voneinander. Langsam wird es kühl im Wasser.

»Wir sind beide nackt. Sollen wir an den Strand zurückschwimmen und dann hinauslaufen? Dort habe ich zumindest ein Handtuch und meinen Bikini.«

Vincent streicht mir übers Haar. »Das ist doch langweilig.«

Belustigt sehe ich ihn an. »Ach ja? Wie lautet dann dein Vorschlag?«

»Wir schwimmen zum Boot, lassen uns ein Glas Champagner ins Wasser reichen, und vielleicht haben wir ja gleich noch mal Lust?«

Dafür erntet er einen kleinen Klaps am Oberarm. »Typisch du. Genug ist ein Wort, das du nicht kennst, oder?«

Er küsst mich. Wieder schlinge ich mich an seinen Körper, und wir schmusen. Ich könnte das ewig machen.

»Hm, sieht so aus, als wäre ich damit nicht allein.«

»Lach nur, aber ich muss mindestens zwei Jahre nachholen.«

»Denkst du, ich nicht? Komm, wir schwimmen zum Boot.«

Bei ihm klingt das alles so niedlich. Riesenjachten werden zu Booten, Mega-Villen zu Häuschen und Tizia zu Tia. Aber Vincent ist ein Getriebener seines eigenen Erfolgs. Er hetzt von einem Ort und Termin zum anderen. Auch wenn es von außen nach Freiheit anmutet. Ich kenne seinen üblichen Terminkalender.

Aus heiterem Himmel schießen mir wieder all die Bedenken in den Kopf, die ich von Anfang an bei der Vorstellung hatte, die Frau an seiner Seite zu sein. Sosehr ich mir das immer gewünscht habe, die Kontra-Liste hat so einige Punkte. Begonnen mit David. Sosehr ich ihn mag. Es ist ja ein Wunder, dass er nicht direkt neben uns schwimmt. Außerdem hat die Presse noch keinen Wind von seiner Trennung bekommen. Kann ich mir das vorstellen? Ich auf allen Titelseiten der heimischen Klatschblätter? Nein danke. Darauf kann ich verzichten.

Plötzlich kommt Vincent, der ein paar Meter weiter ist, zu mir zurück und legt den Kopf zur Seite. »Nicht, Tia. Nicht jetzt über Beziehung, oder wie das alles zwischen uns funktionieren könnte, nachdenken. Glaub mir, das wird es. Besser, als du es dir vielleicht vorstellen kannst.«

Ich spritze ihn mit Wasser an. »Weißt du, was ich an dir hasse?«

»Dass ich in deinen süßen Kopf blicken kann? Also zumindest manchmal?«

»Ja. Das, und dass jeder denken wird, ich bin mit dir bloß wegen deines Geldes zusammen.«

»Aber ich weiß, dass das nicht so ist. Das sollte für uns doch ausreichen.«

Ja, vielleicht.

»Huhu, Tita!«, ruft Laura plötzlich vom oberen Deck in meine Richtung. Ich winke zurück.

»Vincent. Wir müssen kurz etwas besprechen.«

Es hilft nichts. Mir liegt es schwer im Magen, nachher zu Nikos zu fahren und mit ihm Schluss zu machen. Und das werde und muss ich. Ich habe mich entschieden, auch wenn quasi mein Körper das als Erstes getan hat, wozu mein Kopf nicht fähig war.

Er schwimmt nahe zu mir und mustert mich kurz. »Du musst noch zu ihm?«

Klar weiß er von Nikos. Wie könnte er mit seinem Security-Aufgebot das nicht wissen. »Ja. Ich habe ja alle meine Sachen in seinem Haus. Aber das könnte dauern, weil sie im Lokal am Abend eine Feier haben, für die er kocht.«

Verdammt. Jetzt eiere ich herum wie er bei Ann-Marie. Sie war immer nur sie, und Nikos ist jetzt zum namenlosen er degradiert worden.

»David kann dir einen Fahrer schicken, der deine Sachen holt. Ich nehme nicht an, dass ich dich begleiten sollte.«

Gott, nein! Ja nicht. Das wird so schon schwierig genug. »Danke, aber ich habe ja mein Mietauto. Ich bin schon ein großes Mädchen und werde das schaffen. Vorausgesetzt, du gibst mir Zeit und vertraust mir.«

Prüfend betrachte ich ihn. Seine Stirn liegt in Falten. Natürlich bereitet ihm die Vorstellung, dass ich zu Nikos fahre, kein Vergnügen. Aber da muss er jetzt durch. Und ich auch.

»Ich werde dir vertrauen, Tia«, erklärt er mir ernst, küsst mich auf die Stirn und taucht ab.

Ich mache einen Schwimmzug. Habe ich einen Fisch erwischt? »Ahhh!«, schreie ich auf. Doch dann umfasst er mich unter Wasser mit seinen Händen und küsst mich zwischen den Beinen. Mist. Er weiß, wie er mir mit auf den Weg geben kann, dass ich mich beeilen sollte.

Als er wieder auftaucht, grinst Vincent. »Ich wollte dich nur erinnern, dass wir eventuell später noch etwas vorhaben.«

Ich muss lachen. »Ich weiß und werde es nicht vergessen.« Wie könnte ich? Am liebsten würde ich gleich über ihn herfallen.

Schnell schwimme ich die letzten paar Meter zur Badeplattform, wo bereits dunkelblaue Handtücher für uns bereitliegen. Ich stütze mich auf die Badeleiter und sehe mich um. Das Ding hat einen Pool, dahinter eine große Loungegarnitur, und neben dem Pool stehen auf jeder Seite zwei Liegestühle. Dafür, dass das ein kleines Schiff, verglichen mit seiner eigenen Jacht, ist, kann es aber was. Ich sehe uns bereits vor mir: Wir beide in dem kleinen Pool, mitten unter dem Sternenhimmel. Allein. Ach, wäre das schön. Wird aber nicht passieren.

Zum Glück ist niemand hier, und uns sieht von den oberen Decks auch keiner zu. Ich klettere die Badeleiter ganz hoch, und schon wickle ich mich in das Handtuch. Vincent, der bis zum Boot getaucht ist und nun ebenfalls aufs Deck kommt, nimmt sich das zweite und schlingt es um seine Hüften.

»Fällt der Champagner im Meer aus?«

Ich nicke. »Ja, ich muss ja auch noch mit dem Auto fahren. Das holen wir nach, wenn ich –«

»Wenn du wieder frei bist?«

»Ja, so in etwa.«

»Unser Timing ist wirklich saumiserabel.«

»Ist es. Ich konnte ja auch nicht ahnen, dass du und Ann-Marie euch trennt, und auch nicht, dass du hierherkommst.«

Er beißt sich auf die Lippen. »Nein, wie auch. Ich wusste es ja selbst nicht. Also, dass ich herkomme.« Vincent zieht mich an sich. »Aber das war eine verdammt gute Entscheidung.«

Nickend kann ich mir eine wichtige Frage, die mir schon des Längeren im Kopf herumschwirrt, nicht mehr verkneifen: »Und wie soll das mit uns beiden weitergehen?«

»Wir könnten noch mal von ganz vorne beginnen. Mit einem Date vielleicht? Hier? In ein, zwei Stunden?«

Mir wird heiß. Wegen der affenartigen Hitze und seines Vorschlags gleichermaßen. Ich kenne Vincent. Das ist seine überaus diplomatische Art, mir vorzugeben, was ich tun soll. Er hält es nicht aus, dass ich noch mal ins Haus fahre und vielleicht stundenlang wegbleiben könnte. Aber genau das wird passieren. Im Vorbeigehen kann ich Nikos die ganze Misere nämlich nicht erklären, und ich will es auch nicht.

»Ich rufe dich an, wenn ich mit ihm sprechen konnte. Das kann schon jetzt am Nachmittag sein oder aber erst nach Mitternacht, wenn er die Küche schließt.«

»Gibt es keinen anderen Weg? Schicke ihm eine SMS und fahre morgen Mittag dein Zeug holen.«

Energisch schüttle ich den Kopf. »Nein, Vincent. Ich habe zwei Jahre auf heute gewartet, da wirst du wohl ein paar Stunden oder eine Nacht aushalten. Oder etwa nicht?«

Er verzieht den Mund. »Du lässt mir ja keine Wahl.«

»Nein. Aber wenn du mir vertraust, ist das alles halb so schlimm. Ich fahre zu Nikos, um Schluss zu machen. Das ist alles. Und das willst du doch, oder?«

Mit einem Schlag werden seine Züge weicher, und er küsst mich auf die Nasenspitze. »Natürlich. Sorry. Keine Ahnung, aber die Vorstellung, dass du mit ihm zusammen bist, gefällt mir einfach nicht.« Er schmunzelt. »Sie hat mir von Anfang an nicht gefallen.«

Okay. Jetzt ist es raus. Er wusste schon von Nikos. Und zwar bevor er hier angeflogen gekommen ist.

»Du hast mir nachspioniert.« Das ist keine Frage, sondern eine Feststellung. Und die Idee gefällt mir gar nicht.

Vincent zieht mich an sich, aber ich sperre mich ein wenig dagegen. »Ich nicht, sondern David. Und ich schwöre dir: Ich wäre so oder so hierhergekommen.«

»Das kannst du aber nicht beweisen.«

»Nein, aber ich kann es vielleicht erklären.«

»Dann versuche es mal.« Ganz habe ich mich noch nicht wieder eingekriegt.

Auf seiner Stirn stehen Schweißperlen, auf meiner vermutlich auch. Aber ich will hören, wieso er sich entschieden hat, mir nachzufliegen.

»Okay. Also erst habe ich es mit Alkohol und Party versucht, nachdem du gegangen bist. Außer, dass ich jede der anwesenden Frauen mit dir verglichen habe und dein Bild nicht aus dem Kopf bekommen habe, war mir nur kotzübel.«

Schon beim zweiten Satz ist meine Anspannung von mir abgefallen. »Dir war also schlecht, du Armer. Und wie geht es weiter?«

»Nun. Dann habe ich es mit Island und Heli-Skiing versucht. Gleiches Problem. Anschließend mit Arbeit, einigen Kündigungen und echt mieser Laune. Und zum Schluss noch einmal mit der Côte d'Azur und noch mehr Alkohol. Aber es wurde immer schlimmer. Mit jedem Tag, den du weg warst.«

Ich kann nicht anders. Er treibt mir ein Lächeln ins Gesicht.

»Bo, David, ja sogar Martin haben gecheckt, wie sehr ich dich vermisse, bevor ich es vor mir selbst eingestanden habe. Und –«

»Und?«

»Und ich habe jede Stunde gehasst, in der du nichts auf deinem Account gepostet hast. So hatte ich wenigstens das Gefühl, dass du noch nicht ganz aus meinem Leben verschwunden bist. Obwohl du ja da warst. Ständig.«

»Wie meinst du das?«

Er streicht mir sanft übers Haar und eine Strähne hinters Ohr. »Du bist das Erste, woran ich denke, wenn ich aufwache, Tia. Und beim Einschlafen verfolgt mich dein Bild bis in meine Träume. Und die sind nicht jungendfrei, das kann ich dir sagen.«

Vincent lächelt verschmitzt. So süß.

»Gott sei Dank!«

»Wieso?«

»Mir ging es ganz genauso.«

»Auch mit den Träumen?«

»Speziell mit den Träumen. Was denkst du, wie ich diese zwei Jahre überlebt habe, ohne verrückt zu werden?«

Er streicht mir eine Haarsträhne zurück und nimmt dann mein Kinn in seine Hand. »Ich brauche dich, Tia. Du hast keine Ahnung, wie sehr.«

Mein Herz flattert. »Ich dich auch.«

Wir pressen uns aneinander und schmusen. Es ist so innig mit ihm, und er sagt, er braucht mich. Schöner gehts nicht.

Auf dem nächsthöheren Deck wird die Musik lauter, und ich höre Lauras Stimme. Vincents Lippen entfernen sich von meinen, und ich muss schmunzeln. »Sie singt?«

»Wir sollten nach oben gehen. Aber erst ziehen wir uns etwas an.«

»Ich habe aber keinen Bikini mit.«

»Komm.« Er zieht mich an der Hand mit, und wir laufen um den Pool herum nach hinten zu den cremefarbenen Loungesofas.

Wie toll! »Gerettet!« Am Boden steht meine Badetasche mit all meinen Sachen. Das war sicher Lauras Idee. Auf dem Sofa selbst liegen dunkelblaue Badeshorts und ein weißes T-Shirt für Vincent.

Ich schlüpfe in meinen Bikini und das Kleid und werde Vincent bitten, mich mit dem Beiboot an Land zu bringen, damit ich so schnell wie möglich mit Nikos sprechen kann. Er muss die Wahrheit erfahren und wissen, woran er bei mir ist.

Ups. Auf meinem Handy sind fünf verpasste Anrufe von Nikos. Verdammt, fühle ich mich mies. Was bin ich doch für eine Verräterin!

Aber nein, ich werde nicht zurückrufen, sondern fahre direkt ins Haus. Mit etwas Glück ist er mit den Vorbereitungen im Restaurant bereits fertig und noch für ein oder zwei Stunden zuhause. Sonst packe ich erst meine Sachen und spreche nach dem Fest mit ihm. Ich habe mich entschieden, auch wenn ich keine Ahnung habe, wie ich das Nikos verklickern werde, ohne ihn zu verletzen.

Doch davor habe ich noch eine wichtige Frage an ihn: »Vincent?«

Er dreht sich um. »Ja?«

»Was hättest du getan, wenn wir einander nicht hier zufällig begegnet wären?«

Verdammt, ich liebe es, wenn er so lächelt. Alles daran: die Grübchen an seinen kantigen Wangen, die Art, wie er sich verlegen durchs wellige Haar fährt, und das Glänzen seiner unfassbar grünen Augen.

»Nun, ich hätte dir jeden Tag eine Nachricht oder Einladung geschickt, so lange, bis du weich geworden wärst und zugestimmt hättest, mich treffen zu wollen.«

Er schlingt die Arme um meinen Nacken.

»Und was, wenn das, sagen wir einmal, zwei Wochen gedauert, hätte?«

Vincent streicht mir über die Wangen. »Du kannst David fragen: Sicherheitshalber habe ich diese Jacht für einen Monat gemietet. Mit einer Option auf Verlängerung.«

Einen Monat? Mein Herz tanzt, und mein Kopf jubelt. Er? Solange an ein und demselben Ort?

»Das sind für dich ja beinahe zwei Jahre.«

Ich liebe diesen intensiven Blick in meine Augen. »Nein, Tia. Aber es war mein Versuch, dir zu beweisen, dass auch ich zu warten bereit bin.«

Gibt es hier Geigenspieler? Auf jeden Fall höre ich Engelsmusik in meinen Ohren und küsse ihn.

Bad Habit: Beichten müssen

Im kleinen Haus am Meer,
Dienstagnachmittag

Leise ziehe ich die blaue Eingangstür hinter mir zu und betrete mit einem mehr als mulmigen Gefühl das Haus. Ich weiß, dass Nikos da ist, weil sein Roller draußen parkt. Aber da steht auch ein kleiner Mini, den ich nicht kenne. Besuch ist das Letzte, das ich jetzt brauche. Außerdem finde ich es seltsam. Er hat doch behauptet, dass er vermutlich den ganzen Tag im Restaurant bleiben wird.

Mir ist so übel. Alle möglichen Formulierungen habe ich mir am Weg hierher überlegt. Aber wie ich es auch drehe und wende: Es bricht mir das Herz, ihm das Herz zu brechen. Aber alles andere, als jetzt ehrlich zu Nikos zu sein, wäre unfair ihm gegenüber. Vermutlich wird er mich auf der Stelle hinauswerfen. Kann ich ihm nicht verdenken. Das Wichtigste aber ist, dass ich ihm klarmachen kann, dass es nichts mit seinen Ängsten zu tun hat, sondern mit mir. Und natürlich mit Vincent.

Wieso höre ich keine Stimmen? Ich halte den Türknauf und spähe durch den Spalt der leicht geöffneten Tür ins Wohnzimmer, und mein Herz fällt ins Bikinihöschen.

Da steht er. Mitten im Raum. Eng umschlungen mit einer blonden Frau, die er gerade küsst. Mit geschlossenen Augen.

Mein Herz rast und meine Gedanken ebenso. Das ist sie. Ganz sicher. Aber was wird das hier?

Plötzlich schnalzt der Griff, und die beiden fahren zusammen. Dann auseinander. Sehen mich überrascht an. Sofort lässt Nikos die Frau los.

»Tita!« Er eilt auf mich zu, und ich fuchtle abwehrend mit den Armen. »Lass mich das erklären.«

»Nein, nicht, Nikos!« Meine Gedanken galoppieren von ›Gott sei Dank‹ zu ›Was soll denn das jetzt?‹. Aber nach einem Moment habe ich mich wieder gefangen und bleibe bei: ›Kann man so viel Glück an einem einzigen Tag haben?‹

Die Blonde steht wie angewurzelt in der Mitte des Zimmers und sieht mich feindselig an.

»Aber ich –«

Spontan umarme ich ihn und küsse ihn auf die Wange. »Nikos! Alles ist gut. Du weißt gar nicht, wie froh ich bin, euch überrascht zu haben.«

Er sieht verdattert aus und fährt sich durchs schwarze Haar. »Äh, wieso das?«

»Egal.« Ich gehe an ihm vorbei und strecke meine Hand aus. »Iris, nehme ich an, oder?«

Sie drückt meine Hand kurz. »Ja. Hallo, Tita.«

Im Gegensatz zu Nikos schaut sie kein bisschen schuldbewusst aus. Aber meine Erleichterung ist so groß, dass ich sie umarme. »Schön, dass ihr wieder zusammen seid.«

Ihr Körper sperrt sich, und ich lasse sie wieder los.

Nikos, der hinter mir steht, meint: »Ich bin echt verblüfft, Tita. Aber ich freue mich, dass du das so locker nimmst.«

Ich drehe mich um. »Nikos, ich weiß nicht, was sich das Schicksal gedacht hat, aber Vincent ist hier, und, nun ja, er hat mit Ann-Marie Schluss gemacht.«

Nikos legt den Kopf zur Seite und schmunzelt. »Das ist ja wie in einem Film.«

»Ist es.«

»Ich habe keine Ahnung, wer dieser Vincent ist, aber für mich klingt das wunderbar«, meint Iris. »Und wie geht es jetzt weiter?«

Also ich löse damit mein Ticket in den siebenten Himmel mit Vincent. Und zwar so schnell ich kann.

»Wenn es euch nichts ausmacht, packe ich meine Sachen und verabschiede mich.«

»Ich helfe dir«, bietet Nikos an.

»Nein, danke. Alles gut. Gebt mir eine Viertelstunde.« Dann sehe ich ihm tief in die Augen. »Vielleicht können wir oben noch fünf Minuten allein sprechen?«

Iris deutet ihm, das zu tun. »Ist schon okay.«

»Gerne, ich komme mit nach oben.«

Während ich meine Klamotten in den Koffer werfe, sitzt Nikos am Bett und hört mir zu. Alles sprudelt aus mir heraus, denn ich habe das Gefühl, ihm dennoch die Wahrheit sagen zu müssen. Wir sollten nicht mit Fragezeichen im Kopf auseinandergehen, und er muss wissen, dass nichts an ihm falsch war, sondern an mir. Bloß die Szene im Meer lasse ich aus. Er muss ja auch nicht alles wissen. Fragen stellt Nikos keine, aber so wirklich toll scheint er das, was er von mir hört, auch wieder nicht zu finden.

»So. Das war die Kurzfassung. Und ich schwöre dir, mir war ganz schlecht deswegen, weil ich hergekommen bin, um es dir zu beichten.«

Er fasst mich an der Hand und zieht mich zu sich. »Wir haben beide gewusst, dass wir einander trösten, oder?«

»Ja. Das stimmt wohl.« Ich muss schmunzeln. »Und ich danke dir sehr dafür. Ich habe mich noch nie so frei und wohl gefühlt wie hier in deinem Haus.«

Nikos steht auf und küsst mich auf die Stirn, dann umarmt er mich. »Ich danke dir auch, Tita. Du hast mir aus einem wirklich verdammt tiefen Loch geholfen. Und ich wünsche dir von Herzen, dass das mit Vincent klappt.«

»Das wünsche ich dir und Iris auch. Du bist so ein wundervoller Mensch, der nichts als die beste Beziehung der Welt verdient.«

»Das kann ich nur zurückgeben.«

Plötzlich räuspert sie sich hinter uns, und wir fahren auseinander.

Dann gehe ich auf sie zu. »Mach ihn glücklich, ja? Sonst komme ich wieder.«

Iris tritt einen Schritt zur Seite. »Bloß nicht, denn das werde ich.«

»Gut so. Ich hole noch schnell mein Zeug aus dem Badezimmer, und dann bin ich weg.«

Sieht so aus, als ginge es Iris nicht schnell genug, denn auch sie hilft mir beim Tragen meiner Sachen und bringt mir noch ein Kleid samt Flip-Flops, die auf der Terrasse lagen.

Alles ist im Kofferraum, und als Erstes verabschiede ich mich von ihr. »Pass gut auf ihn auf, ja?«

»Mache ich.«

Ich will sie umarmen, aber sie wehrt ab. »Das muss jetzt nicht sein.«

Okay. Auch gut. Ich muss grinsen, da ich sie gut verstehen kann.

Nikos nimmt mich jedoch sehr wohl in die Arme. »Und richte ihm von mir aus, er war ein Idiot. Und falls Vincent das nicht checkt, rufe ich ihn gerne an.«

»Danke, Nikos. Das sage ich ihm. Und ganz liebe Grüße an deine Familie, ein großes Danke an sie alle, und sag ihnen, dass es mir leidtut, mich nicht persönlich verabschiedet zu haben.«

»Aber das kannst du doch. Fahr noch rüber.«

Iris drängt sich zwischen uns. »Wisst ihr was. Jetzt ist es aber auch mal genug. Ich richte ihnen das gerne für dich aus.«

Grinsend steige ich ein. »Danke, Iris. Botschaft angekommen. Ich wünsche euch beiden alles Glück dieser Erde!«

»Dir auch«, erwidert Nikos, dessen Hand Iris bereits in ihrer hält.

Ein letztes Mal blicke ich auf den Garten vor dem Haus, in den ich mich auf Anhieb verliebt habe. Es war gut, hierhergekommen zu sein. Wir haben einander Halt in für uns beide schwierigen Zeiten gegeben. Und es war gut, dass wir nicht wirklich miteinander geschlafen haben. Aber ich werde Nikos und dieses Häuschen vermissen.

Winkend und leichter, aber etwas sentimental gestimmt fahre ich davon.

Nach der ersten Kurve rufe ich Vincent an. Ich schätze, es hat noch nicht einmal geläutet, so schnell hebt er ab.

»Und?«

»Alles erledigt«, erkläre ich ihm beschwingt. »Mein Gepäck ist im Auto. Wo soll ich denn jetzt hinkommen?«

»Ich freue mich, Tia. Aber das ging schneller als erwartet.«

»Nun ja, er ist wieder mit seiner Ex zusammen.«

»Nicht wahr.«

»Doch! Also: Soll ich in Richtung Naxos (Stadt) fahren oder zurück zur Bucht?«

»Wir fahren gerade zurück nach Agia Anna, um dort zu ankern. Dummerweise können wir uns erst in zwei Stunden treffen.«

Ist das jetzt sein Ernst? Erst konnte ich ihm nicht schnell genug mit Nikos Schluss machen, und jetzt klingt er irgendwie komisch. Distanziert. Als käme ich ihm ungelegen.

Das ist das Letzte! Ich muss am staubigen Straßenrand anhalten, um das mal zu schnallen. Was soll denn das jetzt von ihm?

»Tia?«

»Sekunde, musste kurz stehen bleiben.«

Plötzlich erinnere ich mich daran, dass ich nie so sein wollte. Nämlich kompliziert. Zickig. So wie Ann-Marie. Es wird schon einen Grund geben, und tatsächlich wird er mit der Jacht etwas brauchen, bis sie zum nächsten Ankerplatz kommen. Vielleicht ist es gut, wenn ich noch mit Laura quatschen kann. Bo sollte ich auch anrufen.

»Ich bin noch dran. Weißt du was, kein Problem.« Laura ist mit dem Taxi zurück nach Chora. Also werde ich einfach mit meinen Sachen zu ihrem Studio fahren. »Ruf mich einfach an, wenn du an Land gehen kannst.«

»Werde ich. Sobald wir da sind. Dann komme ich dich mit dem Beiboot abholen.«

»So machen wir es.«

»Ich vermisse dich«, flüstert er durchs Telefon, als ich beinahe schon auf ›Auflegen‹ gedrückt habe.

»Ich dich auch.«

Jetzt beendet er das Gespräch tatsächlich. Und ich kicke einen kleinen Stein die Straße hinunter. »Autsch!« Shit. Mit Flip-Flops war das keine glorreiche Idee.

Und jetzt?

Ich sehe hinunter aufs Meer und atme tief ein. Der Duft von keine Ahnung was steigt mir in die Nase. Eine Mischung aus Zedern, Büschen und wild wachsenden Kräutern mit einem Schuss salziger Meerluft.

Es gibt keine schönere Farbe als dieses spezielle Blau des Meeres. Die weißen Häuser wirken wie auf eine Postkarte gemalt mit ihren blauen Türen und Fensterläden. Was will ich mehr? Der Stress wegen Nikos hat sich in Luft aufgelöst. Er ist happy mit Iris. Und ich mit Vincent. Nie hätte ich gedacht, dass er mir nachfliegt. Das entspricht überhaupt nicht seinem Wesen, und ich weiß, Ann-Marie ist des Öfteren nach Streitigkeiten mit ihm irgendwohin geflüchtet, und nie ist er ihr nachgereist.

Irgendwie wird mir leichter ums Herz, als ich unten im Meer seine Jacht erspähe. Nein, wir brauchen kein Drama mehr. Er hatte genügend davon, und ich hasse es.

Ich tippe auf ›Laura‹, und sie hebt nach zwei Mal Läuten ab.

»Kann ich auf einen Sprung zu dir kommen? Ich bin gerade quasi obdachlos.«

»Natürlich. Ich bin im Studio. Aber was ist passiert?«

Noch während ich ihr erkläre, warum und wieso, und dass gar nichts Großartiges geschehen ist, steige ich wieder ins Auto und fahre mit offenen Fenstern weiter.

»Du hast ja gar keine Ahnung, was für ein Glückspilz du bist! Und jetzt ab in die Dusche, und pimp dich ein wenig für heute Abend auf«, meint Laura grinsend, nachdem ich ihr noch bei einem Espresso die Einzelheiten meines Gesprächs mit Nikos erzählt habe. Und ihn mir über das Kleid getröpfelt habe. Unabsichtlich natürlich. Aber diese braunen Flecken bekomme ich nie wieder aus dem Stoff. Doch wir haben bereits die Alternative gefunden – in meinem Koffer, der nun aufgeklappt und durchwühlt mitten in Lauras Schlaf- und Wohnzimmer liegt.

Im Aufstehen antworte ich ihr: »Mache ich. Ich danke dir.«

»Nichts zu danken, solange du dafür sorgst, dass ich den Surfkurs nicht ohne dich zu Ende bringen muss, und ihr mich eine Runde mit der Jacht mitnehmt.« Laura strahlt übers ganze Gesicht.

»So nett war es also heute Nachmittag mit David?«

»Ich war schon recht betrunken, aber ja. Außerdem würde ich dich vermissen.«

Ich hebe die Brauen. »Ich dich auch, aber darum geht es doch nicht, oder?«

»Okay. David und ich haben uns ganz toll unterhalten, und er ist echt extrem nett.«

Immer wieder bringt sie mich zum Lachen. »Laura! Du weißt, nett ist zu wenig fürs Bett. Ein wenig mehr als das sollte er schon in dir auslösen.«

Sie kriegt rosa Wangen, und ich stehe auf. »Du meinst, so ein Feuer wie zwischen dir und Vincent heute im Meer? Mensch, das Wasser hat ja gebrodelt.«

In der Bewegung halte ich inne und strecke den Zeigefinger in ihre Richtung. »Ihr habt uns zugesehen?« Dann schlage ich die Hände übers Gesicht. »Gott, ist das peinlich.«

Sie klopft mir auf die Schulter. »Nein, nur ganz am Anfang. Aber ich habe eine blühende Fantasie, wie du weißt.«

»Ich gehe duschen, bevor dieses Gespräch abgleitet.«

»So wie ihr beide heute?«, retourniert sie noch immer grinsend.

»Ich bin dann mal weg.«

Wir haben bereits gemeinsam ein bodenlanges hautenges Kleid mit den Spaghettiträgern aus meinem Koffer für mich ausgesucht. Es ist cremefarben, ganz dünn gehäkelt und hat ein hauchdünnes Unterkleid. Zu meinen goldenen Sandalen mit den großen, kreisförmigen Blättchen wird das super aussehen.

Eine halbe Stunde später bin ich fertig. Der Koffer und meine große Tasche liegen wieder verschlossen und für den Abtransport bereit in Lauras Wohnzimmer. Nun stehe ich vor dem Spiegel für einen letzten Check.

Doch. Ich sehe toll aus. Speziell meine Frisur ist mir gelungen, denn ich habe mein Haar mit dem Glätteisen in große Wellen gedreht und dann lose aufgesteckt. Zum Glück hat Laura einen Adapter für die Steckdose. Zum Abschluss drehe ich mich noch einmal in jede Richtung im Mini-Vorzimmer.

»Das Kleid steht dir super zu deinem dunklen Haar. Ich bin gespannt, wie lange er braucht, bis er es dir vom Körper reißt.«

»Und was ist, wenn er mich in Shorts abholt und ich völlig overdressed bin?«

»Pack dir Flip-Flops in die Handtasche, die lösen das Problem.«

Ich umarme sie. »Danke! Und halt mir die Daumen, dass er es sich nicht aus irgendeinem Grund wieder anders überlegt hat.«

»Wird er nicht. Das habe ich an seinen Augen gesehen. Vincent liebt dich, daran darfst du keine Sekunde zweifeln.«

Und wie ich zweifle. Ich checke sogar noch einmal mein Handy. »Ich weiß, Laura. Aber ist es nicht seltsam, dass er noch immer nicht angerufen hat?«

Die Sonne steht bereits tief, und Vincent müsste seit mindestens zwei Stunden vor Anker liegen, und dass er länger zum Duschen und Umziehen braucht als ich, kann ich mir nicht vorstellen.

»Hm.« Auch Laura hat kurz nachgedacht, wie es scheint. »Vielleicht bereitet er irgendetwas vor, um dich zu überraschen?«

»Dann würde ich ihm die Verspätung auf jeden Fall verzeihen.«

Zwar hüpft mein Herz ob dieser Idee, aber andererseits: Der Typ ist er nicht. Er mag auch keine romantischen Filme oder Serien. Vincent liebt Action. Im Beruf wie auch in seiner Freizeit. Ja, er gibt tolle und ausgefallene Feste. Solche, die man auf Jachten und in exklusiven Clubs oder in einem Hotel feiert. Aber das sind Events, die andere für ihn organisieren. Er begleicht bloß die Rechnung, und auch das macht er nicht persönlich, sondern Bruno, Martin oder David erledigen das über eines seiner Kreditkarten, schätze ich.

Laura steht auf. »Komm. Wir trinken auf der Terrasse noch ein Gläschen. Heute schmeckt es mir nämlich wieder einmal so richtig gut.«

»Okay.«

Sie holte eine Flasche Wein aus dem Kühlschrank, ich nehme zwei Gläser mit, und wir setzen uns nach draußen, wo wie um diese Uhrzeit so oft ein leichter Wind weht. Sehr angenehm.

Wir prosten einander zu. Laura trinkt auf Vincent und mich, ich auf sie und David.

Mein Handy läutet. Endlich!

Oh. Es ist bloß Bo.

»Sag mal, was ist mit dir los? Du antwortest nicht auf meine WhatsApps? Oder nein, sag nichts: Du hast es dir endlich anders überlegt und bist mit dem griechischen Adonis im Bett gelandet und nicht mehr rausgekommen, weil der Sex so fantastisch ist? Das würde natürlich erklären, warum du auf deine beste Freundin vergessen hast.«

Wenn Bo mal anfängt, ist sie oft nicht zu stoppen. Aber ich falle ihr ins Wort. »Bo! Nein. Ich habe nicht mit Nikos geschlafen.«

»Nicht? Sag einmal, gehts noch? Wie lange wollt ihr euch wie zwei Teenager benehmen und Petting machen?« Sie macht ein grauenvolles Geräusch. »Ist ja beinahe ekelig. Obwohl vielleicht auch superromantisch.«

»Kannst du bitte damit aufhören? Ich habe gerade echt andere Probleme.«

»Ach ja? Welche bitte? Bei mir war heute im Büro Land unter. Wir haben von Alissa noch zwei Events aufs Auge gedrückt bekommen, und jetzt sollen wir innerhalb von vier Wochen eine VIP-Party beim Grand Prix in Barcelona organisieren, weil Vince dort etwas Neues machen will, dann noch eine Produkteinführung von MORe Coconut Summer in einem Nobelclub in Saint Tropez und eine einfache Dinnerparty bei ihm zuhause in der Villa Ende des Monats.«

Sie schafft es, ohne Luft zu holen dahinzuplappern, und gibt mir damit nicht die geringste Chance, sie zu unterbrechen.

»Für seine drei Investoren samt deren Gattinnen, wie Bruno es nannte. Wir sind hier am Durchdrehen, und du fehlst verdammt! Ich hasse es, dass du auf einer Insel sitzt und dir bloß überlegen musst, an welchen Strand du fährst. Und du musst –«

»Kannst du bitte mal atmen?«, schreie ich ins Handy. Sonst hört sie nie auf.

»Wenn du willst«, erklärt sie mir schnaufend. »Also: Dann gib mir die Kurzfassung, ich habe nicht viel Zeit, weil ich noch immer über der Organisation dieses Wahnsinns sitze.«

»Dafür, dass du im Stress bist, war deine Einleitung aber echt lang.«

»Ja, kann sein. Auch ich muss mal Druck ablassen. Also los, jetzt spann mich nicht länger auf die Folter: Was ist los auf Paros?«

»Naxos, Bo. Aber stell dir vor: Es ist aus mit Nikos.«

»Aus? Und da grinst du? Das spüre ich bis hierher. Was ist denn in dich gefahren?«

»Gar nichts. Und es ist gut so. Nikos ist wieder bei seiner Ex und ich –«

»Single! Großartig. Sag nicht, du hast dich wegen Vince so daran gewöhnt, dass du es mittlerweile liebst?« Kurz hält sie inne. Aber zu kurz. »Nein! Blödsinn. Du bist zum Frühstück mit Vince gegangen?«

»Lass mich halt ausreden: Ja, ich bin mit Vincent zusammen.«

»Wie jetzt? Was hat er gesagt, was hat er getan? Los, sag es mir.«

»Gar nichts. Wir haben uns rein zufällig in einer Bucht getroffen.«

Kurz erzähle ich ihr die Eckpunkte. Ich weiß, dass sie sonst keine Ruhe gibt.

»Du warst mit ihm im Bett? Auf der Jacht? Wie war es? Sag schon! So wie vor zwei Jahren oder besser?« Kurz atmet sie tatsächlich laut aus. »Ich hoffe, nicht schlechter.«

Was sag ich jetzt? Bo wird keine Ruhe geben, bis sie alles aus mir rausgepresst hat. »Die Kurzfassung für dich lautet: Nein, wir waren nicht im Bett, sondern im Meer, und ja, es war genauso toll wie vor zwei Jahren.« Sie quietscht am anderen Ende, und Laura nippt an ihrem Glas und schmunzelt in sich hinein. »Aber ich muss jetzt los, weil wir beide uns demnächst treffen werden.«

»Okay, okay. Dann halte ich dir die Daumen, und wehe, du meldest dich nicht morgen mit einem Bericht. Ich schwöre, ich setze mich in ein Flugzeug und komme auf diese Insel.«

»Paros«, erwidere ich grinsend.

»Oh nein, Süße. Jetzt habe ich es mir gemerkt: Ich fliege nach Naxos.«

»Arbeite noch schön!«, antworte ich kichernd, und wir verabschieden uns. »Puh!«

»Weißt du, was ich mir wünsche?«

Einen Mann, der zufällig wie David aussieht?

»Keine Ahnung, Laura.«

»Die Energie von Bo. Die ist ja ein Wahnsinn!«

»Ist sie. Ein Naturereignis. Und wenn sie schlecht drauf ist, ist es durchaus ratsam, einen großen Bogen um Bo zu machen.« Ich hebe den Finger. »Aber wenn sie gut drauf ist, dann wird ein einfacher Ausflug in eine Bar zum Spektakel der Sonderklasse. Bo tanzt nämlich zu gerne auf Tischen.«

Laura kringelt sich vor Lachen. »Ich freue mich schon, sie kennenzulernen.«

»Ich auch.« Dann trinke ich das halbe Glas Weißwein auf einem Sitz leer und deute anschließend aufs Handy. »Denkst du, ich soll mir noch immer keine Sorgen machen?«

Sie verzieht ihren Mund und seufzt. »Ich weiß es nicht.«

Grund genug, mir noch mal das Glas vollzuschenken. »Jamas!«

»Jamas!«

Während wir zum Trinken ansetzen, klopft es an der Tür. Laura springt auf. »Das wird meine Vermieterin sein. Sie ist so lieb und bringt mir alle zwei Tage frische Handtücher und meistens frische Kräuter zum Kochen aus ihrem Garten.« Sie läuft nach drinnen, während ich hinunter auf das Stückchen Meer sehe, das die Häuser rechts und links nicht verdecken.

Was, wenn Vincent kalte Füße bekommen hat? Wie oft hat er mir im Ärger über Ann-Marie schon erklärt, er wäre lieber wieder Single? Ich meine, er kann alles tun. Sich alles leisten. Eine Sängerin, ein Model oder eine Schauspielerin haben. Bloß weil er mit mir so normal umgeht, heißt das nicht, dass er nicht gleichzeitig ein völlig anderes Leben führt, das ich manchmal vergesse.

Da sitze ich. Aufgetakelt und mit einem Glas in der Hand. Es war falsch, mit ihm zu schlafen. Männer checken das nicht und sind dann unglücklich, wenn sie nicht ausreichend Zeit zum Jagen hatten.

Das Zeug schmeckt echt gut. Mir ist das alles zu blöd. Ich ziehe mir einen Bikini und ein Strandkleid an und überrede Laura, hinunter an den Strand zu gehen.

Apropos: Sie muss wohl vor die Tür gegangen sein, denn ich höre nichts. Egal. Kurz halte ich mir die Augen zu, dann spähe ich durch die Finger. Ja. Das Meer ist noch hier.

»Auf dich, Meer!«, proste ich dem Wasser zu. »Du bist wenigstens verlässlich.«

Plötzlich hält mir von hinten jemand die Augen zu. Dann höre ich eine Stimme am Ohr. »Ich etwa nicht?«

Karussell. Meine Gefühle, mein Herzklopfen, die Erleichterung. All das kreist im rasenden Tempo um den einen Gedanken, den ich laut rufe: »Vincent!«

Er ist hier.

»Sorry für die Verspätung, aber ich musste etwas vorbereiten.« Sanft streicht er mir über die Schultern und stellt sich vor mich. Dann haucht er mir ins Ohr: »Es geht ja um unser erstes offizielles Date.« Nicht nur an meinem Hals kribbelt es.

Ich springe auf und falle ihm um den Hals. Hilft nichts, ich fühle mich so unendlich erleichtert, dass er hier ist. Da kann ich nicht taktieren. In meinen Adern fließt italienisches Blut. »Puh, du hast mir echt einen Schrecken eingejagt.«

Er zieht die Brauen hoch und schmunzelt. »So sehr hast du mich in den letzten drei Stunden vermisst?«

Verdammt. »Das waren nur drei?«

»Ja, Tia. Und glaube mir, ich habe keine Sekunde davon einfach nur aufs Meer gesehen.« Vincent küsst meinen Handrücken. »Wieso siehst du immer so toll aus? Jetzt finde ich meine eigene Idee nämlich plötzlich gar nicht mehr so gut.«

Ich schlinge meine Arme um seinen Nacken. »Weißt du was? Was immer du geplant hast, ist sicher einfach fantastisch, weil wir zusammen sind. Mehr brauche ich gar nicht.«

Er grinst. »Hör auf. Ich weiß, wie unkompliziert du bist, aber ich kann nicht glauben, dass ich zu spät komme, du nicht sauer bist und mir dann noch einen Freifahrtschein ausstellst, für was immer ich geplant habe.«

So bin ich eben. Ich heiße ja nicht Ann-Marie. »Dann gewöhn dich mal lieber dran, und wehe, du vermisst die Zicken von Du-weißt-schon-wem.«

Theatralisch legt er eine Hand aufs Herz. »Ich schwöre, das werde nicht. Also komm.« Er zieht mich mit nach draußen.

Oh. Meine Sachen sind weg. Ich deute auf den leeren Fußboden am Weg durchs Wohnzimmer. »Hat David den Koffer schon mitgenommen?«

»Ja, und Laura die Tasche. Sie sind draußen.«

Mein Designer-Schlapphut liegt zum Glück noch auf Lauras Bett. Den setze ich auf und hänge mir meine Handtasche um.

»Jetzt können wir.«

Hand in Hand gehen wir durch die Holztür, und noch bevor ich die drei Stufen runter auf den staubigen Vorplatz nehme, sehe ich es: das Mini-Cabrio in Weiß. Daneben steht ein großer schwarzer Mercedes-Van mit dunkel getönten Scheiben, den ganz offensichtlich der etwa fünfzigjährige Einheimische fährt, der gerade die Hecktüren schließt. David und Laura stehen vor dem Van.

»Ein Mini?« Ich habe ja auch einen. Iris dämlicherweise ebenfalls.

»Ja. Was die hier unter Luxusauto verstehen, hat mir nicht gefallen. Und ich dachte: Du liebst dieses Auto, also sollte es für uns beide passen. Bereit für den Ride?«

»Aber so was von.«

Ich verabschiede mich von Laura, muss ihr aber noch versprechen, morgen zum Surfkurs zu erscheinen. »Und zwar pünktlich«, wie sie mir mit auf den Weg gibt. »Habt einen tollen Abend!«

»Danke. Ich rufe dich morgen an.«

Ich steige ins Auto, setze mich auf den Beifahrersitz, und Vincent startet kurz später den Motor. Und schon brausen wir los. Mein Hut trotzt dem Fahrtwind und hat die Güte, nicht davonzufliegen. Sicherheitshalber halte ich ihn jedoch fest. Ich liebe es. Den Duft von Salzwasser und Kräutern in der Luft, und auch, wie ich meine Hand dem Wind entgegenstemmen kann.

Vincent dreht einen Sender auf.

»Lass den, das ist cool. Richtige griechische Musik, wie man es sich so vorstellt.« Dann lege ich meine linke Hand auf seinen Oberschenkel. »Allein diese Fahrt ist traumhaft.«

Doch dann wird mir etwas bewusst und fährt mir in die Glieder. »Das ist das erste Mal, dass ich dich selbst fahren sehe.«

Er grinst mich an. »Stimmt. Ich wollte mein Mädchen ausführen. Schlecht?«

Keine Ahnung, was wirklich dahintersteckt, aber er wird es mir erzählen, wenn es passt. »Nein, gut. Sehr gut sogar.« So gut, dass ich meine Hand in seinen Schritt lege und er seine auf meine.

Nach kurzer Zeit haben wir die hügeligen Gassen von Chora hinter uns gelassen und fahren dem Meer entlang. Er ist da. Direkt neben mir. Worte können gar nicht ausdrücken, welcher Sturm an Gefühlen in mir tobt. Die Traurigkeit über all das, was wir versäumt haben, und all meine Versuche, ihn aus meinem Kopf zu bekommen, ist zum Glück Geschichte. Versunken in einem Glücksgefühl, das ich so nicht kenne. Als würden unendlich viele goldene Fäden durch meinen Körper spinnen und mich in einen Kokon aus Licht und Liebe einhüllen. Ich fühle eine unbändige Freude auf das, was vor uns liegt. Mein Herz wird immer ruhiger, bis ich es gar nicht mehr wahrnehme. Wichtig ist nur, dass ich ihn spüre. Und das tue ich!

Vincent ist auf die Straße abgebogen, die auf den Hügel der dem Surfstrand gegenüberliegenden Bucht führt. Er wird schon wissen, was er hier will. Ich finde unser Schweigen viel zu schön, um es zu unterbrechen. Stattdessen drücke ich seine Hand und ernte ein Lächeln. Seine Augen strahlen. Wie schön.

Plötzlich hält er den Wagen vor einer modernen, aber doch irgendwie typisch griechischen Villa in Weiß an.

»Wir sind hier.«

»Ich dachte, wir wollen auf die Jacht.«

»Nun, ich habe es mir anders überlegt. Komm mit.«

Da bin ich mal gespannt, was er mit diesem Haus vorhat.

Bad Habit: Nicht verlieren können

Ann-Marie

Ich dachte, es ist aus zwischen euch?«

»Ach, du kennst uns, Sophie. Wir haben eben eine sehr leidenschaftliche Beziehung.«

»Aber Martin sagte, du bist ausgezogen?«

»Aus der alten Villa? Ja. Gott, wieso sollte ich da noch länger wohnen wollen, wo doch die neue bald fertig ist? Da ist ja meine Hütte besser.«

Sie lächelt. »Verstehe.«

Tust du nicht, aber jetzt ist auch mal genug mit dem Geplänkel. Langsam muss ich zur Sache kommen. Vorher nehme ich noch einen Schluck vom Prosecco-Spritz mit Rosenblättern. Champagner hatten die Loser hier keinen. Aber er ist gar nicht mal so schlecht. Wie auch meine Idee, Sophie auf dieses Treffen in der Innenstadt einzuladen.

»Martin ist wohl noch in der Firma?« Rein rhetorisch, die Frage, es ist ja erst halb sechs Uhr abends. Wo wird er groß sein, wenn Vince nicht in der Stadt ist?

»Ja, ist er.« Dann beugt sie sich verschwörerisch in meine Richtung quer über den Tisch. »Er ist ein wenig angepisst, dass Vince ihn nicht nach Griechenland mitgenommen hat.« Theatralisch lehnt sich Sophie wieder nach hinten. »Aber besser er als ich. Ich würde es krass finden, wenn die schon wieder auf Männerurlaub machen und mich zuhause lassen.«

Männerurlaub ohne Martin? So etwas tut Vince nicht. Wenn er mit David allein unterwegs ist, gibt es dafür nur zwei Gründe: Er hat wirklich jede Menge beruflicher Termine, dann würde Sophie es aber nicht Männerurlaub nennen, oder aber: Es steckt eine andere Frau dahinter! Ich bringe dich um, Vince!

»Sophie, das würden sie nicht wagen. Und es ist auch kein Urlaub. Vincent hat da geschäftlich zu tun.« Ich habe keinen blassen Schimmer, wo er ist und warum. Aber genau deshalb bin ich hier.

»Was? Auf Naxos? Was will er denn da?«

Reingefallen. Und danke!

»Nun ja, keine Ahnung. Vielleicht eine Location für ein Event ansehen?«

»Ja, das könnte natürlich sein.« Natürlich ist das nicht so. Herrgott, sie kann schon echt einfältig sein. »Muss auch etwas mit Sisi zu tun haben.«

Moment mal. »Wieso denn das? Ich kann mir nicht vorstellen, dass die Kaiserin jemals so weit in den Süden gekommen ist.«

»Stimmt auch wieder, dann mag Vince die Dinger einfach. Martin musste nämlich noch extra jemanden kandierte Veilchen kaufen schicken, damit Vince sie mitnehmen kann.«

Alles in mir kocht über. Das wird er mir büßen! Denn nicht er mag sie, Tita mag sie. Vincent hat sich ja nicht entblödet, mal drei Schachteln für sie während eines Einkaufsbummels mit mir zu kaufen.

Dieses Miststück. Ich wusste schon immer, dass da etwas läuft.

»Ja, die liebt er. Komisch, oder?«

Beherrschung! Ich darf sie nicht verlieren, sonst wird Sophie stutzig. Okay. Krame ich mal kurz in meiner Tasche und tue so, als ob mich das alles nichts angeht.

»Komisch? Also für einen Mann finde ich das echt schräg. Aber gut, Vince ist in einigen Dingen schräg.«

Vor dem Handspiegel ziehe ich meinen Lippenstift nach. Lippen aneinanderpressen. Gut. Es geht wieder so halbwegs. »Stimmt. Das ist er. Leider muss ich jetzt los.«

»Kein Problem. So einen Absacker nach der Arbeit sollten wir öfter nehmen.«

Ich arbeite doch nicht! Außerdem, was denkt sie, wer sie ist? Model! Pfah. Und billig angezogen. Sophie schnallt einfach nicht, dass ich sie immer nur dann anrufe, wenn ich sie für etwas brauche.

»Gerne. Bist du so lieb und übernimmst die Rechnung? Ich habs leider echt eilig. Muss noch zu meinem Vater.«

Verdattert sieht sie mich an, steht aber auf und umarmt mich. »Klar. Dann bis bald.«

»Natürlich! Aber unsere Treffen bleiben unter uns, ja? Muss ja nicht jeder in der Firma wissen. Du weißt ja, wie die Angestellten tratschen, und Martin hat da oft keine Hemmungen, etwas Persönliches zu erzählen.« Ich sehe ihr tief in die Augen. Checkt Martin ihren dümmlichen Blick oder nicht? Oder ist er ihm egal, solange sie gut im Bett ist? »Wir Frauen müssen schließlich auch zusammenhalten, die Männer tun es ja auch.«

»Stimmt. Das bleibt unter uns.«

Beinahe zu laut und erleichtert atme ich aus. »Also dann!«

Sie küsst mich noch zum Abschied, als ob ich das bei der Hitze brauchen würde. Ich hasse es. Spiele aber mit.

Schon im Gehen rufe ich meinen Chauffeur an. Fritz holt mich direkt am Ende der Spiegelgasse, Ecke Graben ab.

»Wo soll es jetzt hingehen?«

»In mein Haus.«

Ich brauche einen verdammt guten Plan.

Tita! Du hast keine Ahnung, mit wem du dich da angelegt hast. Denkst du wirklich, jemand wie Vince steht einer wie dir zu? Nur über meine Leiche.

Hm. Was würde er wohl tun, wenn ich wieder einziehe und ihm vorspiele, schwanger zu sein? Und dann leider das Baby verliere?

Aber dann dürfte ich vor ihm keinen Alkohol trinken.

Mal sehen. Vielleicht fällt mir noch etwas Besseres ein. Auf jeden Fall können sich die beiden auf etwas gefasst machen!

Ich schlage auf die Seitentür und ernte dafür einen Blick von Fritz über den Rückspiegel. »Was? Sieh bitte auf die Straße. Ist ja wohl mein Wagen, oder?«

Er nickt.

Na bitte.

Ich steige ein, und Fritz rollt los.

Ein wenig Ablenkung wäre ganz gut. Ich lese mal meine E-Mails.

Schon die dritte zaubert ein Lächeln in mein Herz. Die Journalistin! Auf diese Tussi habe ich ja bereits komplett vergessen.

Ich tippe eine Antwort: ›Hallo Frau Rotgart, ich denke, ich könnte nächsten Monat einen Termin für die Homestory frei machen.‹ Großartig. Ich schicke ihr die Adresse der neuen Villa mit. Jetzt brauche ich bloß noch eine gute Strategie. Irgendwann werde ich meine Sachen in die neue Villa bringen lassen, und dann werden wir mal sehen, was er zu diesem Interview sagen wird.

Zufrieden lehne ich mich zurück. Oh nein, mein Süßer. Mich verlässt du nicht. Niemand tut das. Wenn, dann gehe ich.

Und als erste Tat in meinem neuen Zuhause werde ich eine Klimaanlage in den Aufzug einbauen lassen. Wie komme ich dazu, mir am Weg in die Tiefgarage mein Make-up zu versauen? Dass er das abgelehnt hat, ist ja eine Sauerei. Ich rufe gleich die Firma an.

Das ist doch schon mal ein Anfang. Alles Weitere wird sich schon ergeben. Und du, mein Lieber, wirst deine Mätresse bald wieder los sein. Das schwöre ich dir. Bei meinem Leben!

Bad Habit: Nicht ahnen, was sich über dir zusammenbraut

Tizia

*W*enig später staune ich noch immer, wie Vincent es geschafft hat, mitten in der Hauptsaison ein ganzes Haus mit Blick auf Naxos (Stadt) und die Surfbucht zu bekommen. Es ist modern, aber nicht über-drüber möbliert. Alles innen ist in Weiß und Sandfarben oder Taupe. Sieht nicht ganz so heimelig wie Nikos' Häuschen aus, aber immer noch griechisch. Nur eben sehr viel moderner, doch auch hier kann man sich definitiv wohlfühlen.

»Komm, du musst die Terrassen sehen.«

Vincent öffnet die großen Glasscheiben im Wohnzimmer, und wir treten hinaus. Der Garten geht in drei Etagen nach unten, wo er an einer großen Mauer endet. Ganz heroben steht ein schwerer Holztisch unter einer Markise, der liebevoll für zwei Personen gedeckt ist. Alles ist vorbereitet: vom frischen, warm duftenden Weißbrot bis hin zu marinierten Scampi, die köstlich aussehen.

»Ist das schön hier!« Speziell das Himmelbett auf der Plattform unter uns, das komplett in ein Moskitonetz gehüllt ist und neben dem riesige Kerzen stehen. Der Pool darunter ist auch nicht zu verachten.

Ich falle ihm um den Hals. »Bleiben wir heute Abend hier? Das ist wunderschön, danke!«

»Gerne. Nun, erst wollte ich ein richtig tolles erstes Date ausrichten, aber schön essen gehen können wir ja immer. Das hier entspricht doch mehr uns beiden, oder? Wir sind zu zweit, können reden, so lange wir wollen, und dabei den Sternenhimmel betrachten.« Genau das will ich. »Etwas, das wir noch nie hatten«, fügt er hinzu und streicht mir über den Arm.

»Wie recht du hast. Und ich gebe zu: Genau davon habe ich immer geträumt.«

Er drückt mich eng an sich. »Ich auch, Tia. Du ahnst nicht, wie oft.«

»Oh doch. Ich konnte es immer fühlen.«

»Du kleine Hexe.«

»Falsch. Große Hexe. So groß, dass ich erst einmal auf das Essen verzichten und gerne auf diesem Himmelbett da unten mit dir probeliegen würde.« Die Fahrt hat mich zu sehr angeturnt.

Vincent grinst. »Du hast recht: Essen wird überbewertet. Speziell nach dieser langen Fahrt.«

Ich muss kichern. »Stimmt. Dafür wird die Kombination aus Liebe und Champagner unterbewertet.«

Vincent zieht die Brauen hoch. »Ich bin eindeutig für Liebe, Sex und Champagner.«

»Ich auch«, erkläre ich ihm lächelnd, bevor wir unter der großen Markise wieder schmusen. Doch dann fällt mir ein, dass wir da noch etwas klären müssen. »Wie lange hast du denn Zeit, um hierzubleiben? Also ich meine, auf Naxos.«

»Wie lange soll ich Zeit haben?«

Ich schlage ihm auf den Arm. »Du immer mit deinen Gegenfragen. Auf jeden Fall würde ich gerne bis Freitag bleiben, weil ich den Surfkurs gerne zu Ende bringen würde.«

»Du hast so ein Glück, dass ich in die Zukunft schauen kann.«

»Ach ja, warum?«

»Weil ich mir dachte, wir bleiben bis Freitag hier und hüpfen dann bis übernächsten Sonntag von einer Insel zur nächsten. Santorini, Mykonos, Kos, was immer uns gefällt.«

Moment mal. »Heißt das, du machst hier Urlaub? Mit mir? Fast zwei Wochen lang?«

Belustigt schüttelt er den Kopf. »Tia! Ja, das habe ich vor. Oder länger, das Boot ist ja für einen Monat gechartert. Außerdem denke ich, dass genau so der Rest unseres Lebens aussehen könnte. Wir bleiben da, wo es uns beiden gefällt, für wie lange es uns gefällt.«

»Klingt gut in meinen Ohren.«

»Ich habe auch schon ein Programm: Für morgen habe ich ein Beachrestaurant reserviert. Du kannst es dir später im Internet ansehen. Wenn es dir nicht gefällt, suchen wir etwas anderes. Und übermorgen habe ich einen Quad gemietet, damit wir –«

Ich nehme seine Hand. »Hör auf, Vincent. Was immer du planst, wird mir gefallen. Das weißt du. Also mach dir einfach keinen Kopf, und ich freue mich jetzt einfach wie ein kleines Kind, dass wir gemeinsam Zeit verbringen können, und lasse mich einfach überraschen. Was hältst du davon?«

Auch wenn ich gar kein Programm brauche. Mir würde dieses Bett da unten mit dem Blick auf die Lichter der Stadt und das Meer schon für die nächsten Tage ausreichen. Solange er bei mir ist.

Vincent schmunzelt und streicht eine meiner losen Haarsträhnen hinter mein Ohr. »Erklär mir eines: Wieso ist mit dir immer alles so unkompliziert und leicht?«

»Das könnte ich dich auch fragen, denn das ist mit ein Grund, warum ich mich in dich verliebt habe.«

Er legt mir beide Hände auf die Schultern und schiebt mich von sich. »Da muss ein Irrtum vorliegen. Ich bin doch egoistisch, völlig unromantisch und laufe vor jedem ernsten Gespräch weg.«

Unsere Blicke verhaken sich ineinander. »So tief sitzen Ann-Maries Vorwürfe bei dir?«

»Noch tiefer.«

»Verstehe. Dann werde ich dir mal helfen.« Ich löse mich von Vincent und drehe mich mit ausgestreckten Armen im Kreis.

»Was tust du da?«

»Ich feiere gerade deine völlig unromantische Seite ab, denn ich liebe sie.«

»Ich bin aber nicht so der Tänzer.«

Im Vorbeidrehen küsse ich ihn kurz. »Macht nichts. Du könntest mal sehen, ob es hier Musik gibt, und wenn du so lieb bist, auch etwas zu trinken bringen?«

»Mache ich sofort.« Und schon geht er an den Tisch und entkorkt die Flasche, die in einer großen Silberschale in Eiswürfel gebettet nur darauf wartet, endlich von uns getrunken zu werden.

Ich kenne ihn. Es macht ihn glücklich, wenn er das Gefühl hat, mich oder die Menschen, die ihm am Herzen liegen, glücklich machen zu können. Außerdem finde ich es ganz gut, wenn er mal etwas ganz Banales selbst tut. Das erdet.

Während Vincent im Haus verschwindet, tanze ich weiter. Die Musik ist ohnehin in meinem Kopf. Es ist noch immer der Song, den mir Ed Sheeran ins Herz geschrieben hat. »Dancing with my eyes closed«, singe ich nicht nur laut mit, sondern genau das tue ich auch: Ich tanze mit geschlossenen Augen und liebe es.

Als plötzlich echte Musik erklingt, öffne ich die Augen und wiege mich weiter zum Rhythmus. Gleichzeitig sehe ich Vincent dabei zu, wie er mit den beiden Gläsern auf mich zukommt und sie dann aber auf einer kleinen Mauer neben uns abstellt.

Er nimmt mich in seine Arme und dreht mich dann an seiner Hand im Kreis.

»Was? Jetzt tanzt du doch?«

»Seltsam, oder? Ich denke, wenn ich nicht romantisch bin, geht das am besten.«

Ich muss lachen. »Ach ja? Und was darf ich mir davon erwarten, wenn du egoistisch bist?«

Für einen unbewussten Moment kneift er die Lippen zusammen. »Das kann ich dir nur zeigen.«

»Bin gespannt.«

Er holt die Gläser und deutet mir, ihm zu folgen. Zu Reggae-Klängen aus den Außenlautsprechern geht er die Steinstufen hinunter zum Himmelbett, stellt die Gläser auf den Beistelltisch und hält das Moskitonetz so lange auf, bis ich durchgeschlüpft bin.

»Und? Was zeigst du mir jetzt?«

»Meine absolut egoistische Seite«, antwortet er grinsend und beginnt, leidenschaftlich mit mir zu schmusen.

»Es könnte sein, dass ich diese Seite verdammt mag.«

»Ich frage dich später noch einmal«, meint er, und wir lassen uns eng umschlungen nach hinten aufs Bett fallen.

Ja, wir haben Zeit verloren. Aber es war nur Zeit und niemals unsere Verbindung zueinander. Und die ist es doch, die zählt. Sie ist der Grund dafür, warum ich mich in seinen Armen so sicher und aufgehoben fühle. Zuhause. Angekommen.

In Gedanken mit ihm zu schlafen, war durchaus heiß. Aber seine Finger auf meiner nackten Haut zu spüren, ist unvergleichlich. Jede auch nur kleinste Berührung erzeugt in mir Wärme. Wärme, aus der Flammen zu lodern beginnen, die ich weder stoppen kann noch will. Ich ziehe ihm das T-Shirt über den Kopf, und er hilft mir dabei, mich meines Bikinihöschens zu entledigen. Meinen Gedanken reicht es nicht, hier mit ihm auf dem Bett zu liegen. Ich sehe uns hier überall miteinander schlafen: im Pool, auf dem Tisch, oben im Wohnzimmer. Die ganze Nacht.

»Woran denkst du?«, flüstert Vincent in mein Ohr.

»Oh, nur daran, dass du so egoistisch sein solltest, hier überall mit mir Sex zu haben. Du hast doch das ganze Haus gemietet, oder?«

Er presst die Lippen zusammen und grinst anschließend breit. »Ehrlich? Das war der Plan. Und ich dachte, das wäre egoistisch.«

»Vincent! Ich liebe es!«

»Und ich dich«, sagt er aus heiterem Himmel, und wir sehen einander tief in die Augen.

»Ich dich auch. Immer schon.«

Wir versinken in einem Kuss, der die ganze Welt aussperrt. Nach einer Weile nehme ich seine Hand und lege sie genau an die Stelle, wo ich sie spüren will. Und wo er sofort damit beginnt, genau das Richtige mit den druckvollen und gleichzeitig kreisenden Bewegungen seiner Finger zu machen.

Jeden Zentimeter seines Körpers so berühren und streicheln zu können, wie ich es will, und völlig ohne schlechtes Gewissen, fühlt sich wie das größte Geschenk an, das er mir jemals gemacht hat. Und ich genieße es in vollen Zügen. Versinke in einem Rausch an Empfindungen, die die Mischung aus Holz und Kräutern, nach denen seine Haut riecht, und dem Hauch Salz, nach der sie schmeckt, in mir auslöst. Mit geschlossenen Augen liege ich an seiner Brust und lasse mich von meinen Empfindungen umspülen.

Ich denke, es gibt nichts Schöneres, als in den Armen des Mannes zu liegen, den du liebst, und eine leichte Brise warmer Luft auf der Haut zu spüren.

Doch plötzlich setzt er sich auf und fragt: »Soll ich uns etwas Kaltes zum Trinken holen?«

»Gott, nein! Nicht jetzt.« Ich strecke meine Arme nach ihm aus. »Komm wieder her zu mir.«

Schmunzelnd meint er: »Es wäre aber sehr wichtig, wenn du jetzt gerne etwas trinken wolltest.«

Verstehe. Er hat etwas vor. Zärtlich streiche ich seinen Arm, der über meiner Brust liegt. »Dann natürlich sehr gerne. Ein Glas Wasser und danach ein Gläschen vom Champagner wären perfekt.«

Ich kuschle mich in seine Arme, und er flüstert mir ins Ohr: »Leider muss ich aufstehen.«

Mit einem Ruck drehe ich mich zu ihm um. »Was? Ich dachte, du schaffst das alles mit Beamen.«

Vincent lacht. »Daran arbeite ich noch. Gib mir eine Minute.«

Nach einem innigen Kuss steht er auf, zieht das Moskitonetz zur Seite und läuft splitterfasernackt nach oben. Erst sehe ich ihm nach, dann auf das hellblaue Wasser des Pools unter uns. Warum nicht?

Ich stehe auf und lasse mich vom Beckenrand aus ins Hellblau gleiten.

»Ist das herrlich«, rufe ich ihm zu, da er gerade mit einem Tablett mit Gläsern und einer Wasserkaraffe auf mich zukommt. Es fühlt sich an wie in der Badewanne, so warm ist das Wasser.

»Genau das wollte ich auch vorschlagen. Hier.« Er reicht mir erst das Wasserglas. »Auf dich. Die umwerfendste Frau, die mir jemals begegnet ist.« Dazu erhalte ich einen Kuss.

»Danke, du Charmeur. Ich trinke auf all das, das uns von Anfang an verbunden hat. Möge es immer so bleiben.«

Wir stoßen mit den bauchigen Wassergläsern an, und Vincent meint grinsend: »Amen.«

»Soll ich dich anspritzen? Ich meine das ernst.«

»Ich weiß, ich auch.« Dann nimmt er noch etwas vom Tablett und lässt sich zu mir in den Pool gleiten. Er hält mir seine geschlossene Faust vors Gesicht. »Die Verpackung könnte besser sein, aber ich hoffe, der Wille zählt fürs Werk.«

»Was hast du da in deiner Hand?«

»Sieh nach.«

Ich öffne seine Faust und muss schlucken. »Woher weißt du, dass mir diese Ohrringe und der Ring so gut gefallen haben?«

»Ich habe da so meine Quellen.« Ich will ihn schon umarmen, aber er wehrt mit der anderen Hand ab. »Bitte nicht. Steck dir die Ohrringe und den Ring erst an, sonst suchen wir diese Dinger vielleicht noch die ganze Nacht, was schade wäre, denn ich habe da bessere Ideen.«

»Ich weiß gar nicht, was ich sagen soll. Danke!«

»Ich wollte dir nur eine kleine Freude machen.«

»Das hast du!« Ich stecke mir den blauen Ring an den rechten Zeigefinger, und er passt wie angegossen. »Sieht er nicht toll aus?«

Schnell nehme ich den ersten Ohrring und verschraube ihn an der Rückseite meines Ohrs, während Vincent mir antwortet: »Absolut. Deshalb habe ich dir auch noch einiges mehr aus dem Laden besorgt, aber das habe ich noch oben in meinem Koffer.«

»Was? Aber das hier reicht doch. Du musst mich nicht mit Geschenken überhäufen.« Ich heiße ja nicht Ann-Marie. Auch wenn ich es süß finde, dass er mir genau diese drei Stücke mitgebracht hat.

»Weiß ich, will ich aber, allerdings überhäufe ich dich nicht, bloß weil ich oben noch ein paar Schachteln kandierte Veilchen für dich habe.«

»Hast du? Danke!« Ich umarme ihn.

»Tia, Tia! Wenn das so weitergeht, kann ich mir mit dir sogar freiwillig eine Shoppingtour vorstellen. Die ist sicher lustig.«

»Hast du eine Ahnung! Aber übertreibs nicht. Ich weiß, wie sehr du das hasst.«

»Auch wieder wahr. Und Bo wäre vermutlich beleidigt, oder?«

»Und wie!« Ich hoffe, ich erwische endlich den Stecker richtig, denn das verflixte zweite Ohrring will nicht zugehen. Zum Glück. Geschafft. »So. Wie sehe ich damit aus?«

»Einfach perfekt. Ich liebe dein Outfit dazu.«

Männer! »Ja? Ich finde auch, das hellblaue Wasserkleid passt perfekt zum Dunkelblau des Schmucks.«

»Und zu mir.« Damit zieht er mich in seine Arme und sieht mich an. »Ich habe noch immer keinen Hunger, und du?«

»Nicht wirklich.« Nun ja? »Vielleicht auf etwas Süßes?« Feigen zum Champagner könnten wir ja mal probieren. Oben am Tisch stand eine Schale davon.

»Wie zum Beispiel kandierte Veilchen?«

Noch besser. Jetzt muss ich lachen. »Du weißt, die gehen bei mir immer.«

»Ich weiß.« Dann greift er noch mal auf das Tablett und hält mir plötzlich einen wirklich verdammt großen Diamantring vor die Augen. Mein Herz setzt aus.

»Noch ein Ring?«

»Sorry, den hatte ich dir schon in Wien gekauft.« Er steckt ihn mir an der linken Hand an. Ich bin so weg, dass ich gar nichts sagen kann, sondern starre einfach nur den Ring an.

»Bist du sicher?«

»Was? Dass der für dich ist? Ja. Sehr sicher. Ich habe ihn selbst für dich ausgesucht und gehofft, ich könnte ihn dir hier schenken.«

Langsam komme ich wieder zu mir. »Er ist wunderschön.«

»Nicht so schön wie du.«

»Verdammt! Wieso weißt du immer, was du zu mir sagen musst, damit ich dahinschmelze?«

Vincent umarmt mich und flüstert: »Weil ich dich kenne, Tia. Und weil du bist, wie du bist.« Dann fällt ihm noch etwas ein. »Und weil auch du immer ehrlich zu mir bist.«

»Na ja, nicht immer«, werfe ich ein. »Immerhin habe ich dir zwei Jahre lang nichts über meine Gefühle für dich gesagt.« Verschweigen hat auch was von Lügen.

»Das zählt nicht. Wir wissen doch beide, warum wir diese Accounts angelegt haben, oder?«

Wieder kuschle ich mich in seine Umarmung. »Ja. Das stimmt.«

»Übrigens: Sollen wir sie löschen?«

Nun sehe ich ihn gespielt empört an. »Bist du verrückt? Ich liebe es, zu raten, was du mir sagen willst.«

»Da bin ich erleichtert, ich nämlich auch«, meint er grinsend. »Also gut, dann behalten wir sie.«

Allein wenn ich an unsere Nachrichten denke, wird mir heiß. Ich finde, die Veilchen können auch noch warten, wie auch der Champagner.

»Machen wir. Nicht aber deine Badeshorts«, raune ich ihm ins Ohr und versuche, sie ihm unter Wasser auszuziehen.

Und plötzlich ist da wieder dieses Feuer, dieses unbändige Verlangen, ihn in mir zu spüren, das nicht einmal ein Pool voll mit Wasser löschen kann. Im Gegenteil.

»Du willst mich also schon wieder verführen?«

»Nur damit du nicht das Gefühl bekommst, egoistisch zu sein.«

»Wie nett von dir.«

»Das bin ich.« Er hat ja keine Ahnung, wie nett. Aber das werde ich ihm gleich zeigen. »Setz dich doch auf die erste Stufe.« Seine Augen werden groß. »Sag jetzt bitte einfach nichts, und mach es. Bitte.«

Ich ziehe ihn an der Hand zum Beckenende, aber natürlich hat er noch eine Anmerkung: »Bist du echt, oder träume ich das alles?«

»Du träumst.« Sanft drücke ich ihn am Brustkorb, damit er sich auch wirklich hinsetzt. »Und ich hoffe, der Traum wird dir gefallen.«

Als ich mich an seinen Hüften festhalte, weiß ich, dass ich es auf jeden Fall genieße. Ich will nichts mehr, als ihm mit jeder Faser meines Körpers zu zeigen, wie sehr ich ihn begehre. Wie sehr ich ihn liebe und alles an ihm liebe.

Ich höre, wie er immer schneller atmet, und spüre seine Finger, die sich in meinem Haar verkraulen. Immer wieder bekomme ich Wasser ins Gesicht, was sich leicht lösen lässt, indem ich einfach die Augen schließe.

Wie Musikinstrumente schwingen unsere Körper im gleichen Takt. Dann rutscht er plötzlich auf den Stufen nach unten.

»Komm her, Babe.«

Er zieht mich auf seinen Schoß, und ich schreie auf. Der Gedanke, dass das unser erstes Mal miteinander schlafen als Pärchen ist, turnt mich noch mehr an. Mit beiden Händen über meinem Kopf hole ich mir, was ich brauche. Ihn tief und druckvoll zu spüren. Mich aufzulösen und eins mit ihm zu werden. Unter einem Sternenhimmel, der vielleicht auch Sternschnuppen in unsere Richtung schickt. Auf jeden Fall explodieren sie vor meinen geschlossenen Augen. In meinem Kopf. In meinem Bauch. Und egal, was wir heute noch tun werden, ich werde es nicht zulassen, dass er sich aus mir entfernt. Ich will ihn. Ich brauche ihn. Und ich werde ihn nie wieder loslassen.

»Vincent! Oh Gott!«

»Babe, komm!«

Und genau in diesem Moment jagt ein Feuerwerk in den Himmel. Alles wird bunt. Leuchtet. Bebt. Zerspringt und fügt sich als eins wieder zusammen. Vielleicht bilde ich es mir ein? Vielleicht ist es wirklich da? Ich suche nach seinen Lippen.

Finde sie, weil er mein Gesicht in beide Hände genommen hat, und versuche, ihn zu küssen. Wir berühren einander und er raunt: »Ich liebe dich.« Erst dann werden unsere Körper zur Gänze eins. Wie auch unser Geist. Der über uns hinauswächst und sich mit den bunten Funken an Licht verbindet.

Nichts wird uns trennen. Nichts und niemand. Ich denke, wir haben es uns wirklich verdient, unsere Liebe endlich zu leben. Denn endlich passt alles: der Name, den ich in den Nachthimmel rufe, das Bild in meinem Kopf und der Mann, in dessen Arme ich erschöpft sinke.

Vincent.

ENDE

Danke

Liebe Leser*in!

Ich hoffe, Sie haben die Liebesgeschichte rund um Tita und Vincent genossen.

Wenn ja, dann wäre es toll, wenn Sie Ihren Leseeindruck auf einer der Online-Plattformen beschreiben. Ich bin dankbar für jede Rezension und lese auch alle. Und natürlich freue ich mich über positives Feedback am meisten, versuche aber natürlich, aus fairem, negativem Feedback zu lernen und mich weiterzuentwickeln.

Auch dieses Buchbaby hat die Unterstützung vieler wundervoller Menschen gebraucht, um das Licht der Welt zu erblicken.

Ein riesengroßes Dankeschön geht an Martina König, die zu meiner großen Freude wieder für den Feinschliff in Rechtschreibung und das Lektorat verantwortlich zeichnet. Mir dir zu arbeiten, liebe Martina, ist einfach nur großartig. Ich umarme dich und sage Danke!

Wie immer gäbe es weder ein fertiges Cover noch einen Buchsatz ohne Janos. Seit dem Beginn meines Schreibabenteuers unterstützt er dieses durch Stunden um Stunden an Arbeit. Ich weiß gar nicht, wie ich dir dafür danken soll! Dicke Umarmung an dich, lieber Janos!

Ein großes Dankeschön geht wie immer an meine Testleser:innen, Blogger:innen und Stammleser:innen. Ihr alle tragt dazu bei, dass meine Romane ihren Weg zu alten und neuen Leser:innen finden, und dafür bin ich euch, wie auch meiner Facebook- und Instagram-Community, unendlich dankbar. Ihr seid und bleibt meine Prinzessinnen und Prinzen!

Abschließend möchte ich mich ganz speziell bei Ihnen bedanken. Danke dafür, dass Sie diesen Roman gekauft und gelesen haben! Ihn vielleicht Freundinnen und Freunden weiterempfehlen, vielleicht auch eines meiner Taschenbücher verschenken oder meine Romane rezensieren. Auf jeden Fall hoffe ich sehr, dass Sie die sommerliche Stimmung genossen haben.

Wie immer hoffe ich auch, Ihnen mit meinem modernen Märchen eine Auszeit vom Alltag beschert zu haben. Es wäre schön, wenn mir das gelungen ist.

Ich wünsche Ihnen das Allerbeste hier auf unserem gemeinsamen Planeten und vor allem Frieden und verdammt viel Liebe im Herzen! Und bitte, bleiben Sie mir gewogen!

›Keep on dreamin‹‹,

Ihre

Mira Morton

Meine Homepage: www.miramorton.com

Melden Sie sich dort für den Newsletter an! Nur wenn es wirklich Berichtenswertes gibt, wie eine neue Buchveröffentlichung, ein tolles Gewinnspiele oder eine E-Book-Aktion erhalten Sie diese Information an Ihre E-Mail-Adresse.

Mail me: principessa@miramorton.com

Follow me on Instagram: @miramorton_author

Follow me on Facebook: https://www.facebook.com/miramortonauthor

Quellen

Die Geschichte dieses Romans sowie sämtliche Charaktere darin sind von Mira Morton völlig frei erfunden und haben keinen Bezug zu real lebenden Personen oder deren Geschichten. Doch zur Einbettung der Romanfiguren in die Realität wurden Namen von realen Marken und Firmen, von berühmten Menschen und Filmen etc. erwähnt. Jeder Bezug zu ihnen ist jedoch ebenfalls frei erfunden.

Als Schauplatz für diesen Roman dienen Wien, der Süden Wiens sowie Griechenland, Island, Monaco und Saint Tropez.

Wandle auf Titas Spuren:

Lokal: Pronto da Salvo, Spiegelgasse 2, 1010 Wien

Konditorei: Demel, K. und K. Hofzuckerbäcker, Kohlmarkt 14, 1010 Wien

Erwähnt wurden folgende Songs:

Billie Eilish: When the party's over

Ed Sheeran: Dancing with my eyes closed

Erwähnt wurden folgende Filme und/oder Filmfiguren, Romane und/oder Romanfiguren:

Und täglich grüßt das Murmeltier (1993)

Sissi (1955)

Sissi - Die junge Kaiserin (1956)

Sissi - Schicksalsjahre einer Kaiserin (1957)

Erwähnt wurden in diesem Roman u. a. folgende Marken und/ oder Produktnamen:

Aperol

Automarken: Mini, Toyota

Chanel

Demel, Sisi-Veilchen

Formel 1

Google

Hugo

Instagram

Netflix

Prada

Swarovski

Tinder

Uber

WhatsApp

YouTube

Erwähnt wurden folgende Persönlichkeiten, Bands etc.:

Robbie Williams, Taylor Swift, Ed Sheeran, Donna Leon

Erwähnt wurden folgende Zitate:

›Mut steht am Anfang des Handelns. Glück am Ende.‹
Demokrit

›Wenn diese ganze Existenz nur provisorisch ist, wozu
braucht man die Beständigkeit suchen?‹ Kaiserin
Elisabeth von Österreich-Ungarn

›Man kann sich wohl in einer Idee irren, man kann sich
aber nicht mit dem Herzen irren.‹ Fjodor Michailowitsch
Dostojewski

›Beide schaden sich selbst: der, der zu viel verspricht und
der, der zu viel erwartet.‹ Gotthold Ephraim Lessing.

›Das Glück wohnt nicht im Besitz, und nicht in Gold, das
Glück wohnt in der Seele.‹ Demokrit

Milton Keynes UK
Ingram Content Group UK Ltd.
UKHW010632140823
426838UK00004B/306

9 783903 360327